गुस्से का सॉफ्टवेयर
और
ऑपरेटिंग सिस्टम

गुस्से का सॉफ्टवेयर और ऑपरेटिंग सिस्टम

मनोज श्रीवास्तव

डॉ. शिप्रा मिश्रा

सत्साहित्य प्रकाशन, दिल्ली

प्रकाशक : सत्साहित्य प्रकाशन

694 (पहली मंजिल), चावड़ी बाजार, दिल्ली-110006

 / संस्करण : 2025 / मूल्य : तीन सौ पचास रुपए

मुद्रक : श्री साई प्रिंटर्स, साहिबाबाद ISBN 978-81-7721-420-8

GUSSE KA SOFTWARE AUR OPERATING SYSTEM

by Shri Manoj Srivastav & Dr. Shipra Mishra ₹ 350.00

Published by **SATSAHITYA PRAKASHAN**

694 (First Floor), Chawri Bazar, Delhi-110006

माँ जगदंबा सरस्वती

लेखकीय

सामान्य जीवन में शायद ही कोई ऐसा व्यक्ति हो, जिसे क्रोध न आता हो, लेकिन एक सीमा के बाद क्रोध हमारे जीवन को डिस्टर्ब करने लगता है, क्योंकि पहले जब हम बड़ी बात पर ही क्रोध करते थे, लेकिन अब छोटी-छोटी बातों पर क्रोध करने लगे हैं। हमें इस सीमा की पहचान करनी आवश्यक है। हम क्रोध को नेचुरल कहकर, अपने क्रोध का बचाव नहीं कर सकते हैं। हमें क्रोधित होने की व्यक्तिगत जिम्मेदारी लेनी होगी। जिम्मेदारी लेने से हम मजबूत बनते हैं और बहाना बनाने से हम कमजोर हो जाते हैं। यदि हम अपने क्रोध की जिम्मेदारी लेते हैं, तब हमें क्रोध मुक्ति का रास्ता भी मिलेगा।

यदि पुस्तक में दिए गए उपाय का पालन किया जाए, तब हमें शत-प्रतिशत क्रोध से मुक्ति मिल सकती है, परंतु यदि पुस्तक में दिए गए थोड़े भी उपाय का पालन किया जाए, तब हमारा गुस्सा न्यूनतम स्तर पर अवश्य आ जाएगा।

भगवद्गीता के अनुसार, यदि व्यक्ति ज्ञानी है, तब ज्ञान योग का चुनाव करे, यदि व्यक्ति भाव प्रधान है, तब भक्ति योग का चुनाव करे और यदि व्यक्ति कर्म प्रधान है तो वह कर्म योग का चुनाव कर मुक्ति प्राप्त कर सकता है। इस रूप में कोई व्यक्ति बौद्धिक प्रकृति का अथवा भावनाशील है, आस्तिक अथवा नास्तिक है, सभी व्यक्तियों के लिए यह पुस्तक लाभकारी होगी।

एक अनसुलझा प्रश्न हमारे सामने आता है कि पहले हम जानते हैं कि मानते हैं। लोग कहते हैं कि पहले हम जान लेंगे, तब मान लेंगे, लेकिन

सामान्य लोगों का यह मानना है कि पहले हम मान लें, तब जान लेंगे। गणित में पहले चीजों को मान लिया जाता है, इसके बाद चीजों को सिद्ध किया जाता है।

गणित सभी विज्ञानों का विज्ञान है। अध्यात्म और आस्था गणित के सिद्धांत पर कार्य करते हैं। अध्यात्म और आस्था में पहले किसी भी चीज को मान लिया जाता है, इसके बाद ही इसकी सिद्धता होगी। इसी आधार पर हमारा दावा है कि यदि पुस्तक में दिए गए उपायों का इक्कीस से पैंतालीस दिन तक प्रयोग किया जाए, तब हम आसानी से अपने क्रोध पर नियंत्रण प्राप्त कर सकते हैं। अनुभव के बगैर किसी को न तो एक्सेप्ट करें और न ही रिजेक्ट करें। स्वयं प्रयोग करके देखें।

पुस्तक में क्रोध के अन्य विकल्पों को तलाशने का प्रयास किया गया है। पुस्तक में क्रोध की समाजशास्त्रीय, मनोवैज्ञानिक एवं चिकित्साशास्त्रीय व्याख्या, दार्शनिक आधार पर की गई है।

क्रोध की समस्या से बचने के लिए हमें क्रोध के सॉफ्टवेयर और ऑपरेटिंग सिस्टम में बदलाव लाना होगा। हमारा बिलीफ सिस्टम, कंप्यूटर के ऑपरेटिंग सिस्टम के समान है। इसमें डाली गई सूचनाएँ और सॉफ्टवेयर, कंप्यूटर में डाले गए ऑपरेटिंग सिस्टम की सहायता से कार्य करेंगे।

मन में चलने वाली अंतर्यात्रा के आधार पर विषयवस्तु को रखा गया है। परिस्थिति से अप्रभावित रहकर, मन की स्थिति को मजबूत करने के बाद, क्रोध से मुक्ति का प्रयास किया जा सकता है।

—मनोज श्रीवास्तव

लेन नं.-04,
एकता विहार, सहस्रधारा रोड,
देहरादून-248001
मो. : 9412074595
इ-मेल : dio.hdr2010@gmail.com

दो शब्द

जीवनशैली के रूप में, क्रोध आज की एक बहुत ही महत्त्वपूर्ण समस्या है। क्रोध पर काबू रखने से हमारी अन्य समस्याओं का समाधान स्वत: हो जाता है। इस दृष्टिकोण से, डॉ. मनोज श्रीवास्तवजी की पूर्व में लिखी गई दो पुस्तकें—'मेडिटेशन के नवीन आयाम' एवं 'आत्मदीप बनें' मेरे लिए मार्गदर्शक बनीं। इन दो पुस्तकों को पढ़ने के बाद मुझे प्रेरणा मिली। हमने क्रोध के टॉपिक पर स्वयं अनुभव के आधार पर इस पुस्तक में महत्त्वपूर्ण बिंदुओं को संयुक्त रूप से लिखकर सहयोग दिया है।

क्लिनिक में मरीजों का इलाज करते समय हमने अनुभव किया है कि आज अधिकांश रोगों का कारण मानसिक, साइकोसेमेटिक है। इसलिए हमें अधिकांश रोगों का इलाज भी मानसिक स्तर पर खोजना होगा। वैसे भी क्रोध एक असंतुलित मानसिक दशा है।

क्रोध सभी व्यक्तियों को आता है। इसलिए सामान्यत: माना जाता है कि क्रोध एक नेचुरल प्रक्रिया है, इसे समाप्त नहीं किया जा सकता है। इसके पूर्व, पहले मुझे भी लगता था कि क्रोध को कभी समाप्त नहीं किया जा सकता है, लेकिन जैसे-जैसे मैंने क्रोध पर अध्ययन प्रारंभ किया और मेडिटेशन शुरू किया, वैसे-वैसे हमें क्रोध पर नियंत्रण में सफलता भी मिलती गई। इस पुस्तक में जो कुछ भी दिया गया है, वह पूर्णत: अनुभव के आधार पर लिखा गया है। इस पुस्तक में साइंस, लॉजिक और स्प्रिचुअल—तीनों का समन्वय रखा गया है।

कोई भी परिवर्तन तभी संभव है, जब आपकी इच्छा शक्ति प्रबल होगी

और आप भी वास्तव में स्वयं के अंदर परिवर्तन चाहते हैं। यह पुस्तक प्रत्येक उस व्यक्ति के अंदर क्रोध कम या खत्म करने में सहायक होगी, जो स्वयं में बदलाव लाने को तैयार है।

यदि कोई अपनी वर्तमान स्थिति में परिवर्तन करना नहीं चाहता है, तब उसे यह कथन याद रखना होगा—यदि आप वहीं करते रहेंगे, जो आज तक करते रहे हैं, तब आपको रिजल्ट भी वही मिलता रहेगा, जो अभी तक मिलता रहा है।

—डॉ. शिप्रा मिश्रा

एम–006, साइलेंट पार्क
मीरा भयंदर रोड, भयंदर ईस्ट
थाणे–4001105
मो : 7977614469
इ–मेल : shipramishra034@gmail.com

आभार

ब्रह्माकुमारीज ईश्वरीय विश्वविद्यालय के विचारों पर आधारित 'अवेकनिंग विद द ब्रह्माकुमारीज' टेलीविजन कार्यक्रम के अंतर्गत सिस्टर बी.के. शिवानी और फिल्म अभिनेता श्री सुरेश ओबेरॉय के बीच दार्शनिक वार्त्ता एवं सिस्टर बी.के. शिवानी–कनुप्रिया के साथ विभिन्न विषयों पर दार्शनिक वार्त्ता एवं डॉ. गिरिश पटेल के विभिन्न लेक्चर को पुस्तक का आधार बनाया गया है। पुस्तक में बी.के. शिब प्रसाद के चित्रों का प्रयोग किया गया है।

पुस्तक रचना में अमूल्य सहयोग देनेवाली मेरी धर्म पत्नी श्रीमती रश्मि श्रीवास्तव के योगदान को नकारा नहीं जा सकता है। इलाहाबाद विश्वविद्यालय के दर्शन शास्त्र विभागाध्यक्ष प्रो. ऋषिकांत पांडेय ने पुस्तक लेखन में निरंतर उत्साहवर्धन किया। मेरे सहायक श्री गोपाल सिंह बिष्ट और मार्गदर्शन के रूप में डॉ. राधिका नागरथ, श्री सुनील पांडेय एवं श्री राजीव पाठक का भी अमूल्य सहयोग मिला। उत्तराखंड में कार्यरत मुख्य परिवीक्षा अधिकारी, महिला कल्याण मोहित चौधरी ने पुस्तक का आकार–प्रकार देने में अमूल्य सहयोग दिया है।

इन सभी का हार्दिक आभार।

अनुक्रम

1

क्रोध का अर्थ

"मन की पीड़ा को स्पष्ट रूप में व्यक्त करने में असमर्थता के समय, क्रोध अधिक आता है।"

—रवींद्रनाथ ठाकुर

क्रोध का अर्थ इमोशनल डिस्टर्बेंस है। क्रोध मानसिक अस्थिरता की अवस्था है। हिंदी साहित्य के शिखर पुरुष आचार्य रामचंद्र शुक्ल ने क्रोध के अर्थ को स्पष्ट रूप में लिखा है। उन्होंने क्रोध के भाव को निबंध के रूप में इस प्रकार लिखा है—तुमने मेरे साथ यह किया, वह किया। अब तक तो मैं सहता आया, अब नहीं सह सकता। इसके आगे बढ़कर जब कोई दाँत पीसता और गरजता हुआ यह कहने लगे कि मैं तुम्हें धूल में मिला दूँगा, तुम्हारा घर खोदकर फेंक दूँगा, तब इसे क्रोध का पूर्ण स्वरूप समझना चाहिए।

आचार्य शुक्ल के अनुसार, क्रोध का वेग इतना प्रबल होता है कि कभी-कभी मनुष्य यह भी विचार नहीं करता है कि जिसने उसे दुःख पहुँचाया है, उसमें दुःख पहुँचाने की इच्छा थी अथवा नहीं।

इनके अनुसार, **क्रोध सभी मनोविकारों में बहुत फुरतीला होता है। क्रोध कभी दया के साथ कूदता है तो कभी घृणा के साथ।** क्रोध ईगो के कारण पैदा होता है। क्रोध शांति भंग करनेवाला मनोविकार है। एक व्यक्ति के क्रोध से दूसरे व्यक्ति में भी क्रोध पैदा हो जाता है।

आचार्य शुक्ल के अनुसार, अनुभूतियों के द्वंद्व से प्राणी के जीवन का

आरंभ होता है। प्रारंभ में केवल दो अनुभूतियों का उदय होता है—सुख, हँसना और दु:ख, रोना। इसके बाद जैसे-जैसे मानव का विकास होता है, वह अपने विभिन्न अनुभव ज्ञान से क्रोध, ईर्ष्या, लोभ इत्यादि मनोभाव को पैदा करता है। इनके अनुसार, क्रोध, दु:ख के चेतन कारण से उत्पन्न होता है।

क्रोध के लिए दु:ख के कारण का ज्ञान होना आवश्यक है। यदि कोई तीन महीने के बच्चे को हाथ उठाकर मार दे, तब वह बच्चा दु:ख के कारण न जानकर केवल रोकर अपना दु:ख प्रकट कर देता है। यहाँ पर बच्चे को क्रोध नहीं आया है, क्योंकि बच्चे को दु:ख कारण नहीं पता है, लेकिन जब यही बच्चा थोड़ा बड़ा होने पर अपनी माँ की आकृति को पहचान जाता है और उसे यह पता लग जाता है कि दूध इसी से मिलेगा, इस परिस्थिति में ज्यों ही बच्चे को भूख लगती है, माँ को देखते ही बच्चा रोने लगता है। बच्चे के रोने में ही क्रोध का आभास होने लगता है।

दूसरे शब्दों में जैसे-जैसे मानव में ईगो या अहम् का विकास होता है, वैसे-वैसे मानव में क्रोध का भी विकास होता है। यदि मानव अपने ईगो कॉन्सेसनेस को छोड़ दें और सोल कॉन्सेसनेस में आ जाएँ, तब वह क्रोध से बच जाएगा।

क्रोध, हमारी पराजित मानसिकता की स्थिति को दरशाता है। क्रोध का अर्थ है—स्वयं पर नियंत्रण खो देना। क्रोध हमारी निर्णय शक्ति को कम करता है। क्रोध में आकर हम मानसिक रूप से असंतुलित हो जाते हैं। परिणामस्वरूप हम जानबूझकर अपना नुकसान कर लेते हैं। क्रोध में लिया गया हमारा निर्णय गलत साबित होता है।

क्रोध मानसिक अपंगता की स्थिति है। इस स्थिति में हमारे सोचने-समझने की क्षमता समाप्त हो जाती है। क्रोध गरम कोयले की तरह है। गरम कोयले की भाँति यदि हम दूसरों के ऊपर फेंकने की नीयत से क्रोध को अपने पाले में रखते हैं, तब हम स्वयं जलते रहते हैं।

क्रोध अल्पकालिक पागलपन है। पागल उसे कहा जाता है, जो तोड़-फोड़ करता है, उलटे-सीधे कार्य करता है। क्रोध में भी हम ऐसा ही करते

हैं। क्रोध को बार-बार व्यक्त करने से हमारे अंदर टॉलरेंस एडजेस्टमेंट और एक्सेप्टेंस की पॉवर कम होती है। इससे जीवन में अन्य परेशानियाँ आती हैं।

क्रोध क्या हैं ? क्रोध भयावह है, क्रोध भयंकर है, क्रोध बहरा है, क्रोध गूँगा है, क्रोध विकलांग है। क्रोध की फुफकार अहम् पर चोट लगने से उठती है। क्रोध करना पागलपन है, जिससे सत्संकल्पों का विनाश होता है। क्रोध में विवेक नष्ट हो जाता है।

गुस्से के बारे में सभी को पता है कि गुस्सा कई प्रकार का होता है, जैसे—चिड़चिड़ापन भी एक प्रकार का गुस्सा है, जैसे कि गरमी के मौसम में कभी लाइट चली गई, अब व्यक्ति चिड़चिड़ाने लग गया कि लाइटवाले क्या करते हैं, कभी भी लाइट गुल कर देते हैं और व्यक्ति अनाप-शनाप बोलने लगते हैं, जबकि सामने कोई भी व्यक्ति, सुननेवाला नहीं है। इसी प्रकार चलते-चलते, यदि किसी पत्थर से ठोकर लग गई, तुरंत ही हम चिड़चिड़ाने लगते हैं।

किसी के ऊपर रोब जमाना भी एक प्रकार का गुस्सा है। हम अपनी पोजीशन का दूसरों पर रोब जमाते हैं। ऑफिस में बॉस अपने सबोर्डिनेट पर रोब जमाता है। डाँटने या धमकाने की आदत भी गुस्से का एक प्रकार है। कुछ लोग सोचते हैं कि बिना डाँटे या धमकाए काम हमारा नहीं चलेगा।

इसी प्रकार नाराज होना या रूठना भी गुस्से का रूप है। उसने मेरा फोन नहीं उठाया, उसने मेरे मेसेज का जवाब नहीं दिया। किसी से घृणा करना नफरत करना गुस्से का अन्य प्रकार है।

बदला लेना भी गुस्से का एक बहुत ही खतरनाक स्वरूप है। यदि हमारे साथ किसी ने बुरा किया, तब हम बार-बार बोलने लगते हैं कि उसे आने दो, फिर मैं बताता हूँ।

कुछ लोग गुस्से में आकर अपने शरीर का नुकसान कर लेते हैं, गुस्से में खुद को नुकसान पहुँचाना एक प्रकार से डिप्रेशन की निशानी है। गुस्से में इनसान अंदर ही अंदर घुलता जाता है। कुछ बोल नहीं पाने की स्थिति में, एक सीमा के बाद लोग आत्महत्या भी कर लेते हैं।

क्रोध अंग्रेजी का एक शब्द है। एंगर सीधे डेंजर में बदल जाता है, हमें

यह पता ही नहीं चलता है। क्रोध का दौरा जब पड़ता है, व्यक्ति के मुख की आकृति इतनी भयंकर हो जाती है कि उसके मित्र तक सहम जाते हैं। लाल आँखें, टेढ़ी भृकुटि, फूले हुए नथुने, काँपते होंठ, भिंचे दाँत, मुँह से उगलते अंगार, क्रोधी व्यक्ति को देखते ही लगता है, मानो किसी ज्वालामुखी का दर्शन हो रहा हो।

- क्रोध इमोशनल डिस्टर्बेंस है।
- क्रोध सभी मनोविकारों में बहुत फुरतीला होता है, यह कभी दया के साथ कूदता है तो कभी घृणा के साथ।
- क्रोध अल्पकालिक पागलपन है।
- क्रोध में हम भूल जाते हैं कि जिसने हमें दुःख पहुँचाया है, उसकी मंशा हमें दुःख पहुँचाने की थी अथवा नहीं।
- किसी पर रोब जमाना, रूठना भी क्रोध का प्रकार है।

□

2

गुस्सा करना जरूरी है?

"क्रोध से मूढ़ता उत्पन्न होती है, मूढ़ता से स्मृति भ्रांत हो जाती है, स्मृति भ्रांत हो जाने से बुद्धि का नाश हो जाता है और बुद्धि नष्ट होने पर प्राणी स्वयं नष्ट हो जाता है।"

—श्रीमद्भागवद् गीता

गुस्सा दो तरह से किया जा सकता है। पहला, गुस्से से स्वयं को अटैच करके और दूसरा, गुस्सा से स्वयं को डिटैच करके। यदि हम गुस्से से स्वयं को अटैच कर लेते हैं, तब हम स्वयं गुस्सा बन जाते हैं। ऐसी स्थिति में हमारा अपने ऊपर सेल्फ कंट्रोल समाप्त हो जाता है। हो सकता है कि ऐसी स्थिति में आकर हमें अपने कार्य में सफलता भी मिलती हो, लेकिन जब हम अपना सेल्फ कंट्रोल खोकर आक्रामक बनते हैं, तब इसे दुस्साहस कहते हैं। दुस्साहस में हम कहीं-से-कहीं पहुँच सकते हैं। दुस्साहस करके हम जहाँ भी पहुँचते हैं, वह स्थिति हो सकता है कि हमारे अनुकूल हो अथवा प्रतिकूल, अर्थात् दुस्साहस में अनिश्चितता का भाव रहता है।

लेकिन जब हम केवल गुस्से का नाटक करते हैं, उस समय हमारा अपने ऊपर पूरी तरह कंट्रोल बना रहता है। जब हमारा अपने ऊपर कंट्रोल पूरी तरह से बना रहेगा, तब हमारी सफलता की भी शत-प्रतिशत गारंटी होगी। कहने का अर्थ है कि गुस्से का केवल और केवल नाटकीय गुस्से का ही समर्थन किया जा सकता है। वास्तविक गुस्से का किसी भी रूप में समर्थन नहीं किया जा सकता है।

गुस्सा करना जरूरी है। गुस्से के बिना हमारा कार्य नहीं चलता है।

यह बिल्कुल सही है कि हमें गुस्सा करना चाहिए, लेकिन हर चीज का एक आदर्श फार्मूला या मानक होता है। यदि हम इस फार्मूले और मानक से विचलित होते हैं, तब हम किसी कार्य को सही नहीं कह सकते हैं।

अब प्रश्न है कि हमारे गुस्सा करने का सही फार्मूला और मानक क्या है? दुनिया में कोई चीज पूर्णतः परफेक्ट नहीं है। इसलिए पूर्णतः हम न तो इस रास्ते आ सकते हैं और न ही उस रास्ते जा सकते हैं। हम किसी चीज को पूर्णतः 'हाँ' बोल सकते हैं और न बोल सकते हैं। इसलिए कहा जाता है—सभी प्रश्नों का उत्तर 'हाँ' और 'न' में नहीं दिया जा सकता है।

हमारा जीवन भी 'हाँ' और 'न' के बीच घूमता है। व्यावहारिक जीवन में न तो कोई चीज पूर्णतः सत्य है और न पूर्णतः असत्य। सत्य की परिभाषा है, जो कल था, वह आज है और यह कल भी रहेगा, अर्थात् जिसका तीनों कालों में अस्तित्व हो, उसी को हम सत्य मान सकते हैं। व्यावहारिक जीवन को हम आकाश कुसुम के समान फूल कहकर, एकदम असत्य भी घोषित नहीं कर सकते हैं। इसके साथ ही व्यावहारिक जीवन को हम ब्रह्म के समान एकदम सत्य भी नहीं कह सकते। व्यावहारिक जीवन को, हम ब्रह्म के समान सत्यता से कम सत्य और स्वप्न की सत्यता से अधिक सत्य मान सकते हैं।

हम किसी चीज को न पूर्णतः छोड़ सकते हैं और न ही पूर्णतः स्वीकार कर सकते हैं। यह एक मध्यम मार्ग है। इसी समस्या को देखते हुए महात्मा बुद्ध ने मध्यम मार्ग पर बल दिया।

हम न तो गुस्से को पूर्णतः छोड़ सकते हैं और न ही पूरे दिन गुस्से की अवस्था में रह सकते हैं, लेकिन जब हम आवश्कता से अधिक गुस्सा करने लगते हैं, तब हमारे सामाजिक, मानसिक और व्यावसायिक संबंध खराब होने लगते हैं। इस स्थिति को, किसी रूप में भी सही नहीं कहा जा सकता है।

अब मूल प्रश्न है कि गुस्से को किस रूप में सही कहा जा सकता है। यदि जरूरी हो, तभी गुस्सा करना चाहिए; लेकिन गुस्सा वास्तविक रूप में नहीं, बल्कि एक मात्र नाटक के रूप में ही करना चाहिए। वास्तव में देखें तो सभी लोग यही कहते हैं कि हम गुस्सा करते नहीं है, बल्कि हमें गुस्सा दिला दिया जाता है, अर्थात् गुस्सा हमारी इच्छा के विरुद्ध आ जाता है। हम कह सकते हैं

कि गुस्से पर हमारा नियंत्रण नहीं है।

अब प्रश्न है, क्या नियंत्रित गुस्सा सही है, अथवा अनियंत्रित गुस्सा ? कोई भी चीज, जो हमारे नियंत्रण में है, हम उसी चीज को सही कह सकते हैं। जो चीज हमारे नियंत्रण में नहीं है, उसे कैसे सही कहा जा सकता है ? इस प्रकार हम कह सकते हैं कि हमें गुस्सा करना चाहिए, लेकिन नियंत्रित गुस्सा करना चाहिए। गुस्से का मात्र नाटक करें।

आजकल जॉब में भी कार्य से अधिक प्रजेंटेशन को महत्त्व दिया जा रहा। आज बॉस भी जूनियर से कह रहा है कि नाटक करो। इस रूप में हमें गुस्सा नहीं करना है, बल्कि गुस्से का नाटक करना है। यह दुनिया भी एक रंगमंच है। यहाँ सभी अपना रोल, नाटक के रूप में कर रहे हैं। जब हम दुनिया के रंगमंच के रहस्य को जान जाएँगे, तब हम अपने गुस्से के रहस्य को भी जान जाएँगे।

भोग में त्याग जरूरी है। भोग करें, लेकिन डिटैच होकर भोग करे। बिना डिटैच होकर भोग करें। इसी तरह गुस्से में अनियंत्रण भाव का त्याग हो। गुस्सा करें, लेकिन डिटैच होकर गुस्सा करे। बिना डिस्टर्ब होकर गुस्सा करे। हमारी दृष्टि से, हमारा गुस्सा मात्र एक नाटक हो। वास्तविक हमसे वास्तविक गुस्सा से दूर-दूर का संबंध न हो।

इसी बात को भगवद्गीता में कर्म योग के माध्यम से और शेक्सपियर ने अपनी रचना के माध्यम से कहा है। प्रसिद्ध समाजशास्त्री इरविन गोफमैन ने भी नाटक-कार्यता के सिद्धांत में इस बात की विस्तृत व्याख्या की है।

हमें अपने गुस्से की एनर्जी को सही दिशा देना जरूरी है। गुस्से का भी नियमन होना चाहिए। संयम और नियमन की सहायता से, हमें अपने गुस्से की एनर्जी को सही दिशा देनी होगी। गुस्सा आने पर यदि हम अपने गुस्से की एनर्जी को संयम और नियमन से सही दिशा देने में असफल रहते हैं, तब इससे हमारी बहुत बड़ी हानि भी हो सकती है।

सामान्य व्यक्ति के लिए गुस्सा एक प्राकृतिक भाव है। हमारा सामना दुनिया से होगा, हमें कुछ बाते ऐसी मिलेंगी, जिन्हें हम पसंद नहीं करेंगे। जब कोई बात हमारे नापसंद की होगी, हमारा गुस्सा होना स्वाभाविक होगा। यदि हमें गुस्सा आ जाए, तब हम तुरंत इसके नियंत्रण का उपाय भी कर लें।

अपने गुस्से के संयम और नियमन के लिए हमें प्रयास और अभ्यास की जरूरत होती है। हम अपने प्रयास और अभ्यास से हिंसात्मक गुस्से को अहिंसात्मक गुस्से में बदल सकते हैं, अर्थात् जो गुस्सा अभी तक हमें नुकसान पहुँचा सकता था, वही गुस्सा हमारे सफलता का कारण भी बन सकता है।

एक प्रेरक उदाहरण—एक बार जंगल में स्वामीजी रहते थे। उनके आस-पास एक साँप रहता था, जो भी आने-जानेवाले थे, उन्हें वह साँप काट लेता था। लोगों ने शिकायत की, "स्वामीजी यह साँप बहुत तंग करता है। बिना वजह सबको काट लेता है।" स्वामीजी ने साँप को समझाया, साँप मान गया। अगले दिन से वह साँप शांत रहने लगा।

जब लोगों ने देखा कि यह साँप एकदम शांत बैठा है, फिर लोग उसे पत्थर मारने लगे। अब साँप ने स्वामीजी से शिकायत करते हुए कहा कि देखो आपने मुझे शांत रहने को बोला, अब लोग मुझे पत्थर मारने लगे हैं।

स्वामीजी ने कहा, "मैंने तुम्हें गुस्सा करने को मना किया था। फुँफकार मारने को थोड़े ही मना किया था। जहाँ जरूरी हो, वहाँ आप क्रोध कर सकते हैं, लेकिन चित्त एकदम शांत होना चाहिए। बिल्कुल ड्रामे की तरह, जैसे लोग मूवी में ड्रामा करते हैं, ठीक उसी तरह ड्रामा करें, लेकिन आपका चित्त एकदम शांत रहे।

यह कार्य अनियंत्रित गुस्से की जगह नियंत्रित गुस्से से हो सकता है। इसका बहुत अच्छे उदाहरण इतिहास में मिल जाते हैं। महात्मा गांधी को साउथ अफ्रीका में नस्लवाद के आधार पर ट्रेन से उतार दिया गया। इस घटना पर गांधीजी को बहुत गुस्सा आया, परंतु उन्होंने अपने गुस्से को अनियंत्रित नहीं होने दिया। गांधीजी ने अपने गुस्से को नियंत्रण में रखा। गांधीजी के गुस्से का परिणाम भारत की आजादी में दिखाई देता है।

इसी प्रकार, डॉ. अंबेडकर ने जातिगत भेदभाव के दौरान अपने अंदर पैदा हुए गुस्से को नियंत्रण में रखा। आज डॉ. अंबेडकर के सिद्धांतों के आधार पर सामाजिक सिद्धांत की व्याख्या की जाती है। इसी प्रकार अमेरिका के जूनियर जोनेफ केनेडी ने आर्थिक असमानता के विरुद्ध पैदा हुए गुस्से की एनर्जी को सकारात्मक मोड़ देकर अपना

नाम इतिहास में दर्ज किया।

सेफ्टी वॉल्व के सिद्धांत के अनुसार, स्वयं के गुस्से पर काबू करना चाहिए। अन्यथा हमारा गुस्सा हमारे भीतर एक ग्रंथि बनकर हमें नुकसान देता रहेगा। यदि हम अपने गुस्से को सकारात्मक रूप में व्यक्त नहीं करते हैं, तब यह हमें नुकसान देगा। अत: अपने गुस्से को सकारात्मक रूप देने के लिए सेफ्टी वॉल्व का प्रयोग करके अच्छे कार्य करने चाहिए।

सरकार से नागरिकों की बहुत अधिक अपेक्षा होती है। इसके चलते सरकार पर गुस्सा निकलता रहता है। सरकार इस गुस्से को शांत करने के लिए जन शिकायत निवारण सेल एवं अधिनियम इत्यादि बनाती है। सरकार जनदबाव के कारण सकारात्मक कार्य करके जनता के गुस्से के लिए एक सेफ्टी वॉल्व का कार्य करती है।

हर परिस्थिति में गुलाब के फूल के समान खिले रहना है। गुलाब का उपयोग किसी व्यक्ति के जन्म और मृत्यु दोनों समय होता है। सुख और दु:ख, दोनों समय गुलाब का उपयोग होता है, परंतु गुलाब पर कभी भी किसी प्रकार के सुख-दु:ख का कोई प्रभाव नहीं पड़ता है। गुलाब वैसे का वैसा ही हमेशा खिला रहता है। इसी तरह हम भी अपने गुस्से से दूर रहकर हमेशा खिले रहें।

रोष प्रकट करें, किंतु क्रोध न करें। अपनी बात को मजबूती से रखना भी जरूरी है, ताकि विषय की गंभीरता बनी रहे और गलती को भी स्वीकार कर लिया जाय। रोष प्रकट करने के लिए क्रोध का सहारा लेना गलत है। क्रोध का अर्थ है नकारात्मक असहमति। क्रोध हमारी नकारात्मक असहमति को व्यक्त करता है, जबकि रोष सकारात्मक असहमति को अभिव्यक्त करता है। गुस्सा आ भी जाए, तब इसे प्रकट करने से बचना चाहिए।

- रोष व्यक्त करें, किंतु गुस्सा न करें।
- गुस्सा करें, लेकिन गुस्से का केवल नाटक करें।
- गुस्से के संयम और नियमन के लिए अभ्यास की जरूरत होती है।
- गुस्से की एनर्जी को सही दिशा दें।

□

3

क्रोध के दार्शनिक पहलू

"क्रोध करने का मतलब है, दूसरों की गलतियों की सजा स्वयं को देना। जब क्रोध आए तो उसके परिणाम पर विचार करो।"

—**कन्फ्यूशियस**

कार्य में गलती होने पर क्रोध करने की जगह समाधान खोजें। समस्या पर चिंतन न करके, समाधान पर चिंतन करे। समस्या पर चिंतन करने का अर्थ है कि अभी तक जो कुछ बीत गया है, हम उसी पर चिंतन कर रहे हैं, अर्थात् गड़े मुर्दे उखाड़ रहे हैं।

जब हम समस्या पर चिंतन करते हैं, तब अपनी जिम्मेदारी से बचते हैं, लेकिन जब समाधान पर चिंतन करते हैं, तब किसी को दोष देने की जगह उस चीज को स्वयं ठीक करने की जिम्मेदारी उठा लेते हैं। समस्या पर चिंतन हमें समाधान से दूर रखता है।

यदि हम समस्या पर चिंतन करते हैं और यदि समाधान हमारे सामने भी खड़ा रहे, तब भी हम समाधान तक नहीं पहुँच पाते हैं, क्योंकि समस्या पर चिंतन करते- करते हमारे पास समाधान तक पहुँचने के लिए आवश्यक ताकत कम होती जाती है।

हम कहते हैं कि हम समस्या का समाधान खोज रहे हैं, लेकिन वास्तव में चर्चा समस्या पर करते हैं।

जो हमारे कंट्रोल में नहीं है, उसको कंट्रोल करने का अर्थ हमारी शक्ति का कम होना है। क्रोध में हमारी शक्ति कम होती है, क्योंकि क्रोध में हम जो

कुछ बीत चुका है, उसका ही चिंतन करके क्रोध करते हैं, अथवा क्रोध में हम दूसरों को बदलने का प्रयास करते हैं।

दोनों बातें हमारे कंट्रोल से बाहर की चीज हैं। क्योंकि हम न तो भूतकाल को बदल सकते हैं और न ही दूसरों को बदल सकते हैं। हम क्रोध के स्थान पर, सही प्रतिक्रिया दें और आउट ऑफ कंट्रोल होने से बचे।

हमें दूसरे को खुश रखने के लिए नहीं, बल्कि अपनी खुशी के लिए कार्य करना चाहिए। इसे हम इस रूप में कह सकते हैं कि मुझे उनकी खुशी अच्छी लगती है, इसलिए मैंने उनके लिए बहुत कुछ किया है।

हम खुशी पाने के लिए नहीं, बल्कि खुश रहकर कार्य करें। जब हम खुशी पाने के लिए कार्य करते हैं और फिर यदि हमें खुशी नहीं मिलती है, तब हम शिकायत करेंगे, लेकिन जब खुश रहकर कार्य करेंगे, तब हम कभी शिकायत नहीं करेंगे। ऐसी स्थिति में हमें गुस्सा करने की आवश्यकता ही नहीं रहेगी।

क्रोध में हमारे द्वारा दूसरों के विषय में किया गया मूल्यांकन गलत होता है, क्योंकि क्रोध के दौरान हमारे तटस्थ होने की शक्ति समाप्त हो जाती है। क्रोध के समय हम अपने ईगो में आ जाते हैं।

प्रसन्न व्यक्ति वह है, जो स्वयं का निरंतर मूल्यांकन करते हुए सुधार करता रहता है, जबकि दु:खी व्यक्ति वह है, जो दूसरों का मूल्यांकन करता रहता है। प्रेरणा ही सबकुछ है। आप दो व्यक्तियों का काम भले ही करते हों, लेकिन आप दो व्यक्ति नहीं हो सकते हैं। अत: आपको अपने से अगले व्यक्ति को प्रेरणा देनी होगी और उससे आगे लोगों को प्रेरित करवाना होगा।

क्रोध के दौरान जब हमारे सही होने की परिभाषा, दूसरे व्यक्ति के सही होने की परिभाषा से मैच नहीं करती है, तब हम दूसरे व्यक्ति को गलत कहते हैं, लेकिन दूसरा व्यक्ति गलत नहीं होता है, क्योंकि दूसरा व्यक्ति केवल हमारे सही होने की परिभाषा से ही गलत है, जबकि वही व्यक्ति अपने सही होने की परिभाषा से बिल्कुल सही है। इसलिए कोई व्यक्ति गलत नहीं होता है, बल्कि वह दूसरे से अलग होता है। हम अलग थे, अलग हैं और अलग रहेंगे। अलग और गलत शब्द में अंतर है। यह समझ लेना गुस्से पर काबू पाने की चाभी के समान है।

अभी तक हमारा विश्वास था कि हमारा गुस्सा दूसरों की वजह से है। उन्होंने बात ही ऐसी कर दी कि मुझे गुस्सा आना ही था। इस बार हमने अपने गुस्से का जस्टिफिकेशन देना शुरू कर दिया।

प्रश्न है, उन्होंने जो करना था, वह किया, लेकिन क्या अब हम गुस्सा करके सही कर रहे हैं, क्या गुस्से से बिगड़ी चीजें ठीक हो जाएँगी? वास्तव में गुस्से से चीजें और अधिक बिगड़ जाएँगी। पहले दूसरों ने हमें नुकसान पहुँचाया। अब हम गुस्सा करके फिर से स्वयं को नुकसान पहुँचाते हैं। वास्तव में दूसरों ने हमारे भीतर गुस्सा पैदा नहीं किया, बल्कि उनके व्यवहार से डिस्टर्ब होकर हमने स्वयं अपने अंदर गुस्सा पैदा किया, अर्थात् गुस्से का कारण कोई दूसरा नहीं, बल्कि हम स्वयं हैं।

चेक करें कि गुस्से से कार्य अच्छी तरह होगा अथवा प्रेम से। लोगों की मान्यता है—गुस्से से कार्य अच्छी तरह होगा, लेकिन यही चीज स्वयं पर लागू करते समय हमारी मान्यता उलट जाती है। प्रश्न है कि जो मान्यता हमारे लिए सही है, वह दूसरों के लिए गलत कैसे हो सकती है।

हम कहते हैं कि परिस्थिति ऐसी बन गई थी कि हमारे पास कोई चारा ही नहीं बचा था। स्थिति ही ऐसी बन गई थी, हमें गुस्सा तो करना ही था। यह एक गलत बिलीफ सिस्टम है, क्योंकि बचपन से पैरेंटिंग या स्कूल में हमें बताया भी नहीं गया कि हमारे पास गुस्से का कोई अन्य विकल्प है अथवा नहीं है। वास्तव में हमारे पास गुस्से के अतिरिक्त अन्य विकल्प रहते हैं, लेकिन हम अन्य विकल्पों को छोड़कर गलत तरीके गुस्सा करनेवाले विकल्प को चुन लेते हैं।

गुस्से के स्थान पर शांति, प्रेम, आनंद से कार्य लेना बेहतर है। इसलिए कोई भी बिलीफ सिस्टम पहले चैक कर लें, तभी इसे मानें। हमें देखना होगा कि यदि हम गुस्सा नहीं करते हैं तो हमें कुछ-न-कुछ फायदा अवश्य होगा। हम गुस्सा अपना काम कराने के लिए करते हैं। इसके विपरीत हम देखते हैं कि बिना गुस्से के भी हमारा काम आसानी से हो जाता है।

प्यार से, धैये से, शांति से कार्य लेना, गुस्सा करने की अपेक्षा अच्छा होता है। शुरू-शुरू में कुछ परेशानी हो सकती है, लेकिन धीरे-धीरे हमारे

लिए यह हमारी आदत बन जाएगी। हमारे अंदर एक रोग है, शरीर में दवा डालनी है, दवा अपना कार्य कुछ देर बाद ही करेगी। हमें दवा का एक डोज तो कुछ दिन तक लेना ही होगा। शांति, प्रेम, धैर्य से काम लेने वाले बिलीव सिस्टम से हमारा मन, शरीर अच्छा होगा और हमारा कार्मिक अकाउंट भी अच्छा होगा। हमारा रिश्ता ठीक रहेगा और सबसे बड़ी बात कि हमारे सभी आसान कार्य होते जाएँगे। आज हम गुस्से के द्वारा कार्य तो करा सकते हैं, लेकिन बड़ी कीमत भी चुकानी पड़ती है।

वास्तव में हम अपने थॉट, फिलिंग अपनी पसंद से पैदा करते हैं। जब हम यह कहते हैं कि हमारे पास कोई विकल्प नहीं है, तब हम एक जीवित प्राणी की जगह एक मशीन बन जाते हैं, अर्थात् हमारा रिमोट कंट्रोल दूसरे के हाथों में होगा, अथवा हमारा रिमोट कंट्रोल बाह्य परिस्थितियों के पास होगा। हम क्या कर रहे हैं या क्या नहीं कर रहे हैं, यह एक अलग प्रश्न है। प्रश्न है कि क्या हम मशीन की तरह ऑटोमैटिक रूप में कार्य कर रहे हैं अथवा स्वतंत्र मानव के रूप में कार्य कर रहे हैं?

दूसरों ने हमें भला-बुरा कह दिया है, लेकिन हमारी च्वाइस है कि हम दूसरों को भी भला बुरा कहें अथवा न कहें। **यदि हमारा मूड अच्छा होगा, तब खराब बात को भी टाल देंगे, लेकिन मूड खराब होने पर छोटी सी बात के कारण भी अपसेट हो जाएँगे। इसलिए हमेशा मूड ठीक रखने का प्रयास करें।**

गुस्सा नार्मल व्यक्ति के लिए बिल्कुल ही एबनार्मल बात है। अधिकांश लोगों की मान्यता है, गुस्सा तो नार्मल बात है। यदि मैंने गुस्सा कर भी दिया, तब गलत क्या किया? वास्तव में हमने बार-बार गुस्से को अपने जीवन में लाकर एबनार्मल को नार्मल बना दिया है। इससे गुस्सा हमारा संस्कार, आदत बन जाता है। इसके बाद हम अपने गुस्से को नार्मल कह देते हैं।

यदि हम अपने गुस्से का त्याग नहीं करते हैं, तब ऐसी स्थिति में हम किस-किस से गुस्से की सहायता से कार्य लेंगे। दूसरे के ऊपर गुस्सा करने के पूर्व हम अपने ऊपर गुस्सा करते हैं। इसलिए गुस्से का नुकसान बाहर की तुलना में हमारे अंदर अधिक होता है। जिस व्यक्ति पर गुस्सा किया जाता है,

वह तो बाहर से ही प्रभावित होगा, लेकिन गुस्सा करनेवाला व्यक्ति अंदर से अधिक प्रभावित होगा। यह किसी व्यक्ति के ऊपर निर्भर है कि वह दूसरे द्वारा किए गए गुस्से को कितना अधिक अपने अंदर ले जाता है। इसलिए गुस्सा दूसरों के लिए कम, अपने लिए अधिक हानिकारक है।

हमें लगता है कि हम गुस्से की सहायता से दूसरों को कंट्रोल कर रहे हैं, जबकि ऐसा नहीं है, बल्कि दूसरा व्यक्ति कई विकल्पों में से एक विकल्प डर में जीवन जीने का चुनाव करके हमारी बात स्वीकार कर सकता है। कुछ लोग ऐसे भी होंगे, जो यह चुनाव करेंगे कि वे डर का जीवन व्यतीत नहीं करेंगे। जो निडरतापूर्वक जीवन व्यतीत करने का निर्णय लेता है, ऐसे व्यक्ति को हम गुस्से द्वारा कैसे कंट्रोल कर सकते हैं?

इसलिए लोगों को बदलने का प्रयास नहीं करना चाहिए। इससे हमारे अंदर एक प्रकार का आंतरिक डिस्टर्बेंस होगा और हमें पुनः गुस्सा आएगा। धीरे-धीरे हमारी गुस्सा करने की एक आदत बन जाती है। इस आदत से हम लोगों के अंदर जबरदस्ती गलती निकालने के प्रयास करने लगते हैं। हमारी दूसरे लोगों को बदलने की एक गलत आदत बन जाती है। जब ऐसा नहीं होता है, तब मन में चिड़चिड़ापन पैदा होता है। हमारे मन में चलता है कि एक छोटी सी भी बात, लोग नहीं समझते हैं। कितनी बार कहा गया है, ठीक से रहो, आदि-आदि।

गलती तो हम स्वयं करते हैं, लेकिन इसकी जिम्मेदारी दूसरे के ऊपर भी थोपने का प्रयास करते हैं। दूसरों की गलती सुधारने के लिए हम क्रोध का सहारा लेते हैं। एक गलती को सुधारने के लिए हम पुनः गलती करते हैं, लेकिन दूसरों को वही व्यक्ति सही कर सकता है, जो स्वयं सही रास्ते पर हो।

जो स्वयं आउट ऑफ कंट्रोल है, वह दूसरों को कैसे कंट्रोल कर सकता है। गुस्से की प्रारंभिक स्थिति चिड़चिड़ापन, आंतरिक डिस्टर्बेंस, इरीटेशन है। जैसे कंप्यूटर स्लो चल रहा है, कंप्यूटर ऑन नहीं हो रहा है। इंटरनेट स्पीड कम है। हम ट्रैफिक जाम में फँसे हैं और गाड़ी धीरे-धीरे चल रही है, हमारे आगे का ड्राइवर ठीक से गाड़ी चलाना ही नहीं जानता है।

भरी सभा में सभी को मोबाइल ऑफ, साइलेंट पर करने को कहा गया, लेकिन कोई एक न एक व्यक्ति होगा, जिसकी रिंग टोन सभा में बजेगी जरूर। ये सब बहुत छोट-छोटी बाते हैं। जैसे घर में सफाई को लेकर गुस्सा किया जाता है। **किसी को इतनी सफाई पसंद नहीं है, जबकि किसी दूसरे को इतनी गंदगी पसंद नहीं है।** यहाँ पर इतनी शब्द को कौन परिभाषित करेगा। छोटी-छोटी बातों पर गुस्सा करना कहाँ तक उचित है।

अंतर्मुखी होकर अपने क्रोध का मूल कारण खोजें, क्योंकि दूसरे द्वारा दिया गया ज्ञान बहुत दिनों तक नहीं टिकता है, जब तक कि दूसरों द्वारा प्राप्त ज्ञान का स्वयं अनुभव न कर लिया जाए। अंदर की शांति क्रोध-मुक्ति में सहायक है। बड़ी बात को छोटा बनाकर कठिन परिस्थति से बाहर निकलना जरूरी है।

एक राजा ने असली व नकली हीरों को मिला दिया और राज्य में ऐलान कराया कि जो व्यक्ति असली नकली हीरे को शत-प्रतिशत रूप में अलग कर देगा, उसे मुँहमाँगा ईनाम दिया जाएगा। इसमें सभी जौहरी फेल हो गए। इसके बाद एक अंधे को मौका दिया गया। अंधे ने असली-नकली हीरों को अलग कर दिया। राजा द्वारा अंधे से पूछे जाने पर उसने बताया कि वह इन हीरों को पहले धूप में ले गया। जो असली हीरे थे, वह गरम नहीं हुए; लेकिन नकली हीरे, काँच के टुकड़े गरम हो गए। इस कहानी से हमें सीख मिलती है कि हम सच्चे हीरे बनें, किसी भी बात पर गरम न हों। किसी पर क्रोध न करें।

गुस्सैल व्यक्ति का व्यक्तित्व माचिस की तीली की तरह है। क्रोधी के पास सिर तो है, पर दिमाग नहीं है, लेकिन दिमाग का प्रयोग करने के लिए हमें आध्यात्मिक ज्ञान चाहिए। तुरंत प्रतिक्रिया देने से बचना चाहिए। यदि क्रोध आए तो हम थोड़ा समय लें। उस स्थान से हट जाएँ तो क्रोध पर नियंत्रण पाया जा सकता है।

कुछ व्यक्ति अपना मान-सम्मान सबसे ऊँचा रखने के लिए क्रोध करते हैं। एक गाँव में एक मूँछवाले पहलवान व्यक्ति ने ऐलान किया कि यदि कोई गाँव में मूँछ रखता है तो उसे मुझसे युद्ध करना पड़ेगा। उसके गाँव के सभी व्यक्तियों ने अपनी मूँछ कटवा दी। एक दूसरा मूँछवाला व्यक्ति बाहर

से आकर पहलवान के पास पहुँचा और बोला, "मैं मूँछ रखना चाहता हूँ, इसलिए तुमसे युद्ध करूँगा।" इस व्यक्ति ने एक शर्त लगाई कि युद्ध के पूर्व क्रोध लाना जरूरी है, अपने क्रोध का सहारा लेकर पहले अपने घर जाकर अपने बीवी-बच्चों को पीटकर आना होगा।

पहलवान जब लौटकर मूँछवाले व्यक्ति के पास पहुँचा तो देखा कि वह मूँछवाला व्यक्ति अपनी मूँछ कटवा चुका था। पहलवान ने जब इसका कारण जानना चाहा तो उस मूँछवाले व्यक्ति ने बताया कि मैंने सोच-विचार किया कि छोटी-छोटी बात पर क्रोध नहीं करना चाहिए। इसलिए मैंने क्रोध से बचने के लिए अपनी मूँछ कटवाने का निर्णय ले लिया है।

छोटी-छोटी बातों के लिए लोगों से अधिक अपेक्षा रखना भी क्रोध का एक कारण बनता है। जैसे आप टाइम पर क्यों नहीं पहुँचे, आपने फोन क्यों नहीं किया, आपने उलटा जवाब क्यों दिया? इत्यादि।

इसके विपरीत हो सकता है कि कोई व्यक्ति हमसे ही अपेक्षा रखे। जब हम उसकी अपेक्षा पर खरे नहीं उतरते हैं तो उस व्यक्ति को हमारे ऊपर क्रोध आ जाता है। हमें भी उस व्यक्ति पर इसलिए क्रोध आ जाता है कि उसने हमसे इतनी बड़ी अपेक्षा ही क्यों रखी। इस परिस्थिति में सबसे पहले हमें पता करना पड़ेगा कि हम अपने आपसे क्या चाहते हैं।

जैसे कोई हमें चाय पीने को कहता है और दबाव डालता है कि मेरे साथ चाय पी लीजिए। यहाँ हमें चाय पीने अथवा नहीं पीने की जिम्मेदारी लेनी पड़ेगी। किसी के कहने के अनुसार नहीं, बल्कि अपने पसंद के अनुसार, हमने चाय पीने का निर्णय लिया है। किसी को खुश रखने के लिए खुद को दुःखी न करें। अंदर से प्रसन्न रहें, तभी हम सही निर्णय लेंगे। इससे हम क्रोध से बच सकते हैं।

दूसरें से अपना कार्य कराने के लिए आपको दूसरों पर प्रभाव रखना होगा। उन्हें अपने समीप रखना होगा। क्रोध करने से लोग हमसे दूर हो जाएँगे। डर और सम्मान, दोनों एक साथ नहीं रह सकते हैं। जिनसे हमें काम लेना हैं, उन्हें स्वीकार करना होगा और सम्मान देना होगा। वे जो हैं, जैसे हैं, उन्हें स्वीकार करें, फिर उन्हें और आगे जाने के लिए प्रेरित करें।

आप किसी से उसकी क्षमता से अधिक कार्य नहीं ले सकते हैं। उल्टा क्रोध करने से उसकी कार्य क्षमता कम हो जाएगी। हम मोटीवेटर के रूप में कार्य करें और मोटीवेशन में क्रोध के लिए कोई स्थान नहीं है।

किसी ने हमारे साथ बुरा बर्ताव किया या किसी ने हमारी बेइज्जती कर दी, तो हम इस बात को मन में पकड़कर रख लेते हैं। ऐसा बच्चे भी करते हैं। पकड़ी गई बात का प्रभाव मन में वर्षों तक होता है।

क्रोध एक प्रकार का जहर है, जिसे हमने वर्षों तक अपने भीतर जमा कर रखा है। यह हमारे शरीर और मन के लिए बहुत नुकसानदायक है। इसके लिए हमें समझना होगा कि कोई हमारी बेइज्जती नहीं कर सकता है या हमें दुःख नहीं पहुँचा सकता है, बल्कि हम स्वयं अपने को दुःख पहुँचाते हैं, क्योंकि मेरे इमोशन का नियंत्रण स्वयं मेरे पास है। अपने क्रोध का चुनाव भी मैंने स्वयं ही किया है। क्रोध हमारा चुनाव है।

उन्होंने कोई बात कहकर मुझे एक बार दुःखी किया है, लेकिन इस बात को पकड़कर मैं जब भी सोचता हूँ तो अपने को बार-बार दुःख पहुँचाता हूँ। अब कोई व्यक्ति मेरा नुकसान नहीं कर रहा है, बल्कि मैं स्वयं अपना नुकसान कर रहा हूँ। क्रोध का भीषण रूप नफरत है, जो व्यक्ति को अंदर ही अंदर खा जाती है।

वह गलत था और मैं सही था, इसीलिए मुझे गुस्सा आ गया। इसी तर्क के कारण मुझे अभी तक स्वयं किसी प्रकार की परिवर्तन करने की आवश्यकता महसूस नहीं हुई है। अभी तक मैं समझता था कि यदि मैं क्रोध नहीं करूँगा तो लोग और परिस्थितियाँ मेरे नियंत्रण के बाहर हो जाएँगी। यहाँ पर हम अपने क्रोध के पक्ष में एक ओर तर्क दे देते हैं, लेकिन क्रोध करने से अपना ही नुकसान अधिक है, दूसरे का कम।

किसी कार्य को करने के लिए गुस्सा करना ठीक नहीं है, लेकिन इसका अर्थ यह नहीं है कि गुस्सा न करने के कारण, हमारा काम भी रुक जाए। हम अपनी बात तार्किक रूप से और दृढ़तापूर्वक कहें, लेकिन गुस्से का सहारा न लें। गुस्से में हम नियंत्रण के बाहर चले जाते हैं। कुछ भी कहने के बाद हमें यह पता चलता है कि हमें यह

बात नहीं कहनी चाहिए थी, परंतु हम बातों पर जल्दी-जल्दी रिएक्ट करते रहते हैं।

स्वयं पर नियंत्रण रखकर अपनी बात मजबूती से और बिना रिएक्ट होकर कही जाए। आप अपनी बात इस प्रकार कहें कि बात कहने के बाद आप नार्मल और नेचुरल रहें। इस बात का विशेष ध्यान रखें कि आपका मन स्थिर रहे, जिससे न आपको बुरा लगे और न सामनेवाले को।

यदि किसी व्यक्ति द्वारा गलती करने पर हम बिना गुस्से किए, उससे बात करते हैं तो इसका अर्थ है कि हम समस्या पर फोकस न कर, समाधान पर फोकस कर रहे हैं। यदि आपको देखकर मुझे गुस्सा आ जाता है तो हम केवल आपकी गलती के बारे में ही चर्चा करेंगे, इतना ही नहीं, हम पिछली दस गलतियाँ और निकालकर आरोप लगाते हैं कि आप तो हमेशा ही गलत कार्य करते हैं। आप सब कार्य गलत करते हैं। यहाँ हम अपना फोकस समस्या या गलती पर ही रखते हैं। हमें अपना फोकस समाधान पर रखना होगा।

एक संस्कार बदलने के लिए हमें नया संस्कार पैदा करना पड़ेगा। अभी तक हमारे पास गुस्से से काम करने का संस्कार था, लेकिन अब प्रेम से काम कराने का संस्कार पैदा करना पड़ेगा। इसके लिए हमें शांत रहने का, मेडिटेशन का संस्कार पैदा करना पड़ेगा। लोग कहते हैं कि मुझे पता ही नहीं चला कि मैं कब आउट ऑफ कंट्रोल हो गया। चूँकि आपके पास गुस्सा करने का संस्कार पहले से ही बहुत गहरा था, इसलिए हमें गुस्सा करने पर, अपने गुस्से का पता ही नहीं चलता था। हमें यह नहीं पता था कि कब हम नार्मल हैं और कब हम गुस्से में हैं।

इसी तरह जब हम गुस्सा करने का संस्कार छोड़कर गुस्सा नहीं करने का संस्कार पैदा करते हैं तो स्वतः ही गुस्से पर नियंत्रण पाने लगते हैं। जिस प्रकार का संस्कार बनता है, उसी गुणवत्ता का विचार भी पैदा होता है। विचार पुनः संस्कार को प्रभावित करता है, अर्थात् जब तक हम सजग नहीं होते, तब तक सकारात्मक विचार से अपने संस्कार को बदल नहीं सकते हैं।

यदि एक बार क्रोध पैदा हो गया तो इसे दबाकर रखना मुश्किल है।

इसलिए क्रोध को पैदा ही न होने दें। पहले हम क्रोध करते हैं, फिर हम इसको सही साबित भी करने की कोशिश करते हैं। मैं सही हूँ एवं वह गलत है। हम तुरंत निर्णय दे देते हैं। जब हम परेशान होते हैं तो हम ऐसे लोगों के पास ही जाते हैं, जो कि हमारे पक्ष की बात करें।

हम किसी ऐसे व्यक्ति के पास नहीं जाएँगे, जो हमारी बात को गलत कहेगा। पक्ष लेनेवाला व्यक्ति भी तुरंत निर्णय देता है कि मैं सही हूँ, वह गलत है। जब तक हम इस सही और गलत के जजमेंट से बाहर नहीं आएँगे, तब तक हमारी समस्या का समाधान नहीं निकलेगा। हम जीवन में लगातार अपने का सही साबित करने में लगे रहते हैं और यही हमारे जीवन जीने का तरीका बन जाता है। हर व्यक्ति अपनी दृष्टि से बिल्कुल सही होता है। यह स्वीकार करके हम अपने गुस्से से बच सकते हैं।

हम यह मानकर चलते हैं कि दूसरा हमेशा गलत होगा। ऐसी स्थिति में हमारे सुधार की संभावना कम हो जाती है। यहाँ यह भी महत्त्वपूर्ण है कि दूसरा व्यक्ति भी अपने को सही साबित करने में लगा हुआ है। इसलिए हमें अपना जस्टिफिकेशन तुरंत बंद कर देना चाहिए। मैं सही, वह गलत, कहना बंद करना होगा। हमें सजगतापूर्वक अपनी प्रतिक्रिया पर ध्यान देना होगा। जो प्रतिक्रिया मन को दु:ख दे, खुशी छीने, रिश्तों में दरार पैदा करे, वह कभी भी हमारे लिए सही नहीं हो सकती। इसके लिए कोई जस्टिफिकेशन भी नहीं देना चाहिए।

जब हम गुस्सा करते हैं तो दूसरों को दर्द देते हैं। आकर्षण के नियम के अनुसार जो कुछ हम देते हैं, वही हमें बाद में वापस मिल जाता है। यदि हम किसी को दर्द देते हैं तो हमें दर्द ही मिलेगा। इस दर्द से हमें इरीटेशन होगी, फिर हमें और अधिक गुस्सा आएगा और यह चक्र चलता रहेगा। धीरे-धीरे हमारी सकारात्मक शक्ति कम होती जाएगी।

अत: उसको गुस्से के बजाय शांति से बात समझाई जाए। इसके लिए हमें दिमागी रूप से स्वस्थ व मजबूत रहना होगा। यदि हमारा मानसिक स्वास्थ्य अच्छा होगा तो हमारा शारीरिक स्वास्थ्य भी अच्छा होगा और साथ में सामाजिक, आध्यात्मिक स्वास्थ्य भी अच्छा रहेगा। सफलता के लिए सही

समय पर सही निर्णय लें। हमारी प्रतिक्रिया भी उचित मात्रा में होनी चाहिए और सही समय पर होनी चाहिए।

कार्य करने पर गलतियाँ भी होंगी और कार्य भी होगा। इसलिए गुस्सा होकर, मन भारी कर अपना कार्य न करें। मन का डिस्टर्बेंस हमारी ऊर्जा को नष्ट करता है। हमें यह तय करना है कि हमें किसी मुद्दे पर कितना सोचना है और उस मुद्दे को कितनी ऊर्जा देनी है या बिल्कुल ऊर्जा नहीं देनी है। जब मन में अधिक विचार चलने लगते हैं तो विचारों की गुणवत्ता कम होने लगती है। जब आंतरिक स्थिरता रहेगी तो स्वयं को भी अच्छा लगेगा।

स्वयं पर नियंत्रण रखकर अपनी बात मजबूती से और बिना रिएक्ट किए कहनी चाहिए। आप अपनी बात इस प्रकार कहें कि बात कहने के बाद आप नार्मल और नेचुरल रहें। इस बात का विशेष ध्यान रखें कि आपका मन स्थिर रहे। आप सकारात्मक और अच्छे भाव से बात करें, जिससे न आपको बुरा लगे और न सामनेवाले को बुरा लगे।

स्मोकिंग जोन और नॉन स्मोकिंग जोन की तरह हमें जीवन को बाँटकर चलना है। हमें कहाँ क्रोध करना है और कहाँ नहीं करना है। धीरे-धीरे स्मोकिंग जोन का एरिया अर्थात् क्रोध करने के एरिया को कम करते जाएँ। जीवन में क्रोध करने की संभावना कम करते चलें। अंत में एक ऐसी स्थिति आएगी, जहाँ जीवन में क्रोध के लिए कोई स्थान शेष नहीं बचेगा।

हमने अपने जीवन की मान्यता बनाते समय यह मान लिया है कि गुस्से से ही काम होता है, जैसे स्कूल में बच्चे जोर-जोर से शोर करते हैं। टीचर यह मान लेते हैं कि बच्चों को शांत करने के लिए बच्चों से अधिक जोर से बोलना चाहिए, ताकि बच्चों की आवाज दब जाए। यहाँ हम एक आवाज को दूसरी आवाज से खत्म करने की कोशिश कर रहे हैं, अर्थात् यदि आप डिस्टर्ब हैं, हम भी आपके साथ डिस्टर्ब होने के प्रयास में लग जाते हैं। एक आदमी गंदगी कर रहा है, उसकी गंदगी खत्म करने के लिए हम और अधिक गंदगी करना शुरू कर देते हैं। गुस्से की जगह शांति से काम करना अधिक प्रभावकारी होगा।

क्रोध का एंटीडोज शांति है। क्रोध बाहरी क्रिया के कारण नहीं, बल्कि आंतरिक प्रतिक्रिया के कारण होता है। जब पड़ोसी के घर कोई घटना होती है, तब हमें गुस्सा नहीं आता है, लेकिन जब अपने घर में वही घटना होती है, तब हमें अधिक गुस्सा आता है। हम इस बात का चुनाव करके अपना निर्णय लेते हैं कि हमें कहाँ क्रोध करना है, कहाँ नहीं करना है।

क्रोध के बाद मैं अपने को कोसता हूँ और गिल्ट में चला जाता हूँ, लेकिन हमारी सोच और बोल वातावरण में रेडिएट होते हैं। हमारी सोच, बोल हमारे जीवन की वास्तविकता बन जाते हैं। इसलिए हमें अपने सोच और बोल पर निगरानी रखनी चाहिए। हमें स्वीकार कर लेना चाहिए कि क्रोध में मैं दूसरे के लिए जो कुछ बोल रहा हूँ, वह अपने लिए बोल रहा हूँ। जो चीज मुझे चाहिए, उसी की विरोधी बात सोच रहा हूँ और बोल रहा हूँ। हमारे विचार बहुत शक्तिशाली होते हैं। चाहे यह विचार वरदान के रूप में हों अथवा श्राप के रूप में, बाद में यह वास्तविकता बन जाती है।

जैसे-जैसे हम बड़े होंगे, हमारा रोल, रेस्पोंसिबिलिटी बढ़ती जाएगी। हमारी रेस्पोंसिबिलिटी दूसरों को ठीक करना है अथवा स्वयं को ठीक रखना है। दूसरे की चाहे, जितनी बड़ी गलती हो, हमें अपने क्रोध को जस्टिफाई नहीं करना है। इसकी जगह हमें स्वीकार करना होगा कि क्रोध करना गलत है। हम अपने क्रोध को जस्टिफाई नहीं करके स्वीकार करें कि क्रोध करना गलत है और अगली बार क्रोध नहीं करेंगे।

हम महसूस करे कि इस परिस्थति में क्रोध के द्वारा व्यक्त की गई प्रतिक्रिया गलत है। क्या गलत, को गलत तरीके से ठीक किया जा सकता है। गलत दिशा में चलने वालों को सही दिशा में लाने के लिए पहले हमें स्वयं सही दिशा पर चलना होगा। यह सही है, आप क्रोध करके किसी को समझ रहे हैं। हम किसी में बदलाव लाना चाहते हैं।

अपने क्रोध की कीमत इतना अधिक लगा लें कि यह किसी तक पहुँच न सके। इसके अतिरिक्त अपने खुशी की कीमत इतनी कम कर लें कि यह सभी को मुफ्त में मिलने लगे। अपने मन से आप किसी से दूर नहीं जा सकते हैं। हाँ यह जरूर है कि आप किसी के नजदीक अवश्य आ सकते हैं। जितना

अधिक किसी के निकट आते रहेंगे, उतना ही हमारी नापसंद की चीज हमसे दूर होती जाएगी। यह आकर्षण का सिद्धांत कहलाता है।

गुस्सा करने से हमारी शांति में कमी आएगी। इसके प्रभाव से हमारी इच्छा शक्ति कमजोर होगी, आत्मिक शक्ति प्रभावित होगी और इसका प्रभाव पूरे जीवन पर पड़ेगा। आजकल लोग बुरी आदतें (एडिक्शन) इसलिए नहीं छोड़ पाते हैं, क्योंकि उनकी आत्मिक शक्ति कमजोर है। यह सब गलत बिलीव सिस्टम का परिणाम है। **इसलिए हम नए बिलीव सिस्टम को चुनें, प्रयोग करें तथा परिणाम देखें। एक बार हमें परिणाम मिलने लगेगा तो हम पुराने बिलीव सिस्टम के पास नहीं जाएँगे।**

प्रश्न उठता है कि क्या दूसरों की गलती सुधारने के लिए हमें फिर से गलती करनी चाहिए? हम यह भी तर्क देते हैं कि उनकी बड़ी गलती के लिए

हमने छोटी मात्रा में क्रोध किया। इसे भी जायज नहीं कहा जा सकता है। **आप बच्चे को मोटीवेट करें, गाइड करें। बच्चे को चेंज होने के लिए बता दें। उसे सुझाव दे दें, लेकिन क्रोध न करें। चेंज होना, न होना उसकी मर्जी है। हम जबरदस्ती किसी को चेंज नहीं कर सकते हैं।**

यह अभ्यास हमारे विचारों में भी जागृति लाता है। विचारों की जागृति क्रोध-मुक्ति का सर्वोत्तम उपाय है। गुस्से के मूड में, क्रोध पैदा होने पर आईने के सामने खड़े हो जाएँ। इससे दूसरी बार क्रोध की संभावना कम हो जाएगी। क्रोध एक विष चक्र के समान है। इसे जितना जल्दी तोड़ दिया जाए, उतना ही अच्छा। क्रोध के समय कारक व्यक्ति या परिस्थिति के विषय में कमियों के स्थान पर उसकी विशेषताओं का ध्यान करे, क्योंकि दुनिया का कोई ऐसा व्यक्ति नहीं है, जिसमें एक विशेषता न हो।

क्रोध को केवल बनावटी आधार पर ही सही कहा जा सकता है। वास्तविक क्रोध का किसी भी रूप में समर्थन नहीं किया जा सकता है। क्रोध पर नियंत्रण आत्मस्थिति अथवा स्वस्थिति के अनुभव से ही हो सकता है, यदि हम अपनी पॉजिटिव बातों पर, विशेषताओं पर ध्यान करें, तभी संतुष्टि मिलेगी। हम पूरी दुनिया में अनोखे हैं। दूसरों को अपने जैसा बनाने का प्रयास न करें। आप इस दुनिया में अनोखे हैं और दूसरों को भी अनोखे बना रहना दें। हमारी तरह इस दुनिया में कोई नहीं है। इसलिए अपनी तुलना दूसरों से करके क्रोधित न हों।

असंतुष्टि का अर्थ अपने जीवन का रास्ता भूल जाना है। इसलिए अपने भीतर देखने का प्रयास करें कि हमें क्या चाहिए ? क्रोध चाहिए अथवा शांति-खुशी। हम अपना अधिकांश समय शरीर को सुख देने के लिए व्यय करते हैं, लेकिन थोड़ा समय आंतरिक संतुष्टि के लिए भी देना चाहिए। **आंतरिक संतुष्टि के लिए किया प्रयास भी हमें क्रोध से छुटकारा दिलाता है। आंतरिक संतुष्टि को खोजने का प्रयास करें। इससे हमारा क्रोध छू-मंतर हो जाएगा।**

बदले का भाव दूसरे से अधिक हमें ही नुकसान पहुँचाएगा। बदला लेने के इस चक्र में हम अपने से और अपनों से बदला ले रहे हैं। हम बाहर नहीं,

बल्कि अपने परिवार से बदला ले रहे हैं। गुस्से में आकर जब हम दूसरे से बदला लेने के बारे में सोच रहे हैं, तब सबसे पहले स्वयं से बदला लेकर स्वयं को कष्ट दे रहे हैं।

लोगों ने हमारे साथ क्या-क्या किया है, हम गुस्सा क्यों न करें, लेकिन आंतरिक दर्द से बाहर निकलने के लिए हमें कोई-न-कोई लॉजिक देना ही होगा। हमारे अंदर या तो हैपिनेस होगी अथवा दर्द। इसलिए हैपिनेस खोजें। फीलगुड का कारण खोजें।

हम अपने बच्चे की गलत हरकत को रोकने के लिए गुस्से का सहारा लेकर बच्चों के अंदर डर का संस्कार पैदा कर देते हैं। लेकिन हम यह नहीं समझते हैं कि बच्चे ने ऐसा कार्य क्यों किया होगा। हम बच्चे के अंदर कॉन्फिडेंस के संस्कार पैदा करने की जगह डर का संस्कार पैदा करने पर अधिक बल देते हैं।

हमारी मान्यता है कि जो कुछ दूसरों के पास है, वह हमारे पास होगा, तभी हमें खुशी मिलेगी, लेकिन हमारे पास क्या होना चाहिए, इसकी भी कोई सीमा निर्धारित करनी होगी। आवश्यकता और विलासिता में अंतर करना होगा। सत्यता यह है कि खुशी आंतरिक स्थिति है। हमारे भीतर बदलाव लाने के लिए मोटिवेशन के साथ, धैर्य और समय चाहिए।

अब हमें पास्ट की जगह फ्यूचर को अच्छा बनाने के लिए अपनी स्थिति ठीक करनी होगी। जब मन की स्थिति ठीक होगी, परिस्थति अपने आप अच्छी होगी। माफी के साथ घटना को भूल जाना महत्त्वपूर्ण होता है। पकड़ी गई बात छोड़ दें। माफी से अधिक कठिन है, पकड़ी गई बात को भूलना। पकड़ी गई बात को याद रखने पर हम बात को बार-बार दोहराते हैं। इस तरह उस घटना को बार-बार अपने सामने लाते रहते हैं।

किसी ने कोई बुरी बात हमसे एक बार कही, लेकिन उस बात को हम अपने से सौ बार कहते हैं। दूसरा व्यक्ति, अपनी बात से हमें केवल एक बार कष्ट दे सकता है, लेकिन उस बात को पकड़कर हम अपने को सौ बार कष्ट देने लगते हैं। हम दूसरों से रिश्ता तो खत्म कर लेते हैं, लेकिन इंतजार भी करते

हैं कि उनके साथ कब बुरा होगा। जब लाख प्रयास करने पर भी उनके साथ बुरा नहीं होता, तब हमें फिर गुस्सा आने लगता है।

हम उनसे मिलना और बोलना तो छोड़ देते हैं, लेकिन सोचना नहीं छोड़ते हैं, अर्थात् उनसे हमारा कनेक्शन अभी भी बना हुआ है। हम उनके साथ ही जी रहे हैं। इतना अधिक महत्त्वपूर्ण हमारे परिवार का कोई सदस्य नहीं होता। हम जितनी बार उनके बारे सोचते हैं, उतनी ही बार गुस्सा होकर अपना नुकसान करते हैं।

क्रोध के लिए यह भी कहा जाता है कि दूसरों की गलती की सजा खुद को देना है। उदाहरण के लिए एक व्यक्ति के संस्कार हैं कि वह सड़क पर चलते हुए कचरा कही भी फेंक देता है। यह आपका संस्कार है कि सड़क पर कचरा नहीं फेंका जाता है, ऐसा करना गलत है। कचरा डालने के बाद वह व्यक्ति तो चला जाता है, लेकिन इसके पीछे से आप गुस्सा करते हैं कि कितनी गलत बात है, उसे बिल्कुल भी अक्ल नहीं है। कहीं सड़क पर कचरा फेंका जाता है ? क्या आदि-आदि।

यहाँ पर गुस्सा करनेवाले का ही नुकसान है। यहाँ हमारे पास दो तरीके थे।

पहला, कचरा फेंकते हुए देखकर, उसे रोकते और समझाने का प्रयास करते कि इस प्रकार कचरा सड़क पर फेंकना गलत है अथवा हमारे पास। **दूसरा,** विकल्प भी था कि हम स्वयं उस कचरे को उठाकर सही जगह पर फेंक देते।

एक व्यक्ति बचपन से गाली देता है, यह उसका संस्कार बन चुका है। उसे बचपन से वही माहौल मिला है, क्योंकि उसके परिवार में सभी गाली देते हैं। ऐसी स्थिति में इस परिवार के किसी बड़े सदस्य को यह बोलने का अधिकार नहीं है कि परिवार का छोटा सदस्य उन्हें गाली देता है, लेकिन यही सदस्य बड़े होने पर बोलते हैं, वह मेरा छोटा भाई है, मेरा बच्चा मुझे गाली देता है। इन्हें छोटे-बड़े का लिहाज नहीं है।

अगर उसे समझाया जाए कि आपको देखकर ही आपके बच्चे में या छोटे भाई में यह गाली देने का संस्कार आया है तो उसे यह बात समझ नहीं आती। उसे केवल यह दिखता है कि मुझसे छोटे ने मेरे साथ गलत किया। क्या

आपको क्रोध करके खुशी मिलती है, क्या आप इस बारे में सोचते हैं कि क्रोध करने के क्या नुकसान है ?

एक दिन बहू घर में बिना बताए बाहर चली जाती है। इस बात पर पूरे घरवाले गुस्से में आ जाते हैं। यहाँ पर गुस्से के मूल कारण पर ध्यान दें, तब हमें पता चलता है, हमें गलत और अलग शब्द में अंतर नहीं पता होने के कारण गुस्सा आता है।

इस घर में बाहर निकलने से पहले बताकर जाना इतना नेचुरल लगता है कि इसके अलावा हमें कुछ सही नहीं लगता है, लेकिन उस बहू का बिना बताकर घर से बाहर निकलना नेचुरल रूप से सही लगता है। हर व्यक्ति की अपनी आदत के पीछे पर्याप्त लॉजिक और रीजन मौजूद होता है।

इस लॉजिक से दोनों एक-दूसरे के ऊपर गलत होने का लेबल लगाकर अपनी हैबिट की तरह एक-दूसरे को खींचने का प्रयास करते हैं, अर्थात् दोनों ही एक-दूसरे को कंट्रोल करने में लग जाते हैं। दोनों ही अपने-अपने दृष्टिकोण से एक-दूसरे को गलत कहते हैं, जबकि सच्चाई यह है कि दोनों ही अपने-अपने दृष्टिकोण से बिल्कुल सही हैं। दोनों ही अपने-अपने दृष्टिकोण से सही होकर भी एक-दूसरे से संस्कारों के कारण अलग हैं।

एक बार गलत सिद्ध करके, कभी भी किसी को सही सिद्ध नहीं किया जा सकता है। गलत कहने में हम गुस्सा करते हैं, लेकिन गलती स्वीकार करने से, अर्थात् एक्सेप्ट करके हम गुस्से से बच सकते हैं। किसी को कंट्रोल नहीं किया जा सकता है। इसलिए कंट्रोल करने की जगह बदलाव का प्रयास होना चाहिए।

जब हम किसी की हैबिट को गलत कहेंगे, तब वह व्यक्ति अपनी हैबिट का बचाव करके हमारी ही हैबिट को गलत सिद्ध करने में लग जाएगा। यदि कोई किसी के सही होने की परिभाषा को गलत कहकर अटैक करने का प्रयास करता है, तब दूसरा भी उसके सही होने की परिभाषा पर अटैक करेगा।

जो मेरे अनुसार सही है, वह केवल मेरे अनुसार ही सही है, अर्थात् जो मेरे अनुसार सही, वह यूनिवर्सल रूप में कभी भी सही नहीं हो सकता है। अलग-अलग व्यक्तियों के सही-गलत होने की परिभाषा अलग-अलग होती है।

क्रोध हमारी शक्ति की निशानी नहीं है, क्योंकि हर व्यक्ति अपनी इच्छा शक्ति की कमी के कारण स्वयं पर नियंत्रण खो देता है। लोगों पर और परिस्थति पर अपना क्रोध प्रकट कर देते हैं। क्रोध हमारे कमजोरी की निशानी है। हमारी शक्ति की निशानी हमारी इच्छा शक्ति और हमारा आत्मविश्वास है। इसकी सहायता से हम लोगों और परिस्थति पर सही तरीके से अपनी प्रतिक्रिया देंगे, इस स्थति में हमारा अपने मन पर पूरा कंट्रोल रहता है। हमारा रिमोट कंट्रोल दूसरे के हाथों में जाने से बच जाता है।

- खुशी पाने के लिए नहीं, बल्कि खुश रहकर कार्य करें, क्योंकि यदि खुशी पाने के लिए कार्य करने के बाद हमें खुशी नहीं मिलेगी, तब हमें गुस्सा आएगा।
- गुस्से में किसी का मूल्यांकन न करें।
- गलत और अलग शब्द में अंतर समझें, सभी एक–दूसरे से अलग हैं और सभी अपने दृष्टि से सही हैं, यह समझ लेना ही गुस्से पर काबू पाने की चाबी के समान है।

□

4

क्रोध हमारी शक्ति नहीं, बल्कि कमजोरी है

"हमारे तनाव का मुख्य कारण, हमारी यह सोच है कि हम तनाव में हैं। तनाव हमारे क्रोध का कारण बनता है।"

—ईयान बॉथम

क्रोध को हम अपनी शक्ति मानते हैं। हम यह मान लेते हैं कि क्रोध करने से हमारे सभी कार्य हो जाते हैं। हमने ऑफिस में चिल्लाकर बोला और हमारा काम हो गया। इसी तरह घर में चिल्लाकर बोला और काम हो गया। प्लंबरवाले से जोर से बोला और हमारा काम हो गया। इस प्रकार हम अपने गुस्से को अपनी शक्ति समझने की भूल कर देते हैं। हम गुस्से का सहारा लेते हुए अपना सभी काम कराते जाते हैं।

लेकिन वास्तव में गुस्सा हमारे शक्ति की निशानी न होकर कमजोरी की निशानी है, क्योंकि गुस्से से कार्य लेने पर हमारी शक्ति कम होती जाती है। जब हम प्रत्येक बार काम कराते समय शोर मचाते हैं, गुस्सा करते हैं, तब हम अपने आस-पास एक भयानक और डरावना वाइब्रेशन भी पैदा करते हैं। गुस्से के समय यदि हम अपना ब्लड प्रेशर, पल्स रेट और हार्ट बीट चेक कर लें, तब हमें इस बात का विश्वास हो जाएगा। गुस्से के समय हमारी जबान लड़खड़ा जाती है, हमारे शब्द लड़खड़ा जाते हैं, अर्थात् गुस्से

का हमारे मन और शरीर पर नकारात्मक प्रभाव पड़ता है। गुस्से का प्रभाव हमें ठीक उसी समय दिखाई देगा। इसका हम अनुभव कर सकते हैं।

गुस्से से काम हो गया और बात खत्म हो गई। अब एक नई परिस्थिति आएगी। लेकिन यहाँ एक महत्त्वपूर्ण बात यह होगी कि पिछले दिनों लगातार गुस्सा करने से हमारी शक्ति कम होती जाती है, क्योंकि लगातार गुस्सा करने से हमारे शरीर और मन पर नकारात्मक प्रभाव पड़ता है। इसका अर्थ है कि अगली बार हमें अपना काम निकालने के लिए और अधिक गुस्से का सहारा लेना होगा।

आज हम चाहते हैं—घर में और ऑफिस में लोग हमारा कहना मानें। सभी लोग हमारे कंट्रोल में रहें। सभी को कंट्रोल करने के बाद हम अपने को पॉवरफुल समझते हैं। इसलिए हमारी सभी को अपने कंट्रोल में रखने की एक आदत बन बन जाती है, लेकिन जितना अधिक हम दूसरे को कंट्रोल में रखने का प्रयास करेंगे, उतना ही अधिक अपने ऊपर कंट्रोल खत्म करेंगे। इसका प्रभाव होगा कि दूसरे लोग हमारे कंट्रोल से बाहर निकल जाएँगे। इसलिए हमें उन्हें फिर से कंट्रोल करने के लिए अधिक गुस्सा करने की जरूरत है। इस प्रकार हम गुस्से के एक दुष्चक्र में फँस जाते हैं।

महत्त्वपूर्ण बात यह है कि जब हमें अपने आप पर कंट्रोल नहीं रहता है, तभी हम दूसरों को कंट्रोल करने का प्रयास भी करते हैं, अर्थात् जैसा मैं चाहता हूँ, ठीक वैसे ही होना चाहिए। इस तरह हमारी गुस्सा करने की एक आदत बन जाती है, लेकिन हमेशा लोग हमारे कंट्रोल में नहीं रहेंगे, हमारे अनुसार नहीं चलेंगे। जब लोग हमारे अनुसार नहीं चलेंगे, तब हमें फिर से गुस्सा आएगा। इसके बाद हमारे अपने ऊपर भी गुस्सा आएगा। इसके अतरिक्त सभी लोग हमारे बारे में यह कहने लगेंगे कि हमें बिना बात गुस्सा करने की आदत है। लोग हमारे बारे में कहेंगे, इनका तो गुस्सा करना स्वभाव है।

पहले हम बड़ी बात पर ही गुस्सा करते थे, लेकिन धीरे-धीरे गुस्से

की आदत के प्रभाव से हम छोटी-छोटी बात पर भी गुस्सा करने लगते हैं। धीरे-धीरे गुस्सा ही हमारा संस्कार बनने लगता है।

जब-जब हम गुस्सा करते हैं, हमारे मन, शरीर और रिश्तों पर बुरा असर होता है, अर्थात् यदि हम पहले चार साल के बाद बीमार पड़ते थे तो आज एक साल के अंदर ही बीमार पड़ने लगेंगे। इसका अर्थ है कि हम अधिक कमजोर होंगे। इसी प्रकार यदि पहले हमें दिन में एक बार गुस्सा आता था तो अब दिन में हमेशा गुस्सा आएगा।

इसका अर्थ है—हमारा मन कमजोर होता जा रहा है। धीरे-धीरे गुस्सा हमारा एडिक्शन बन जाएगा। जितना अधिक हमारी आंतरिक शक्ति कम होगी, हमें उतनी ही अधिक शक्ति की अधिक जरूरत होगी, क्योंकि हमारी मान्यता के अनुसार तभी लोग हमें शक्तिशाली समझेंगे।

लेकिन **पॉवरफुल वह है, जो केवल अपने लिए गारंटी लेता है, अर्थात् पॉवरफुल वह है, जो खुद से खुद का कहना मनवा ले। कोई भी परिस्थति आ जाए, हम शांत रहें।** कोई भी मौसम आ जाए, हम बीमार नहीं पड़ें। जब हम अंदर से पॉवरफुल होंगे, तब हमें दूसरों को कंट्रोल करने की जरूरत ही नहीं होगी, लेकिन जब हम अंदर से पॉवरलेस होंगे, तभी हमें लोगों को कंट्रोल करने की जरूरत होगी।

जितना अधिक हमारे अंदर दूसरों को कंट्रोल करने का एडिक्शन बढ़ता जाएगा, विपरीत परिस्थिति आने पर हम और अधिक रिएक्ट करने लगेंगे। इससे बहुत तेजी से लगातार हमारी आंतरिक पॉवर कम होती जाएगी। जितना अधिक हमारी बैटरी डिस्चार्ज होगी, उतना ही अधिक हमारे अंदर लोगों को कंट्रोल करने का भी एडिक्शन बढ़ता जाएगा। लोग मेरा कहना मानें, जैसा मैं कहूँ, जैसा मैं चाहूँ, वैसा ही होना चाहिए। यह बहुत एक बहुत डीप एडिक्शन है।

ऐसी स्थिति में हमारे पूरे जीवन का फोकस दूसरों को कंट्रोल करने में लग जाता है, लेकिन विश्व का ऐसा कोई एक तानाशाह भी अभी तक नहीं पैदा हुआ है, जो हमेशा दूसरों को कंट्रोल में रख

सका हो। यदि कोई कंट्रोल में आता भी है, तब डर या मजबूरी से ही होता है, लेकिन जब किसी व्यक्ति की डर और मजबूरी खत्म हो जाती है, वह व्यक्ति हमारे कंट्रोल से बाहर होने लगता है।

यह एक गलत मान्यता है कि जब प्यार से बोलने से हमारा कार्य नहीं होता है, तब गुस्से से बात करना जरूरी हो जाता है। हम कहते हैं कि कोई भी हमारी बात सुनता नहीं है। हम गलत मान्यता के आधार पर अपना जीवन जीने लगते हैं। हम समझते हैं कि गुस्सा हमारी ताकत की निशानी है, लेकिन हमारे जीवन जीने की सही मान्यता यह है कि गुस्सा हमारी ताकत नहीं, बल्कि कमजोरी की निशानी है, क्योंकि लोग मेरे बारे में यही इमेज बना लेंगे कि जब मैं जोर से गुस्से में बोलता हूँ, तभी मैं सीरियस हूँ। वास्तव में गुस्सा हमारे ताकत की निशानी न होकर, कमजोरी की निशानी है।

गुस्से के विषय में एक गलत मान्यता यह भी है कि जब मैं गुस्सा नहीं करूँगा, तब लोग हमें सीधा-सादा समझेंगे। फिर कोई भी कुछ भी बोलकर निकल जाएगा, लेकिन सीधा-सादा होना और बेवकूफ होना, दोनों अलग-अलग चीज हैं। गुस्सा हमारी कमजोरी की निशानी नहीं, बल्कि शक्ति की निशानी है। सीधा-सादा और सरल रहकर गुस्से की स्थिति से अपेक्षाकृत अधिक अच्छी तरह बचा जा सकता है।

प्रश्न है, जब कोई परिस्थिति आ जाए, तब उस पर तुरंत गलत प्रतिक्रिया देना ठीक होगा अथवा शांत रहना ठीक है। गुस्से की जगह शांति से काम लेना ही अधिक उचित है। परिस्थिति आ जाने पर रिएक्ट कर देना आसान है। यदि एक व्यक्ति ने शोर मचाया, तो उससे अधिक जोर से शोर करना आसान है। कोई व्यक्ति चिल्लाया, तब हमने भी अपना हाथ उठा दिया। इससे हम अपने आपको शक्तिशाली समझने लगते हैं। यह समझना हमारी भूल है।

यदि सामनेवाले व्यक्ति ने झूठ बोला, हमारी निंदा, आलोचना कर दी और हम शांत रहे, गलत प्रतिक्रिया देने से बच गए, इसका अर्थ है कि यहाँ पर हमें अधिक शक्तिशाली होने की जरूरत है। जब हम शक्तिशाली

होंगे, तभी अपनी शक्ति का प्रयोग भी कर पाएँगे। इसलिए गुस्से को अपनी ताकत नहीं, कमजोरी स्वीकार करें।

- गुस्से के समय हम आस–पास एक भयानक डरावना वाइब्रेशन पैदा करते हैं।
- गुस्से के समय हमारा ब्लड प्रेशर, पल्स रेट और हार्ट बीट बढ़ जाती है।
- गुस्से के समय हमारे शब्दों के बोल लड़खड़ा जाते हैं।
- लोग मेरा कहना मानें, जैसा मैं चाहूँ वैसा ही होना चाहिए, यह एक डीप एडिक्शन है, यह हमारे गुस्से का कारण बनता है।

□

5

ऑफिस और क्रोध

"सुबह से शाम तक काम करके आदमी उतना नहीं थकता, जितना क्रोध या चिंता से पल भर में थक जाता है।"

—जेम्स एलन

प्रश्न है, ऑफिस में हमारे द्वारा चार बार बोलने पर भी कार्य नहीं हो रहा है, तब हम गुस्सा न करें, तब क्या करें ? यदि हम देख रहे हैं कि चार बार बोलने से कार्य नहीं हो रहा है, तब अथॉरिटी का प्रयोग करें। हमें यह समझना होगा कि अथॉरिटी, एंगर नहीं है। अथॉरिटी और एंगर में अंतर है। हमें अपनी रोल रेस्पोंसिबिलिटी निभानी है, लेकिन सभी कार्य बिना डिस्टर्ब होकर करना है। क्लियर, पॉवरफुल और पॉजिटिव इन्स्ट्रक्शन देनी है, लेकिन एंगर से बचना है।

हम अथॉरिटी का प्रयोग करें, लेकिन गुस्सा नहीं करें। गुस्से में हम अंदर से डिस्टर्ब होकर अपने ऊपर कंट्रोल खो देते हैं। हम ऊपर से नीचे तक पूरी तरह हिल जाते हैं, लेकिन अथॉरिटी में हम पूरी तरह शांत, स्थिर रहकर कार्य करते हैं। अथॉरिटी में रहकर हम एक-एक शब्द सोच-समझकर बोलते हैं और हम सकारात्मक रहते हैं।

जो कार्य प्रेम से हो सकता है, वह क्रोध से नहीं हो सकता है। यह जरूर है कभी-कभी प्रेम से कार्य लेने के लिए हमें एक के स्थान पर चार बार बोलना पड़े, लेकिन जब हम प्रेम से कार्य लेते हैं, तब हमारे रिश्ते भी बचे रहते हैं और हमारा कार्य भी।

हम अपने गुस्से को परमिशन देते हैं कि हमें कहाँ गुस्सा करना है और कहाँ गुस्सा नहीं करना है। हम अलग-अलग जगह, कहीं कम और कहीं अधिक गुस्सा करते हैं, जैसे बॉस के सामने गुस्सा नहीं करते हैं, लेकिन स्टाफ से गुस्सा करते हैं, अर्थात् यदि हम जो अटेंशन बॉस के सामने रखते, तब स्टाफ के सामने भी रखें, तब गुस्सा कम होगा। यदि दिन में दस बार गुस्सा करते थे, लेकिन अब अटेंशन रखने से आठ बार गुस्सा करेंगे।

अटेंशन से अब हम दिन में दो बार गुस्सा कम कर रहे हैं। यह भी हमारे लिए बहुत बड़ी उपलब्धि है, क्योंकि यहाँ पर हमारा दो बार गुस्सा कम हो गया है। कल प्रयास करने के बाद चार बार हमारा गुस्सा कम होगा। धीरे-धीरे हम पूरे दिन गुस्सा नहीं करेंगे।

हमें प्रयास नहीं छोड़ना चाहिए। प्रयास के बाद मिले रिजल्ट से संतुष्ट भी रहना है। यदि हम बेरोजगार हैं और दस हजार रुपए की जॉब खोज रहे हैं, इस प्रयास में यदि पहले दिन एक हजार रुपए का जॉब प्राप्त होता है, तब निराश नहीं होना चाहिए, बल्कि जॉब में प्राप्त उस एक हजार से हमें संतुष्ट रहना चाहिए। संतुष्ट रहकर आगे दस हजार रुपए का जॉब खोजने के लिए प्रयास करने चाहिए।

यदि हम अपने जॉब में प्राप्त एक हजार से असंतुष्ट रहकर कार्य करेंगे, तब अगली बार उस दस हजार रुपएवाली जॉब मिलने की भी संभावना समाप्त हो जाएगी। इसके विपरीत यदि उस एक हजार रुपएवाली जॉब को प्राप्त कर संतुष्ट रहेंगे, संतुष्ट रहकर आगे प्रयास करेंगे, तब कल जरूर दस हजार रुपए की जॉब प्राप्त करेंगे। इसी आधार पर अपने गुस्से को नियंत्रित करने का प्रयास किया जा सकता है।

एक कंपनी के जनरल मैनेजर को मीटिंग में बार-बार पानी पीने की आदत थी। पूछने पर उन्होंने बताया कि चूँकि मीटिंग में हमें बहुत सी बातें पसंद नहीं आती हैं, इसलिए अपने क्रोध से बचने के लिए पानी पीता रहता हूँ। इस बीच में हमें समय मिल जाता है और फिर मैं सोच-समझकर मीटिंग में अपनी बात रख पाता हूँ। कोई बात पसंद नहीं है, तब उसे जरूर व्यक्त करें, परंतु मन का संतुलन रखकर बताएँ।

हमें मानना ही होगा कि क्रोध हमारे लिए हानिकारक है और हम स्वयं इसका कारण भी हैं। हमें क्रोध से मुक्त होना है। क्रोध एक सामान्य इनसान के लिए असामान्य इमोशन है। स्वयं जागरूकता द्वारा इससे बचा जा सकता है, अर्थात् किसी ने मुझे क्रोध नहीं दिलाया, बल्कि मैंने स्वयं क्रोध का चुनाव किया।

काम बिगड़ने पर हम सबसे पहले डिस्टर्ब न हों और न ही काम करनेवालों को डिस्टर्ब करें। मन को स्थिर रखकर अपना कार्य आगे बढ़ाएँ। याद रखें कि अच्छा वर्कर खोजना सोने का खजाना खोजने के समान है। यदि हमने एक बार किसी का दिल जीत लिया तो वह जीवन भर हमारा साथ देगा।

हम ऑफिस में काम निकालने के लिए अपने क्रोध को उचित मानते हैं। हम मानते हैं कि क्रोध करने से सामनेवाला जल्दी और अच्छा कार्य करेगा, परंतु क्रोध करने से सामनेवाले व्यक्ति का स्विच ऑफ हो जाता है और व्यक्ति अपनी पूरी क्षमता से कार्य नहीं कर पाता है। इतना ही नहीं, कर्मचारी क्रोध करनेवाले अपने सीनियर से भी दूर हो जाता है।

कार्मिकों का प्रयास होता है कि उन्हें क्रोधी बॉस के सामने न आना पड़े। किसी भी संबंध का आधार विश्वास और सम्मान है। यह क्रोध से मिलने वाला नहीं है। जब हम अपने बच्चों पर या ऑफिस में गुस्सा करते हैं तो हम यह साबित करते हैं कि हमारा अपने ऊपर कंट्रोल नहीं है। हम अपना स्वयं सम्मान नहीं रखते तो दूसरे का सम्मान कैसे करेंगे?

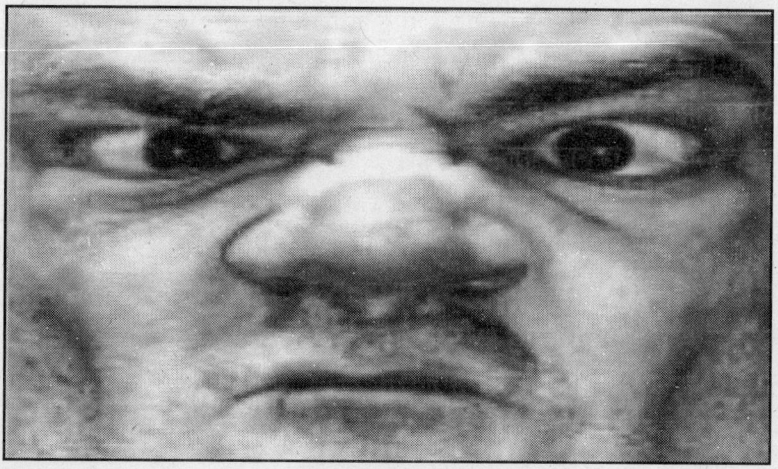

किसी भी कंपनी के कस्टमर-केयर कर्मचारियों को सिखाया जाता है कि कोई कैसा भी बोले, कुछ भी कहे, आप तीखी प्रतिक्रिया नहीं देंगे। आप केवल प्रेम से बोलेंगे। यदि आप ऐसा नहीं करते तो आप अपना वेतन और जॉब खो देंगे। इसी तरह जीवन में चाहे जैसी परिस्थिति हो, हमें मन को दुःख देनेवाली प्रतिक्रिया नहीं देनी चाहिए। हमने भी जीवन के कस्टमर केयर की नौकरी की है। यदि हम इस नियम का पालन नहीं करते हैं तो हम अपनी खुशी गँवा देंगे। जीवन में खुश रहना है तो हमेशा मुसकराकर बोलें।

हम अपना कार्य कराने के लिए क्रोध करते हैं, लेकिन हम देखते हैं कि हमारा कार्य तो हो गया, लेकिन हमें खुशी नहीं मिली। कार्य करना और कार्य कराना गलत नहीं है; लेकिन इसका तरीका गलत नहीं होना चाहिए। हमें ऐसा कोई तरीका नहीं अपनाना चाहिए, जिससे हमारी खुशी को क्षति पहुँचे। यदि कोई नौकर गलत काम करता है तो हम गुस्सा करके कहते हैं कि यह बार-बार गलती करता है, लेकिन यह बातें आप पर भी लागू होती हैं कि आप से बार-बार कहा गया है कि आप गुस्सा न हों, फिर भी आप गुस्सा होते रहते हैं।

कोई यह भी कह सकता है कि **यह तो नौकर का प्रोफेशन है, इसके उत्तर में यह कहा जा सकता है कि यदि यह नौकर का प्रोफेशन है तो यह आपका जीवन है। अपने जीवन की खुशी के लिए गुस्सा नहीं करना चाहिए।** दूसरे के प्रोफेशन से हमारा जीवन महत्त्वपूर्ण होता है। यदि दूसरे नहीं बदल रहे हैं तो यह प्रश्न भी पूछा जा सकता है कि क्या हम अपने को बदल रहे हैं?

गुस्से पर नियंत्रण के लिए विजुअलाइजेशन टेकनीक का प्रयोग किया जा सकता है, क्योंकि जिस बात को हम करते हुए देख लेते हैं, उसकी छाप हमारे दिमाग में छप जाती है। हमें क्रोध को नियंत्रित करने के लिए जागरूक रहना होगा। **क्रोध के बाद क्रोध पर नियंत्रण के लिए फिल्म के रिटेक की भाँति हम अपनी स्थिति को देखे। इस बात की कल्पना करें कि हम उस समय इससे अधिक अच्छी प्रतिक्रिया कैसे दे सकते थे। कल्पना के आधार पर सोची गई बेहतर प्रतिक्रिया या सीन का अभ्यास कर हम**

उसे अपने इमोशनल मेमोरी बैंक में रख लें।

ड्राइवर के लेट होने पर क्रोध न किया जाए। आप कोई कार्य करने जा रहे हैं तो आपका दिमाग स्थिर होना चाहिए। आप उन पर क्रोध करने जा रहे हैं, जो आपकी गाड़ी चलाएँगे। लेट पहुँचने पर आप ड्राइवर से कारण पूछ सकते हैं और संतुष्ट न होने पर चेतावनी भी दे सकते हैं, लेकिन ड्राइवर पर क्रोध करना उचित नहीं है, क्योंकि ड्राइवर तो आनेवाले दिनों में फिर लेट आएगा।

यदि आपका ड्राइवर लेट आया है तो पहले आप उसकी बात पूरी तरह सुनें और अथॉरिटी के रूप में स्पष्ट रूप से कहें कि कल से आप समय पर आएँगे, लेकिन ये सब बातें बिना गुस्से किए कहना है। आप ड्राइवर के लेट न होने या समय पर आने संबंधी कुछ सुझाव व उपाय भी बता दें। गुस्से में हम समस्या या गलती पर ही अपना ध्यान फोकस रखते हैं और गुस्से में हमारा अटैक व्यक्ति पर हो जाता है। हम अपना टारगेट किसी व्यक्ति को न बनाकर, अपने कार्य को बनाएँ।

कभी किसी को लेबल लगाकर नहीं देखना चाहिए, जैसे यदि किसी दिन ड्राइवर द्वारा पेट्रोल की चोरी के बारे में हमें पता चल जाए, तब हम यह नहीं कह सकते हैं कि यह ड्राइवर चोर है। यह हमेशा झूठ बोलता है, यह हमेशा चोरी करता है, यह हमेशा लेट आता है। लेबल लगाकर हम हमेशा ड्राइवर के साथ नहीं रह सकते हैं। यहाँ पर लेबल की एनर्जी इतनी भारी हो जाती है कि ड्राइवर यदि कभी अच्छा कार्य भी करता है, तब हम ड्राइवर को चोर के लेबल के साथ देखते हैं। हम अपने ड्राइवर को हमेशा संदेह के नजरिए के साथ देखेंगे।

यदि कभी हमारा ड्राइवर किसी एक दिन पेट्रोल की चोरी करता है, तब इसका अर्थ यह नहीं है कि वह रोज चोरी ही करेगा। यह जरूर है कि कभी ड्राइवर को मौका मिले, तब वह चोरी कर सकता है, लेकिन जैसे ही हम ड्राइवर के ऊपर चोर होने का लेबल लगा देते हैं, हमारा भरोसा उस ड्राइवर पर से उठ जाएगा। हम हमेशा ड्राइवर को चोर के लेबल लगाकर यही समझते रहेंगे कि ड्राइवर तो कहीं भी और कुछ भी चोरी कर सकता है।

यदि कभी ड्राइवर के द्वारा चोरी किए जाने के विषय में हमें पता चले, तब इसका समाधान खोज लें। ड्राइवर को चोरी के विषय में एहसास करा दें। कोई अनुशासनात्मक काररवाई कर दें, लेकिन यदि हम ड्राइवर को चोर का लेबल लगाकर देखेंगे, तब इसका अर्थ होगा कि ड्राइवर केवल एक दिन पेट्रोल की चोरी करेगा और हम हमेशा अपनी पॉजिटिव एनर्जी की चोरी करेंगे।

हमारे अंदर डिस्टर्बेंस केवल एक ड्राइवर की वजह से है, लेकिन इससे हम अपने आस–पास के अन्य स्टाफ को भी चोर का लेबल लगाकर देखने लगेंगे, क्योंकि लेबल लगाकर देखने से हमारे भीतर संदेह करने का संस्कार विकसित होने लगेगा। हमें लगेगा कि ऑफिस के दूसरे ड्राइवर भी चोरी करते हैं।

ड्राइवर को यदि चोरी करनी होगी, वह चोरी करेगा। जिसको जो करना है, वह करेगा। हम किसी को नहीं बदल सकते हैं। केवल हम बिना डिस्टर्ब हुए अपना रोल और रेस्पोंसिबिलिटी निभाएँ। किसी को लेबल लगाकर न देखें।

यदि हम लोगों पर विश्वास करते हैं, फायदा हमारा होगा। यदि हम लोगों पर संदेह करते हैं, नुकसान हमारा होगा। गलत एक व्यक्ति करता है, हम दस व्यक्ति पर संदेह करते हैं, लेकिन दस में से नौ लोग विश्वास के पात्र हैं। हम अपनी चीज सँभालकर रखें, लेकिन दूसरे को चोर न कहें।

यदि दस में से नौ व्यक्ति ईमानदार हैं, तब किसी एक चोर व्यक्ति के कारण सभी नौ व्यक्तियों को चोर नहीं कह सकते हैं। यदि हम उस चोर पर भी विश्वास करेंगे, तब वह चोर भी हमारे विश्वास को बनाए रखने का प्रयास करेगा, लेकिन यदि हम ईमानदार को विश्वास की नजर से नहीं देखेंगे, तब वह भी हमारे विश्वास की कद्र नहीं करेगा।

पॉजिटिव एनर्जी के साथ चोर भी संत बन जाता है और निगेटिव एनर्जी के साथ संत भी चोर बन जाता है। कोई व्यक्ति हमेशा संत रहेगा अथवा चोर रहेगा, हम ऐसा नहीं कह सकते हैं। इसलिए कहा जाता है, किसी को लेबल लगाकर नहीं देखना चाहिए।

क्रोध अपनी उच्च अवस्था में पहुँचकर पर्सनल अटैक में बदल जाता है। क्रोध के पहले चरण में हम हमारी इच्छा के विपरीत कार्य होने पर, उस कार्य के प्रति क्रोध उत्पन्न करते हैं। अगले चरण में यह क्रोध

पर्सनल अटैक में बदल जाता है। क्रोध में आकर हम बोलने लगते हैं—तुम तो हो ही गलत, कभी कोई कार्य ढंग से नहीं करते हो। अभी तक कार्य गलत था, लेकिन अब वह व्यक्ति ही गलत हो जाता है।

भविष्य में जब कभी उस प्रकार की परिस्थिति आ जाए, तब गुस्से की जगह अपने अंदर स्थित इमोशनल मैमोरी बैंक के अनुसार अच्छी और सुधरी प्रतिक्रिया दें। जैसे यदि ड्राइवर के लेट आने पर हम गुस्सा कर देते हैं, **लेकिन ड्राइवर तो हमेशा लेट आएगा। अगली बार हम ड्राइवर पर गुस्से की जगह मोटिवेटेड रेस्पांस की प्रतिक्रिया दे सकते हैं। गुस्से की जगह हम ड्राइवर से साफ कह दे कि कल से आप लेट नहीं आएँगे। हमें अपनी बात सामने रखनी है, लेकिन बिना डिस्टर्ब होकर कहना है।**

टॉलरेंस हमारे दिमाग को शांत करता है। सुबह-सुबह हमें मीटिंग के लिए समय पर ही निकलना है। हमने ड्राइवर को पहले से ही बता दिया है। फिर भी पता चलता है कि अभी तक ड्राइवर ने गाड़ी में डीजल नहीं भरा है। अब तो डीजल लेने में लेट हो जाएगा। हम मीटिंग में लेट हो जाएँगे। अब हम बॉस को क्या बताएँगे, परंतु **प्रश्न यह है कि क्या हमारे शोर मचाने और क्रोध करने से बिगड़ी बातें ठीक हो जाएँगी ?**

हमारे मन में यह विचार आने लगता है कि ड्राइवर की एक गलती के लिए अपने बॉस से सॉरी बोलना हमारे लिए कहाँ तक उचित होगा। ये सब नकारात्मक विचार हैं। ड्राइवर को हर बात के लिए डाँटना गलत होता है। हमें टॉलरेंस से काम लेना होगा। काम बिगड़ जाने पर, हमको बॉस से सॉरी तो वैसे भी बोलना ही पड़ेगा। चाहे हम शोर मचाएँ अथवा न मचाएँ। क्रोध किसी समस्या का समाधान नहीं है।

क्या हम शोर मचाने और क्रोध करने से समय पर मीटिंग में पहुँच जाएँगे और आगे की बिगड़ी स्थिति ठीक हो जाएगी, फिर क्या हमारे शोर मचाने या चिल्लाने का कोई फायदा हमें मिलेगा ? सबसे महत्त्वपूर्ण बात यह है कि हम तो अब लेट हो ही चुके हैं। वास्तव में हम ड्राइवर की वजह से लेट हैं और अपनी वजह से दुःखी हैं। हमें स्पष्ट समझकर अपना निर्णय लेना होगा कि क्या हमारे कंट्रोल में है, क्या हमारे कंट्रोल में नहीं है।

हम एक सीन की कल्पना पहले से ही अपने दिमाग में फिट करके अपना निर्णय लेते हैं, जैसे यदि किसी मीटिंग में हमें प्रतिभाग करना है, तब हम पहले से इस मीटिंग की एक स्क्रिप्ट दिमाग में तैयार कर लेते हैं। स्क्रिप्ट के अनुसार हम मीटिंग में समय पर पहुँचेंगे। दूसरे लोग भी समय पर पहुँचेंगे। सबसे पहले लोग हमसे चाय तो पूछेंगे ही। संयोग से हम आज तो घर से चाय पीकर नहीं निकले थे। फिर मीटिंग में हमसे जो कुछ भी पूछा जाएगा, वह सब हम बता देंगे। दूसरे लोग अपनी बात रखेंगे, लेकिन हम उनसे अपनी बात मनवा ही लेंगे। यह स्क्रिप्ट तैयार कर हम मीटिंग में जाते हैं।

अब परिस्थिति या स्क्रिप्ट उलटी हो चुकी है।

पहला—हो सकता है कि हम स्वयं ही ट्रैफिक जाम में फँस जाएँ। हम समय पर स्वयं ही मीटिंग में नहीं पहुँच पाएँ। इसके अतिरिक्त—

दूसरा—यह भी संभव हो सकता है कि दूसरे लोग हमसे भी अधिक लेट हो जाएँ।

तीसरा—यह भी हो सकता है कि दूसरे लोगों के आने के बाद लोग यह भूल जाएँ कि हमसे चाय भी पूछनी है।

मीटिंग जिस एजेंडे पर शुरू होनी थी, वह एजेंडा भी बदला जा सकता है। हमने जो भी सोचा था, वह मीटिंग में हम बोल भी नहीं पाए। हम तो इसके लिए तैयार ही नहीं थे। इसलिए हमने उम्मीद के विपरीत अपनी उल्टी प्रतिक्रिया दे दी। अब हमारी पूरी स्क्रिप्ट ही बदल गई है। यह सब देखकर हम अत्यंत क्रोधित हो जाते हैं, अर्थात् हमें पहले से ही अपनी स्वयं की स्क्रिप्ट तैयार करके नहीं रखनी चाहिए, क्योंकि हमारी स्क्रिप्ट हमारे अनुसार नहीं चलेगी।

हमें स्पष्ट रूप से समझ लेना होगा कि कौन सी पॉवर हमारे पास और कौन सी पॉवर दूसरों के पास है। मन को कंट्रोल करने की पॉवर हमारे पास है और दूसरों को कंट्रोल करने की पॉवर हमारे पास नहीं है। यदि कोई मेरा काम ठीक ढंग से न करें, मेरा काम बिगाड़ दे अथवा मेरे धन को लूट ले, यह सभी पॉवर दूसरों के पास है।

परंतु दूसरे लोग अपनी पॉवर जैसा चाहें, वैसा प्रयोग करें, लेकिन हम

अपनी पॉवर जैसा सही होगा, उसी तरह प्रयोग करेंगे, लेकिन जो पॉवर हमारे पास है और यदि हम उसको भी महसूस नहीं करेंगे तथा अपनी पूरी शक्ति दूसरों को सौप देंगे, तब हमेशा हम डिस्टर्ब रहेंगे। हमारे पास एडजेस्टमेंट, टॉलरेंस, एक्सपटेंस की पॉवर है। एडजेस्टमेंट, टॉलरेंस, एक्सपटेंस की पॉवर के उपयोग से हम क्रोध से बच सकते हैं।

अनुशासन बना रहना चाहिए, लेकिन हर समय अनुशासन बना रहे, यह भी जरूरी नहीं है। अनुशासन की जो परिभाषा हम देंगे, सब लोग भी कभी-कभी मानेंगे, लेकिन सब लोग हर समय, मेरी हर बात मानेंगे, यह जरूरी नहीं है, लेकिन गलत कार्य देखकर हमें अपना सेल्फ कंट्रोल नहीं खोना है। दूसरे से पहले अपने को अनुशासन में रखना होगा। हमें अनुशासित देखकर दूसरा भी अनुशासन में रहने के लिए प्रेरणा और शक्ति प्राप्त करेगा। धीरे-धीरे दूसरा भी अनुशासित हो जाएगा।

मैं और मेरा शब्द के बीच अंतर न करने की प्रवृत्ति हमारी निर्णय शक्ति और परख शक्ति को कमजोर करती है। मैं और मेरा में अंतर है। जब मैं परफेक्ट रहूँगा, तब मेरा सबकुछ स्वतः परफेक्ट होगा, परंतु आजकल गलत और विपरीत मान्यता को माना जाता है। आज के अनुसार जब मेरा सबकुछ परफेक्ट होगा, तब मैं, परफेक्ट रहूँगा।

अटैचमेंट का प्रभाव है—लोग रिटायरमेंट के बाद भी अपनी पोस्ट को पकड़कर रखना चाहते हैं। लोग, रिटायरमेंट के बाद भी, अपनी पोस्ट के पहले पूर्व लिखते रहते हैं, जैसे—पूर्व विधायक, पूर्व आई.ए.एस.। इसे आज के दौर की पहचान की समस्या कहते हैं। पहचान की समस्या से निकल पाने का अर्थ है कि अपनी निर्णय शक्ति को बढ़ाना।

हम ऑफिस में हैं। बॉस गुस्सा करते हुए कहते हैं कि तुम तो कोई भी काम, कभी भी ठीक से नहीं करते हो, सब काम गलत हो गया, कैसे करते हो, कभी कुछ सीखा नहीं, क्या माँ-बाप ने कुछ भी नहीं सिखाया ? अब आपको गुस्सा आ रहा है, लेकिन बॉस है, कैसे जवाब दें, नौकरी चली जाएगी। तब हमारे पास क्या उपाय है। आप अपने गुस्से को दबा देते हैं। इससे आपकी आंतरिक स्थिति पर असर पड़ेगा, वह किसी-न-किसी रूप में बाहर आएगा।

इससे स्ट्रेस बढ़ेगा, घर पर गुस्सा निकलेगा या ब्लड प्रेशर बढ़ेगा। तब आपको उस परिस्थिति में क्या करना चाहिए?

अपनी सीट पर बैठकर आकलन करना चाहिए। क्या बॉस जो कह रहे हैं, वह सही है या गलत। मतलब आप अपना काम चेक कीजिए। आपने सब सही किया है अथवा गलत किया है। अगर गलत किया है तो उसे सही कीजिए और बॉस से जाकर माफी माँग लीजिए। बात वहीं पर खत्म हो जाएगी। अगर सब कार्य सही किया है और आप कहीं पर गलत नहीं है, तब चिंता करने की आवश्यकता नहीं है।

अनजाने में की गई गलती करने पर हमें बचाव के सौ रास्ते मिलेंगे, लेकिन जान-बूझकर की गई गलती का हमें कोई बचाव नहीं मिलेगा। क्यों सोचने में अपना समय खराब करें? बॉस को भी थोड़ी देर में अपनी गलती एहसास हो जाएगा। यदि बॉस को अपनी गलती का एहसास नहीं होता है, तब मान लें कि बॉस का भी कोई बॉस होता है। आपको आगे कुछ भी नहीं सोचना। **सच की नाव हिलती है, डुलती है; लेकिन कभी भी डूबती नहीं है। सत्य को प्रत्यक्ष नहीं करना पड़ता है, क्योंकि सत्य स्वयं प्रत्यक्ष होता है।**

अब परिस्थिति को पलट दीजिए। मान लीजिए आप बॉस हैं और अपने कर्मचारियों पर किसी भी गलती के लिए चिल्लाना शुरू कर देते हैं। तब क्या होता है, सबसे पहले ऑफिस का माहौल बोझिल हो जाता है। जिस पर आप गुस्सा कर रहे हैं, उसकी बुद्धि भी काम करना बंद कर देगी। उसके मन से नकारात्मक वाइब्रेशन निकलेगी, जो सीधा आपके ऊपर प्रभाव डालेगी और आपके काम पर भी। ऑफिस में कोई मन लगाकर काम नहीं करेगा। लोगों को लगेगा कि चाहे अच्छा कार्य करो अथवा बुरा, डाँट तो पड़नी ही है।

बॉस अपनी इमेज और भय का एहसास दिलाने के उद्देश्य से, अपने सबोर्डिनेट की टेबल पर पहुँच जाता है। टेबल पर पहुँचकर बॉस पूछता है, क्योंकि इतना ढीला काम चल रहा है। तुम कुछ नहीं कर सकते हो। यदि यह काम नहीं कर सकते हों, तब हमें अभी बता दो। सबोर्डिनेट मन में सोचता है कि बॉस पहले आप इस टेबल के पास से हटें, सारे काम अपने आप हो जाएँगे।

आपकी इमेज एक गुस्से करनेवाले व्यक्ति की बन जाएगी। आपके

सामने आते ही लोगों के मन में नकारात्मक भाव आने लगेंगे। आपकी रेस्पेक्ट लोग सिर्फ दिखाए के लिए करेंगे। अब आपको क्या करना चाहिए, प्रयोग करके देखिए, अगर किसी से कोई गलती हुई है तो उसे चेक कीजिए और बताइए कि तुम्हारी गलती यहाँ है, इसे इस प्रकार करोगे तो यह ठीक हो जाएगा। इससे दो बात होंगी, एक तो आप अपनी स्व की स्थिति बरकरार रखेंगे और दूसरे सामनेवाला और अधिक मन लगाकर काम करेगा।

ऑफिस में कम्यूनिकेशन का अर्थ, दूसरे की बात इस भाव से सुनना कि दूसरा भी सही कह रहा है। कभी भी ऑफिस में या परिवार में बोलचाल बंद नहीं होनी चाहिए। दोनों पक्ष इंतजार करते हैं कि दूसरा पहले आकर बात करे। दोनों जानते हैं कि यह उनकी गलती है। पहले कौन बात करेगा, इस इंतजार में महीनों बीत जाते हैं। हम जितना अधिक बात करने में देरी करेंगे, उतना ही एक-दूसरे से दूर होते जाएँगे।

कभी-कभी ऑफिस का तनाव घर में पहुँच जाता है, लेकिन घर और ऑफिस में अंतर है। घर में सहयोग है और ऑफिस में कंपीटिशन है। इसलिए घर जाने का समय होने पर हम हल्का महसूस करने लगते हैं, जबकि ऑफिस जाते समय तनाव में आ जाते हैं। घर में पॉजिटिव वाइब्रेशन है, जबकि ऑफिस में नेगेटिव वाइब्रेशन है। यदि हम अपनी नेचर चेंज कर लें, तब ऑफिस भी घर में बदल सकते हैं।

ऑफिस में कंपीटिशन की जगह कोऑपरेशन पर बल देना चाहिए। कंपीटिशन के भाव में हम अपना लक्ष्य भूल जाते हैं और दूसरों को पीछे करने में लग जाते हैं। एक कहानी के अनुसार—दो व्यक्तियों को शेर ने दौड़ा लिया। दौड़ते समय एक व्यक्ति रुककर जूते पहनने लगा। पहला व्यक्ति पूछता है कि क्या आप समझते हैं कि जूते पहनने से आप शेर से बच जाएँगे। उसने जवाब दिया—शेर से तो नहीं बच पाएँगे, लेकिन तुमसे तेज जरूर दौड़ेंगे।

लीडर का अर्थ ऐसा व्यक्ति, जो किसी परिस्थति में स्थिर हो। जो गुस्से के कारण कभी आउट ऑफ कंट्रोल न हो। लीडर अपनी गलती जूनियर पर नहीं थोपता है। लीडर दूसरे की गलती को ठीक करने की जिम्मेदारी भी ले

लेता है। लीडर अपने प्रोजेक्ट के साथ टीम को भी महत्त्व देता है। यदि केवल प्रोजेक्ट पर ही बल दिया जाए, तब प्रोजेक्ट तो पूरा हो जाएगा; लेकिन उसकी टीम टूट जाएगी।

क्रोधी व्यक्ति अपनी बात एक माँग के रूप में रखेगा, जबकि शांत व्यक्ति अपनी बात अनुरोध के रूप में रखेगा, लेकिन समझौता भी नहीं करेगा, बल्कि अपनी बात अधिक मजबूती से रखेगा। डर में व्यक्ति-व्यक्ति आँख मिलाकर बात नहीं कर सकता है। शांत व्यक्ति आँखें झुकाकर नहीं बात करता है। ऐसा व्यक्ति पूरे आत्म विश्वास के साथ बात करता है। जब हम गुस्से में हैं, तब दूसरे की बात सुनते ही नहीं हैं। जब डर में हैं, तब हमारे पास दूसरे की बात सुनने की ताकत ही नहीं है, लेकिन जब हम शांत हैं, तब हम दूसरों की बात बहुत ध्यान से सुनते और समझते हैं।

शांत रहकर ही हम किसी बड़ी समस्या का समाधान कर सकते हैं, जैसे यदि जंगल में शेर मिल जाए, तब हम भागना शुरू कर देते हैं। प्रश्न है कि क्या भागने से शेर से बच जाएँगे, क्योंकि शेर हमसे दस गुना तेज भागेगा।

डर में हम अपंग हो जाते हैं। ऐसी स्थिति में हमारे पास अन्य विकल्प है, लेकिन क्रोध और डर में हम केवल एक विकल्प को देखते हैं। डर में हमें अन्य विकल्प दिखाई देना बंद हो जाते हैं। आंतरिक स्थिरता के समय हमारे पास अन्य विकल्प सामने आ जाएगा। सही विकल्प का हम तभी प्रयोग कर पाएँगे, जब हमारे भीतर डर नहीं होगा।

काल्पनिक डर प्रेशर पैदा करता है। सभी डरते हैं कि यदि जॉब चली गई, तब क्या होगा, लेकिन डर निकाल कर देखा जाए, तब हम मानसिक रूप से स्थिर और मजबूत रहेंगे। जब हमारा मन स्थिर और मजबूत रहेगा, तब 99 प्रतिशत यह संभव है कि हमारी जॉब नहीं जाएगी। यदि एक प्रतिशत जॉब चली भी जाए, तब हमें अनुभव के आधार पर और अधिक अच्छी जॉब मिल जाएगी।

ऑफिस में बॉस सोचता है कि आइडिया केवल वही दे सकता है। जूनियर को अपना दिमाग लगाने के लिए मना किया जाता है। जूनियर से कहा जाता है कि तुम अपना दिमाग मत लगाओ, लेकिन ऑफिस में सभी लोग एक समान

मानसिक लेवल पर होते हैं। यह भी संभव है कि एक जूनियर अपने मानसिक स्तर का सकारात्मक प्रयोग करके बॉस से अधिक अच्छा आइडिया देने की क्षमता रखता हो, लेकिन बॉस ईगो में अपने ही आइडिया को अच्छा मानता है।

आज हम घर से अधिक समय ऑफिस में व्यतीत करते हैं। इसलिए ऑफिस में घर जैसा माहौल बनाने का प्रयास होना चाहिए। घर में बड़ी-से-बड़ी गलती छिप जाती है। घर में सभी कहते हैं कि घर की बात घर में ही रहनी चाहिए, लेकिन ऑफिस में हुई गलती राइट टू इंफोर्मेशन एवं अन्य माध्यम से आम लोगों तक पहुँच जाती है। सहकर्मी इस बात में इंतजार करता है कि हम कोई गलती करें, तब वह हमें मजा चखाए। ऑफिस में सब को नीचे गिराकर स्वयं आगे बढ़ने की चाहत रखनेवाले लोग भी मिल जाते हैं।

जब हम ऑफिस को घर मानेंगे, तब इन्जॉय करते हुए कार्य करेंगे, हमें थकावट नहीं होगी। हमें तय करना है कि हम अपना किस प्रकार की एनर्जी का फील्ड बनाते हैं। मोटिवेशन, अप्रिसिएशन जरूरी है। लेकिन जो चीज यदि किसी के पास नहीं है, तब उससे वह चीज प्राप्त करने की इच्छा न रखें। जब बॉस स्वयं नेगेटीविटी से भरा है, तब वह दूसरों को कैसे मोटिवेट और एप्रिशिएट कर सकता है, लेकिन इसका अर्थ यह नहीं है कि मेरा कार्य अच्छा नहीं है। इसलिए सेल्फ अप्रिसिएशन और मोटिवेशन पर जरूर बल दें।

अगर मैं डिप्रेस हो गया, तब मेरी अपनी विशेषता समाप्त हो जाएगी। दूसरे तो चाहते ही हैं कि मेरा काम खराब हो जाए। इससे मेरा मूड लगातार ऑफ होता जाता है। इससे मेरा मन कार्य से हट जाता है। अब हम अपना कार्य छोड़कर दूसरों में कमियाँ निकालने में जुट जाते हैं।

हम यह नहीं कह सकते हैं कि मैं उनकी वजह से प्रमोशन नहीं प्राप्त कर सका, लेकिन यह सब उनकी वजह से नहीं, बल्कि मेरी वजह से है। वे चाहते थे कि हम डिस्टर्ब होकर अपना कार्य छोड़ दें और हम अपना प्रमोशन न ले सकें। इसमें वे सफल हो जाते हैं। यदि मैं चाहता, तो मैं उनके ऊपर ध्यान न देकर केवल अपने कार्य पर ध्यान देता, तब हमारा प्रमोशन कोई रोक ही नहीं सकता था।

ऑफिस में बहुत से लोग हमारे हमारी बुराई करते हैं, लेकिन यदि हमें

विश्वास है कि हम बिल्कुल सही हैं, तब चिंता की कोई जरूरत नहीं है। हमें स्वयं को प्रूव करने की जरूरत नहीं है, लेकिन ऐसी स्थिति में हम एक-एक के पास जाकर अपनी सफाई पेश करने लगते हैं। इस प्रयास में हम दूसरों की कमियाँ खोजने में जुट जाते हैं।

ऑफिस में एक छोटा फेज यह भी आ सकता है कि हम बिल्कुल अकेले पड़ जाएँ, तब भी डिप्रेस न हों। इस स्थिति में हम अपनी विशेषता पकड़कर सोचें कि यह केवल छोटा समय है। समय बदलता जाता है। इस बीच में हमें किसी के बारे में नेगेटिव नहीं सोचना है। हमारी पॉजिटिविटी ही हमें बाहर लाती है। लंबी अवधि में देखा जाए, तब हमारा अवसर हमारे पास ही आएगा, लेकिन इस अवसर के लिए हमारे पास योग्यता होनी जरूरी है।

ऑफिस में यदि कोई टेक्नीकल मशीन केवल एक व्यक्ति चलाना जानता है, तब उसका प्रयास होता है, इसकी जानकारी अन्य किसी को न हो कि जिससे उसका ऑफिस में एकाधिकार बना रहे, लेकिन हम अपने ज्ञान पर विश्वास रखते हुए, अपना पूरा ज्ञान दूसरे को दे दें। ज्ञान बाँटने से ज्ञान कम नहीं होता है, बल्कि ज्ञान बढ़ता है, अन्यथा हमसे अधिक जानकार कोई व्यक्ति ऑफिस में हमारा एकाधिकार जरूर तोड़ेगा।

किसी व्यक्ति को आगे बढ़ाने का अर्थ है, स्वयं आगे बढ़ जाना है। दूसरों को आगे बढ़ाते-बढ़ाते हम कब दूसरों से बहुत आगे निकल जाएँगे, जिसकी हमने उम्मीद तक नहीं रखी होगी।

पर्सनल और प्रोफेशनल लाइफ में यह बात आम तौर पर कही जाती है कि उन्होंने हमें हर्ट कर दिया। गुस्सा इस हर्ट की बाह्य अभिव्यक्ति है, लेकिन इस गुस्से का मूल कारण आंतरिक दर्द है। जब हम आंतरिक रूप से किसी के व्यवहार से दु:खी होते हैं, तब हमारे भीतर सबसे पहला भाव बदला लेने का पैदा होता है। इस बदले को हम जस्टिफाई करते हैं। हम मानते हैं कि जिसने अत्याचार किया, उसे उसकी सजा मिलनी चाहिए। आँख का बदला आँख, लेकिन इससे बात बराबर नहीं होगी, क्योंकि इस प्रकार बदले का एक चक्र चलने लगता है।

गुस्सा कोई मोटिवेशन फैक्टर नहीं है। कॉरपोरेट जगत् की यह

गलत मान्यता है कि गुस्सा करने से व्यक्ति जल्दी कार्य करेगा, अच्छा कार्य करेगा, डरकर करेगा। वास्तव में डर या गुस्से के कारण कर्मचारी स्विच ऑफ हो जाता है। इससे वह जो परफॉर्म कर सकता था, उससे कम परफॉर्म करेगा। सबसे महत्त्वपूर्ण है कि वह अपने बॉस से दूर हो जाता है। वह हमेशा प्रयास करता है कि उसका सामना बॉस से न हो।

लेकिन डर के साथ जीने पर जॉब के साथ पता नहीं क्या-क्या चला जाएगा। इससे हमारी खुशी, संबंध से सबकुछ खत्म होता जाएगा। डर, प्रेशर के काम बिगड़ जाता है। टेबल पर बॉस के आते ही बिगड़ा कार्य देखकर बॉस बोलते हैं, तुम हमेशा सब गलत करते हो। हमारा जवाब होता है—नहीं सर, सब ठीक रहता है, पता नहीं आपके आते ही सब क्यों गड़बड़ हो जाता है ?

गुस्सा हथियार नहीं है। हमें अपना कार्य लेने के लिए दूसरों को प्रभावित करना होता है। हम दूसरों पर तभी प्रभाव डाल सकते हैं, जब दूसरे हमारे निकट हों। यदि दूसरा हमसे दूर होगा, तब हम उस पर प्रभाव नहीं डाल सकते हैं।

हमें दूसरों की कैपिसिटी भी समझनी होगी। हम गुस्से से दूसरों की कैपिसिटी नहीं बढ़ा सकते हैं, बल्कि गुस्से से दूसरों की कैपिसिटी कम हो जाती है। गुस्सा दूसरों के साथ-साथ हमारा मोटिवेशन लेवल भी कम कर देता है। जितना अधिक हम सीनियोरिटी में ऊपर जाएँगे, उतना ही अधिक हमारे नीचे लोग कार्य करेंगें। यहाँ हमें अपना गुस्सा त्यागना ही पड़ेगा। अधिक ऊँचा पद पाने पर, हमारे नीचे कार्य करनेवालों की संख्या बढ़ती जाएगी। हम किस-किस पर गुस्सा करेंगे।

एक्शन लें, लेकिन एक्शन लेते समय गुस्सा न करें। यदि किसी को सस्पैंड भी करना है तो जल्दबाजी न करें, क्योंकि इसके स्थान पर कोई दूसरा व्यक्ति आपको मिलना कठिन होगा। उस व्यक्ति में यदि 20 प्रतिशत कमियाँ हैं तो 80 प्रतिशत अच्छाइयाँ भी हैं। 20 प्रतिशत कमियों को दूर करने का प्रयास करें।

गुस्सा करने से आपका कार्य तो हो जाएगा, लेकिन यह आपसे उसकी एक बहुत बड़ी कीमत लेगा। गुस्सा करने से हमारा व्यक्तिगत संबंध खराब होता है, साथ में कार्य करनेवाले वर्कर कहते हैं कि भाई हम तो केवल अपना

कार्य ही करेंगे और कुछ नहीं। हमसे जितना कहा जाएगा, केवल उतना ही करेंगे। यहाँ पर कर्मचारी केवल अपनी औपचारिकता ही निभाते हैं।

क्रोध करनेवाले व्यक्ति के बारे में लोग सोचते हैं कि इनका तो क्रोध करना एवं डॉटना स्वभाव है। इनकी तो बिना बात पर गुस्सा करने की आदत बन गई है। इसलिए हमें अपने-अपने ढंग से कार्य करना चाहिए। अतः जिस व्यक्ति पर आप क्रोध कर रहे होते हैं, उस पर कोई प्रभाव नहीं पड़ता और क्रोध करने का उद्‌देश्य भी पूरा नहीं होता है।

इसी प्रकार कोई ऑफिस का बॉस अपने अधीनस्थ को एक विशेष कार्य आठ दिन में करने को देता है। यदि सात दिन तक कार्य नहीं हो पाया तो सातवें दिन उसे क्रोध आ जाता है। यदि हम ऐसा करते हैं तो अधीनस्थ को एक बहाना मिल जाएगा कि अभी तो एक दिन बचा ही है।

ऑफिस में गुस्सा करने के कारण कंपीटिशन का भाव है। अतः कंपीटिशन की जगह को-ऑपरेशन पर बल दें। अधीनस्थों को कार्य पूर्ण करने में सहयोग दें।

- यदि चार बार बोलने से कार्य नहीं हो रहा है, तब गुस्सा न करें, बल्कि अथॉरिटी का प्रयोग करें।
- काम बिगड़ने पर न स्वयं डिस्टर्ब हों, न ही दूसरे को डिस्टर्ब करें।
- क्रोध में पर्सनल अटैक से बचें।
- अनुशासन बना रहना चाहिए, लेकिन कोई जरूरी नहीं कि हमेशा अनुशासन बना ही रहे।
- गुस्सा मोटिवेशन फैक्टर नहीं है, डर में कर्मचारी का स्विच ऑफ हो जाता है।

□

6
ऑफिस की कार्य संस्कृति

"क्रोध और तनाव का कारण कार्य की अधिकता नहीं, बल्कि कार्य के प्रति नकारात्मक सोच है।"

—अज्ञात

ऑफिस में एक वर्क कल्चर होनी जरूरी है। ऑफिस में होनेवाली समस्या का समाधान गुस्सा नहीं है। ऑफिस में गुस्से के बिना कार्य करने की संस्कृति को विकसित करना होगा। कार्य करने और कराने के लिए गुस्से के अन्य विकल्पों पर बल देना होगा।

ऑफिस में गुस्से का प्रमुख कारण बॉस की स्थिति को सबोर्डिनेट द्वारा एवं सबोर्डिनेट की स्थिति को बॉस द्वारा समझने की असफलता है। इसके लिए ऑफिस में सभी स्तर पर एक्सेप्टेंस, टोलरेंस और एडजेस्टमेंट का भाव विकसित करना होगा। कहा जाता है कि दूसरे के जूते में पैर डालने पर ही असली दर्द को समझा जा सकता है। इसके लिए बॉस और सबोर्डिनेट को एक-दूसरे के स्थान पर रखकर अपने परिस्थिति का आकलन करना होगा।

हम बॉस हैं, सारी समस्या, यहीं से शुरू हो जाती है। बॉस शब्द ही अपने आपमें संपूर्ण समस्या को इंगित करता है। इसलिए बॉस पर ऑफिस में अच्छी कार्य संस्कृति के विकसित करने की जिम्मेदारी बढ़ जाती है। बॉस को आगे बढ़कर लीडर की भूमिका निभानी होगी। हमें अपनी रोल रेस्पोंसिबिलिटी इस प्रकार निभानी है कि हम डिक्टेटर न

लगें। कार्य के दौरान मानवीय पहलू को सबसे ऊपर रखना होगा।

अपने कार्य-व्यवहार में निष्पक्षता का होना जरूरी है। इस संबंध में सर्वोच्च न्यायालय के पूर्व मुख्य न्यायमूर्ति ए.आर. अहमदी का कथन महत्त्वपूर्ण है कि **न्याय होना ही नहीं, बल्कि न्याय दिखना भी चाहिए।** ऑफिस में अच्छी कार्य संस्कृति को विकसित करने के लिए जूनियर को विश्वास दिलाना होगा कि उनके साथ भेदभाव नहीं होगा। जूनियर को जितना वेतन दिया जाता है, उनसे अधिक उससे कार्य नहीं लिया जाएगा।

ऑफिस के अतिरिक्त, सबोर्डिनेट पर व्यक्तिगत कार्यों को करने के लिए दबाव नहीं बनाया जाएगा। ऑफिस में अच्छी कार्य संस्कृति विकसित करने के लिए जरूरी है कि सभी के सम्मान की सुरक्षा सुनिश्चित की जाए। सभी को सम्मानसूचक शब्दों से बुलाया जाए।

यदि सबोर्डिनेट से कोई गलती हो जाए, तब सबके सामने डाँटकर बेज्जत न किया जाए, बल्कि उसे एकांत में ले जाकर समझाया जाए। वर्क कल्चर विकसित करने के लिए सबसे जरूरी है कि ऑफिस का विजन, उद्देश्य एकदम स्पष्ट हो। प्रत्येक एंप्लाई को पता होना चाहिए कि उसे करना क्या है, सभी आदेश स्पीकिंग रूप में होने चाहिए।

ऑफिस में सौहार्दपूर्ण माहौल होना जरूरी है। जिस ऑफिस में सौहार्दपूर्ण माहौल नहीं होगा, उस ऑफिस में जब किसी चपरासी को बुलाया जाए, तब वह बहुत ही गैर-जिम्मेदार उत्तर देगा। चपरासी का उत्तर होता है, क्या करें साहब, हमारा मोबाइल रिचार्ज नहीं था। साहब मेरे पास कोई वाहन नहीं है, इसलिए मैं लेट हो जाता हूँ। इसी प्रकार सबोर्डिनेट द्वारा कार्य की अधिकता होने पर, देर तक कार्य करने एवं अवकाश अवधि में कार्य करने के लिए आना-कानी की जाती है।

ऐसी स्थिति में बॉस को अपने सभी सबोर्डिनेट को विश्वास दिलाना होगा कि वे ऑफिस का एक महत्त्वपूर्ण अंग हैं। उनके सहयोग से ही हमारा ऑफिस अच्छी तरह कार्य कर सकता है। सर्बिडनेट, बॉस के बीच नाराजगी दूर करने के लिए बॉस को ही पहल करनी होगी। इसके लिए ऑफिस में कंपीटिशन की जगह कोऑपरेशन पर बल देना होगा।

ऑफिस का माहौल परिवार जैसा बनाना होगा।

अच्छे आइडिया का स्वागत होना चाहिए, चाहे वह किसी भी स्तर से आया हो। सबसे महत्त्वपूर्ण है कि हमें अपनी प्रतिक्रिया कैसे देनी है, इसे जानना जरूरी है। हम प्रतिक्रिया देते समय गुस्से को बिल्कुल महत्त्व नहीं दें। इसके लिए हमें गुस्से के अन्य विकल्पों पर ध्यान देना होगा।

सकारात्मक प्रतिक्रिया देने के लिए हम अपने इमोशनल मेमोरी बैंक में रखी गई सकारात्मक प्रतिक्रिया का उपयोग कर सकते हैं। सकारात्मक प्रतिक्रिया देने के लिए, सकारात्मक प्रतिक्रिया एकत्र करने के लिए विजुला-इजेशन तकनीक का प्रयोग होना चाहिए।

कार्य का मूल्यांकन जरूरी है, लेकिन गलत कार्य करने पर पर्सनल अटैक से बचना होगा, क्योंकि कोई व्यक्ति बुरा नहीं होता है, बल्कि कार्य बुरा होता है। कार्य पर अटैक होना चाहिए, न कि पर्सनल अटैक। ऑफिस नकारात्मक एनर्जी फील्ड से बचने के लिए सकारात्मक वाइब्रेशन, विचारों पर भी बल देना आवश्यक है।

ऑफिस में अच्छी कार्य-संस्कृति विकसित करने के लिए ज्ञान और कौशल को बाँटने पर बल देना जरूरी है। टेक्नोलॉजी से कोई समझौता नहीं होना चाहिए। ऑफिस में न्यायपूर्ण कार्य संस्कृति विकसित करने के लिए जरूरी है कि सभी को इस बात की जानकारी हो कि अच्छे कार्य के लिए प्रोत्साहन और गलत कार्य के लिए दंड का समान वितरण होगा।

ऑफिस में किसी व्यक्ति को महत्त्व नहीं देकर, पूरी टीम को महत्त्व देना होगा। सबसे महत्त्वपूर्ण है कि कोई समस्या होने पर गेट टू गेदर और उपलब्धि मिलने पर पार्टी हार्ट करके अपने इन्जॉय को महत्त्व देना चाहिए। हमें टीम भावना से कार्य करना होगा।

ईगो के स्थान पर लेटस गो टू-गेदर का भाव हो। ऑफिस को परिवार से अलग नहीं मानना चाहिए। सभी को विश्वास होना चाहिए कि ऑफिस रहेगा, तभी परिवार भी सुरक्षित रहेगा। ऑफिस से केवल लेने का ही नहीं, बल्कि ऑफिस को देने का भी भाव होना जरूरी है। यदि कभी बजटीय अभाव में ऑफिस का कार्य अटक जाए, तब व्यक्तिगत सहयोग को लेकर स्वयं आगे

आना चाहिए। हमारे देने में ही हमारा लेना समाया है।

ऑफिस में वर्क कल्चर विकसित करने के लिए एवं ऑफिस की गलतियों को न्यूनतम स्तर पर लाने के एक महत्त्वपूर्ण उपाय फाइन लगाना है। इसके अंतर्गत जिस दिन कोई मेंबर गलती करे, तब उसके ऊपर फाइन लगाते जाएँ। महीने के अंत में सभी मेंबर से फाइन के रूप में जमा हुई प्राप्त धन राशि से एक गेट टू गेदर पार्टी का आयोजन किया जाए। इन्जॉय के साथ अपनी गलतियों को दूर किया जाए।

ऑफिस में बॉस और सबोर्डिनेट सभी को बिना रिएक्ट किए एक-दूसरे की बात को सुनना चाहिए। पहले कोई बात एक्सेप्ट करने के बाद, दूसरों की पूरी बात ध्यान से सुननी चाहिए। यदि हम किसी की बात को सुनने के दौरान ही रिएक्ट कर देते हैं, इसका अर्थ है कि हमारा अपने ऊपर कोई कंट्रोल नहीं है।

हम किसी की बात सुनते नहीं हैं और पहले ही गुस्सा कर देते हैं। इसलिए पहले, दूसरों की बात ध्यानपूर्वक सुनने का प्रयास करें। सुनने का अर्थ, बात को एक्सेप्ट करके, पूरी बात ध्यान से सुनना है। सुनने के दौरान किसी भी निष्कर्ष पर नहीं पहुँचना है। सुनने के दौरान जजमेंटल थॉट नहीं पैदा करें, जैसे ऐसा आपने कैसे कर दिया, आपने गलत कर दिया ? पूरी बात सुनने के बाद ही हम किसी निष्कर्ष पर पहुँचें और फिर अपना निर्णय दें। हमारी सुनने की कैपिसिटी तभी बढ़ेगी, जब हमारे भीतर पॉजिटिव थॉट होगा। जब हम अपना फोकस समस्या पर नहीं, समाधान पर रखेंगे, तब हमें गुस्सा नहीं आएगा।

ऑफिस में होनेवाली अन्यायपूर्ण व्यवस्था के विरुद्ध गुस्सा स्वा-भाविक है। ऑफिस के गुस्से को रोकने के लिए कुछ महत्त्वपूर्ण उपायों की तरफ ध्यान देने की जरूरत है। ऑफिस का एक सिटीजन चार्टर होना चाहिए, क्योंकि यहाँ हम केवल एंप्लाई के समान मशीन नहीं, बल्कि मानवीय संवेदनायुक्त व्यक्ति भी है। ऑफिस के सिटीजन चार्टर में ऑफिस सहित सभी एंप्लाई का कर्तव्य, उद्‍देश्य, लोगों स्पष्ट होना चाहिए। सभी को पता होना चाहिए कि हम क्या करने जा रहे हैं।

कार्य स्थल पर यौन उत्पीड़न को जीरो टॉलरेंस पर रखना

होगा। लिंग भेद स्वस्थ कार्य संस्कृति को विकसित करने में बाधा पैदा करता है। महिलाओं के लिए अलग शौचालय, महिलाओं के लिए विशेष सुविधायुक्त फरनीचर, सी.सी.टी.वी. कैमरा का प्रयोग महत्त्वपूर्ण उपाय है।

कार्य और अवकाश को समान रूप से महत्त्व देना चाहिए। अवकाश के बिना कार्य संभव नहीं है। अवकाश शरीर और मन को आराम प्रदान करता है। कार्यालय समय में दस बजे से पाँच बजे तक कार्य करने के लिए पर्याप्त समय होता है। यदि इसके पहले अथवा इसके बाद कार्य किया जाता है, तब इसका अर्थ है कि निर्धारित दस बजे से पाँच बजे तक कार्य पूरी कुशलता से नहीं किया गया है।

लैंगिक निष्पक्षता के लिए महिलाओं को ट्रेनिंग, प्रमोशन, लीडरशिप का समान अवसर, विशेष अवकाश, बच्चों की देखभाल के लिए क्रेच की व्यवस्था होनी चाहिए।

महिलाएँ किसी भी ऑफिस, समाज को अनुशासित करती हैं। यदि किसी स्थल पर दस पुरुष अनुशासित रूप में हैं, और यदि वहाँ एक महिला के पहुँच जाने पर भी सभी का हाव-भाव अनुशासित हो जाता है।

ऑफिस में बॉस मैनेजमेंट महत्त्वपूर्ण है। बॉस को सबोर्डिनेट से और सबोर्डिनेट को बॉस से क्या अपेक्षा है, यह स्पष्ट होना जरूरी है। बॉस इज ऑलवेज राइट। बॉस हमेशा सही होता है, लेकिन कुछ लोग इस बात को एक्सेप्ट नहीं कर पाते हैं। आगे चलकर इसका नुकसान उठाना पड़ता है। यदि इस सिद्धांत को नहीं माना जाए, तब अराजकता फैल जाएगी।

बॉस इज ऑलवेज राइट, यह जानकर और समझकर यह जानने का प्रयास होना चाहिए कि बॉस हमसे क्या चाहता है। जितनी बड़ी पोस्ट, उतनी बड़ी जिम्मेदारी। जिम्मेदार व्यक्ति को ही बॉस बनाया जाता है, वहाँ तक पहुँचने के लिए अपने बॉस को सुनना ही चाहिए। हमारे भीतर सुनने की क्षमता ही हमें बॉस बनने के योग्य बनाती है।

हमें जानना होगा कि बॉस के अनुसार क्या सही है। इसके साथ हमें यह जानना होगा कि इस सही को मापनेवाले कौन से व्यक्ति हैं।

बॉस का कंफर्ट लेवल जानकर कार्य करें।

यदि कभी लगे कि हमारे साथ अन्याय हुआ है और हमारी बात पूरी तरह से सुनी नहीं गई है, तब एक बार हिम्मत करके अपनी बात बॉस से अवश्य कहें। हम बॉस से समय-समय पर, व्यक्तिगत रूप में भी मिलते रहे। बॉस के सामने जाने के पूर्व अपने कार्य की लिस्ट हमेशा तैयार रखें। कार्य पूर्ण होने की जानकारी अवश्य बॉस को दें। अपनी सफलताओं को बॉस से शेयर करें और नए उत्तरदायित्व मिलने पर, कार्य से बचने का प्रयास न करें, बल्कि आगे बढ़कर चुनौती स्वीकार करें। यदि कार्य का बोझ अधिक हो, तब बॉस से अपनी प्राथमिकता निर्धारित करा लें।

ऑफिस की कार्य-संस्कृति में एक आपदा नीति भी होनी जरूरी है। जैसे यदि अचानक एंप्लाई की आधी संख्या किसी कारण से ऑफिस छोड़ दे, तब हमें क्या करना होगा। यदि अचानक किसी कारण से बॉस का पद रिक्त हो जाए, तब क्या करना है, अचानक बजट आवंटन कम हो जाए, तब क्या करना है ?

ऑफिस की कार्य-संस्कृति के लिए साफ-सुथरा वातावरण होना जरूरी है। इंटीरियर डेकोरेशन पर भी बल हो। यह सभी कुछ एक मानक के अनुरूप हो, जिससे सभी अच्छा फील करें। ऑफिस में एक सभ्यतापूर्ण वातावरण का होना जरूरी है। संसदीय भाषा जातिसूचक, धर्मसूचक कमेंट, जाति समूह-आधारित जोक्स प्रतिबंधित होनी चाहिए। एक ड्रेस कल्चर भी होनी जरूरी है। भड़काऊ ड्रेस प्रतिबंधित हो।

ऑफिस में हमें हर बात एक्सेप्ट करनी होगी। यदि हम किसी बात को एक्सेप्ट नहीं कर पाते हैं, तब ऑफिस के बाद समस्या घर पर पहुँचेगी। ऑफिस की समस्या ऑफिस में छोड़कर आना बुद्धिमानी है।

एक्सेप्टेंस का अर्थ, हार जाना नहीं है, बल्कि खुश रहकर परिस्थति को स्वीकार करना है। एक्सेप्टेंस का अर्थ पहले अपने मन को शांत, करना है। मन के विरुद्ध बात देखकर डिस्टर्ब नहीं होना है। बॉस और सबोर्डिनेट के रिश्ते में, पहले बात को एक्सेप्ट करे तब सुधार के लिए प्रयास करें। भले ही कोई बात हमें रोज बोलनी पड़े, लेकिन जो बात बोलें, वह खुश

रहकर बोलें। हमारा रोल सबोर्डिनेट को मजबूत करने की वाइब्रेशन देकर, इमोशनल ताकत प्रदान करना है।

ऑफिस में सॉरी बोलने का कल्चर विकसित करना होगा। सॉरी बोलने का अर्थ है, हमने किसी बात को एक्सेप्ट कर लिया है। पहले बात को अंदर से एक्सेप्ट करके सॉरी बोलें, तभी बाहर सॉरी अपना कार्य करेगी। सामनेवाला व्यक्ति जो पहले व्यवहार कर रहा था, वह अभी भी कर रहा है। पहले वाली बात अभी भी उसी तरह है, लेकिन जहाँ पहले हम डिस्टर्ब थे, लेकिन अब डिस्टर्ब होने से बच रहे हैं।

अर्थात् दूसरे तो नहीं बदले, लेकिन हम बदल गए। अब उनके व्यवहार को हमने एक्सेप्ट कर लिया है। अब हम उनके व्यवहार से डिस्टर्ब नहीं हैं। हमने अपनी सोच को बदलकर सॉरी बोला। हमारे अपने मन से सोरी बोलकर बात की। यहाँ हमने केवल हमने अपने व्यवहार को नहीं बदला है, बल्कि अपने थॉट और एटीट्यूड को भी बदल दिया।

सॉरी बोलने के पूर्व हमारे भीतर नेगेटिव चिंतन था। मन से सॉरी बोलने पर हमारे भीतर पॉजिटिव चिंतन चलेगा। मतलब हमारा विवाद हमारे व्यवहार में नहीं होता है, बल्कि थॉट और एटीट्यूड में होता है। हम जब किसी के व्यक्तित्व के बारे में बोलते हैं, वास्तव हमें हम अपने ही व्यक्तित्व के बारे में बताते हैं। हम अपने चश्मे और कलर से दूसरे के व्यक्तित्व का चित्र बनाए हैं। इसमें हमारी फीलिंग, संस्कार, एटीट्यूड, सोच शामिल होगी।

- कार्य कराने के लिए गुस्से के अतिरिक्त अन्य विकल्पों पर बल दें।
- बड़ा वेतन और छोटी जिम्मेदारी शायद ही कहीं मिलती है।
- न्याय होना ही नहीं, न्याय दिखना भी चाहिए।
- ईगो के स्थान पर लेट्स गो टू गैदर का भाव विकसित करें।

□

7

पारिवारिक संबंधों में क्रोध

"मूर्ख मनुष्य क्रोध को जोर-शोर से प्रकट करता है, किंतु बुद्धिमान शांति से उसे वश में करता है।"

—बाइबल

गुस्सैल स्वभाववाले व्यक्ति से, उसके परिवार के सभी सदस्य प्रभावित होते हैं। प्रभावित होनेवाला आपका बच्चा हो सकता है, पति हो सकता है, पत्नी हो सकती है, पिता हो सकता है अथवा घर का कोई भी सदस्य हो सकता है। वर्षों से किसी परिवार में यह स्वीकार कर लिया जाता है कि अमुक व्यक्ति गुस्सेवाला है। इस व्यक्ति से दूर रहने में ही भलाई है, लेकिन क्या सारी जिंदगी ऐसे ही रहना है, क्या आप घर में शांति चाहते हैं? यदि शांति चाहते हैं तो उसे पाने के लिए हमें पहला स्टेप खुद ही उठाना होगा।

स्टेप की शुरुआत भी हम तभी कर ही देते हैं, जिनसे हम नाराज हैं, उन्हें माफ भी कर देते हैं, क्योंकि वह व्यक्ति आपका अपना ही है। इससे आप तो स्थिर रहते ही हैं, दूसरा व्यक्ति भी शांत रहता है, लेकिन जो व्यक्ति गुस्सेवाला है, यदि वह कोई स्वयं स्टेप नहीं उठाता है और वैसे का वैसा रहता है, तब उससे नुकसान उठाना पड़ेगा।

उदाहरण के लिए बचपन में जब कभी भी आपको डर लगता था, आपकी माँ क्या बोलती थी? मेरा बेटा या बेटी बहुत बहादुर है, जबकि उस समय आप डरते थे, लेकिन आज आप निडर हैं, लेकिन क्या आपकी माँ ने उस समय

झूठ बोला था? नहीं, आपकी माँ चाहती थी कि आप निडर बनें और आप वैसे बन गए; क्योंकि वह माँ का आशीर्वाद था।

इसी तरह आप किसी गुस्सेवाले व्यक्ति को बार-बार बोलते हैं, यह बहुत गुस्से वाला है। यह श्राप आप हर समय उसे देते रहते हैं, इसका आपको आभास तक नहीं होता। सबसे महत्त्वपूर्ण बात आप जो भी बोलते हैं, पहले उसे आप खुद सुनते हैं। उस वाइब्रेशन का सबसे पहले आप पर प्रभाव पड़ता है, बाद में सामनेवाले पर इसका प्रभाव होता है। मतलब जितना आप उसे श्राप दे रहे हों, उतना ही आप खुद को भी श्राप दे रहे हों।

आप एक प्रयोग कीजिए। एक दिन एक विचार बार-बार दोहराइए, जैसे कि मैं लवफुल सोल, प्रेम स्वरूप हूँ। पूरे समय तो एक टाइम आएगा, आपको बोलना नहीं पड़ेगा, अपने आप वह विचार बिना बोले आ जाएगा, जैसे कि सुबह आप जो भी गाना सुन लेते हैं, पूरे दिन वह आपके लबों पर रहता है। इसी तरह आप स्वयं करके देख सकते हैं। किसी और को, जिसे आप बदलना चाहते हों, उसे भी रोज आशीर्वाद देकर बदल सकते हें। विचारों में बड़ी ताकत होती है। इसका आप प्रयोग जरूर करें।

यदि किसी के अंदर झूठ बोलने का संस्कार है तो उसके बारे में यह कह सकते हैं कि यह व्यक्ति हमेशा सच बोलेगा। जब भी उसे देखिए, यह सकारात्मक वाइब्रेशन दीजिए। घर में नेगेटिव वातावरण क्रोध को जन्म देता है। हमारा हर विचार संबंधों को प्रभावित करता है। हमारा रिश्ते, एनर्जी के लेन-देन पर आधारित हैं। हमारे रिश्ते एक-दूसरे को लेन-देन, वाइब्रेशन पर आधारित होते हैं।

नेगेटिव वातावरणवाले परिवार में आपसी संबंधों की स्थिति भी नेगेटिव होगी, जैसे ही हम पहला विचार पैदा करते हैं कि घर में लड़की पैदा हुई है, यह विचार नकारात्मक वाइब्रेशन बनकर हमारे बच्चे से हमें दूर कर देता है। हम भूल जाते हैं कि एक लड़की भी एक मानव है, उसमें भी सभी गुण हैं, जो किसी मानव में होते हैं। डिटैचमेंट, सोल कानसेसनेस है। ईगो कानसेसनेस, अटैचमेंट की स्थिति में सभी प्रकार के दर्द का एहसास कराते हैं। थोड़ी देर के लिए, सोल कानसेसनेस में रहने की प्रैक्टिस हमारे अंदर क्रोध जैसे नेगेटिव

इमोशन को पैदा ही नहीं होने देती है। सोल कानसेसनेस हमारे डिटैचमेंट की स्थिति है।

गलत सोच और गलत इन्फॉर्मेशन से हमें असफलता मिलती है। असफलता हमारे गुस्से का कारण बनता है। इसलिए घर में पेरेंटिंग के समय, पॉजिटिव थॉट पर बल देना चाहिए। इस प्रक्रिया में सही तरह सोचने का तरीका, सही इन्फॉर्मेशन देना जरूरी है। समझाने का जो तरीका अभी अपनाएँगे, बच्चे को जीवन भर रास्ता दिखाएगा।

आपसी विश्वास संबंधों में प्रगाढ़ता, हमें क्रोध से मुक्ति दिलाता है। परिवार का आपसी संबंध संदेह की जगह विश्वास पर आधारित होना चाहिए। स्वयं रोल मॉडल बनना होगा। ऐसा नहीं हो सकता है कि हम बच्चे से कहें कि टी.वी. न देखें और स्वयं लगातार टी.वी. के सामने ही बैठे रहें। **हम स्वयं देर से उठें और बच्चे से कहें कि जल्दी उठो। बच्चे पैरेंट द्वारा दी गई सीख को सही के रूप में टैग करते हैं।**

सोचकर बोलें, जो सोचें वही बोलें। हम नेगेटिव सोचते हैं, लेकिन पॉजिटिव बोलते हैं, क्योंकि पॉजिटिव चाहते हैं। यदि हम पॉजिटिव चाहते हैं, तब सबसे पहले पॉजिटिव सोचना होगा। डर गुस्सा पैदा करता है। बच्चे से अधिक डर पैरेंट्स में होता है। हम बच्चों को डरना सिखाते हैं। इसके बाद हम कहते हैं कि हमारे बच्चे में कॉन्फिडेंस नहीं है। बच्चों पर अविश्वास रखकर पैरेंट उन्हें गाइड करते हैं। इससे बच्चे में अविश्वास और डर की वाइब्रेशन मिलती है। इसलिए बच्चों पर विश्वास रखकर उन्हें कॉन्फिडेंस का संस्कार देना होगा।

इसलिए जो हम बोल रहे, उसे चेक करें। यदि पहले से ही बच्चे में पॉजिटिविटी होगी, तब वह नेगेटिव का सामना अच्छी तरह कर पाएगा। जब हमारा स्वयं से रिश्ता अच्छा होगा, हमारा दूसरों से भी रिश्ता अच्छा होगा। जब हम खुश रहेंगे, हमारे परिवार के लोग भी खुश रहेंगे।

कंपीटिशन का भाव, नेगेटिव इमोशन-डर और असुरक्षा को जन्म देता है। यह हमारे गुस्से का भी कारण बनता है। आज कंपीटिशन घर, परिवार और संबंधों में भी आ गया है। संशय और विश्वास में किसी भी प्रकार की मिलावट

की संभावना नहीं होती है। हमें या संशय होगा अथवा विश्वास होगा। विश्वास कतई संशय का विचार नहीं होता है और विश्वास में एक भी विचार संशय से संबंधित नहीं होता है। विश्वास हमारे गुस्से को खत्म करता है और संशय हमारे गुस्से को बढ़ाता है।

दूसरे पर विश्वास करके हम दूसरे पर एहसान नहीं करते हैं, क्योंकि जितने समय हम संदेह में रहेंगे, हम अंदर से डिस्टर्ब रहेंगे। विश्वास के साथ ही हमारे अंदर की चिंता, बोझ, उलझन, डिस्टर्बेंस खत्म हो जाएगा। **आज हम लोगों के कहने पर भी केवल इसलिए विश्वास नहीं करते हैं, क्योंकि हमें यह संदेह होता है कि क्या जैसा कह रहे हैं, वैसा ही वे सोचते भी होंगे। ऐसा हम दूसरों के बारे में इसलिए सोचते हैं, क्योंकि हमारे अंदर भी ऐसा ही होता है।** हमारे अंदर जो भी कलर होगा, उसी से दूसरों की पिक्चर बनाएँगे। आज हम दिन भर सोच कुछ रहे हैं और बोल कुछ और रहे हैं।

विश्वास का अर्थ हमारे सोच और बोल में एकरूपता का होना। आप जो कह रहे हैं, वैसा सोच भी रहे हैं। यह दूसरे को अपने अंदर आत्मविश्वास में लाने के लिए जरूरी होता है, क्योंकि हम अपने सोच में कभी गलत नहीं होते हैं। कभी-कभी हम सोचते तो सही हैं, लेकिन जब बोलते हैं, तब गलत बोलते हैं। विश्वास का अभाव गुस्सा पैदा करता है। विश्वास से प्रेम होगा। गुस्सा और प्रेम एक साथ नहीं रह सकते हैं।

किसी भी रिश्ते का आधार विश्वास-ट्रस्ट और सम्मान-रेस्पेक्ट है। ट्रस्ट और रेस्पेक्ट में गुस्से का कोई स्थान नहीं है। यदि हम घर, ऑफिस में बार-बार गुस्सा करते हैं, तब हम स्वयं प्रूव करने लगते हैं कि हमारा अपने ऊपर कंट्रोल नहीं है। मेरी कोई रेस्पेक्ट स्वयं से नहीं है। दूसरा कोई क्या मेरी रेस्पेक्ट करेगा, क्योंकि मेरा सेल्फ रेस्पेक्ट ही नहीं है।

क्रोध का कारण बाह्य परिस्थितियाँ नहीं हैं, बल्कि हमारा मन स्वयं जिम्मेदार है। हम यह भी कह सकते हैं कि क्रोध के लिए हमारी वैचारिक प्रक्रिया या जीवनशैली ही जिम्मेदार है। गलत वैचारिक प्रक्रिया या जीवनशैली हमें सामान्य जीवन से क्रोधी जीवन में पहुँचा देती है। क्रोध के लिए बाह्य परिस्थितियाँ कैसे जिम्मेदार हैं और हम किसी परिस्थिति में क्रोध

से सकारात्मक रहकर कैसे बच सकते हैं। इसे हम निम्न उदाहरणों से समझ सकते हैं—

1. अमेरिका में रहनेवाले दो डॉक्टरों की पत्नियाँ घर से भाग गईं। पहला डॉक्टर इस घटना को लेकर बहुत क्रोधित हुआ और बदला लेने की भावना से सबक सिखाने की योजना बनाने लगा। इसके ठीक विपरीत दूसरे डॉक्टर के ऊपर इसका कोई विशेष प्रभाव नहीं पड़ा। क्रोधित डॉक्टर रविवार के दिन तेज गति से गाड़ी चलाता हुआ चलता है। अचानक डॉक्टर को पता चलता है कि ट्रैफिक पुलिसवाला उसका पीछा कर रहा है। ट्रैफिक पुलिसवाला थोड़ी देर में उनकी गाड़ी को रोक लेता है। ट्रैफिक पुलिसवाला कहता है कि मुझे सच बता दो कि रविवार के दिन तुम इतनी तेज गाड़ी क्यों चला रहे थे, तो मैं तुम्हारे ऊपर जुरमाना नहीं करूँगा। डॉक्टर ने कहा, मैं सच बताता हूँ कि मेरी पत्नी किसी ट्रैफिक पुलिसवाले के साथ भाग गई है। मैं गाड़ी इसलिए तेज चला रहा था कि मुझे लगा कि ट्रैफिक पुलिसवाला मेरी पत्नी वापस करने आ रहा है।
2. एक डॉक्टर का सेक्रेटरी पाँच हजार रुपए लेकर भाग जाता है। इस घटना से डॉक्टर को कोई क्रोध नहीं आता है, जबकि उसी डॉक्टर के घर पहुँचने पर एक प्लंबर द्वारा किए गए कार्य के बदले तीन सौ रुपए माँगे जाने पर उसके ऊपर बहुत अधिक क्रोध करता है, अर्थात् क्रोध का कारण रुपया, वस्तु नहीं है, बल्कि मनोदशा है।
3. एक पति शाम को ऑफिस से घर पहुँचता है। उसकी पत्नी टी.वी. देखती है। अचानक पति रिमोट से चैनल बदल देता है। पत्नी क्रोध में आकर रिमोट टी.वी. की तरफ फेंकती है और टी.वी. टूट जाता है। यह महिला साइकोथैरेपिस्ट से कहती है कि मुझे अपने टी.वी. सीरियल छूटने का दु:ख नहीं है, बल्कि इस घटना से जो मुझे क्रोध आया और जो टी.वी. और रिमोट की क्षति हुई, उससे दु:ख है। साइकोथैरेपिस्ट महिला से कहता है कि आपके पास अनेक विकल्प थे। आप यह समझ सकती थीं कि आप लगातार टी.वी. देख रही हैं

और आपके पति आज पहली बार टी.वी. देखने जा रहे हैं, अथवा आप यह भी कर सकती थीं कि आप द्वारा कहा जाता कि दस मिनट मैं टी.वी. देख लूँ, फिर मैं आपको रिमोट दे दूँगी।

इस उदाहरण में क्रोध से बचने के अन्य विकल्प थे, जिसका उपयोग नहीं किया गया। इसलिए क्रोध के अन्य विकल्पों को तलाशें।

कुछ व्यक्ति मानते हैं कि जैसा मैं कहूँ, वैसा ही होना चाहिए। ऐसा न होने पर क्रोध करते हैं, लेकिन जीवन में हम जैसा चाहते हैं, वैसा हमेशा नहीं होता है। लोग घर में माँ जैसे प्यार की अपेक्षा अपनी पत्नी से करते हैं, लेकिन माता-पिता का मनोविज्ञान अलग है और पति-पत्नी का मनोविज्ञान अलग है। यह स्थिति उस मरुस्थल के समान है, जहाँ दूर से पानी तो दिखाई देता है, किंतु समीप जाने पर वह गायब हो जाता है। इसी प्रकार जब जीवन में हम बाहर शांति की तलाश करते हैं और इसके पीछे भागते हैं तो शांति उतनी ही दूर चली जाती है, क्योंकि शांति हमसे बाहर नहीं है, शांति हमारे भीतर है।

कुछ व्यक्तियों को क्रोध इसलिए आता है, क्योंकि उन्हें झूठ किसी कीमत पर भी सहन नहीं है। प्रश्न उठता है कि क्या गुस्सा करने से कोई व्यक्ति सच बोलने लगेगा ? उल्टा ही डर के मारे कोई व्यक्ति अधिक झूठ बोलने लगेगा। यदि हम शांत रहकर किसी से स्वच्छ बोलने की अपेक्षा रखेंगे, तब उसमें हिम्मत आ जाएगी और वह सच बोलने लगेगा।

आप यदि स्वयं सच बोलेंगे तो बच्चे भी आपको देखकर सच बोलेंगे। हम क्या करते हैं, उसको देखकर बच्चे सीखते हैं। इसे उदाहरण द्वारा समझा जा सकता है। हरिलाल ने अपने बेटे को सच बोलने की ट्रेनिंग दे रखी थी।

एक दिन हरिलाल ने अपने बेटे से कहा कि यदि कोई मिलने आए तो कह देना कि पापा घर पर नहीं हैं। एक व्यक्ति हरिलाल से मिलने आया, उसके बेटे ने उसे बताया कि पापा आज घर पर ही हैं और टी.वी. देख रहे हैं। इस घटना पर हरिलाल को अपने बेटे पर क्रोध आ गया। हरिलाल ने अपने बेटे से पूछा कि मना करने पर भी उसने ऐसा क्यों कहा ? बेटे ने उत्तर दिया कि मैंने सच बोला है और आपने हमेशा सच बोलने के लिए ही जोर दिया है। हरिलाल ने अपने बेटे को गले लगा लिया।

जब बच्चा छोटा रहता है तो माँ को गुस्सा नहीं आता, लेकिन जैस-जैसे बच्चा बड़ा होने लगता है, माँ की बच्चे से अपेक्षाएँ बढ़ने लगती हैं। इस अपेक्षा के कारण कभी-कभी माँ भी बच्चे पर गुस्सा करने लगती है। जन्म के समय माँ ने बच्चे को स्वीकार भाव से लिया और कोई अपेक्षा नहीं रखी। छोटा बच्चा वही करता है, जो माँ बाप चाहते हैं; लेकिन बड़ा होने पर बच्चे की बुद्धि का विकास होने लगता है और बच्चा अपनी बुद्धि के अनुसार चलने लगता है।

जन्म के समय जो बच्चा माँ-बाप के कंट्रोल में रहता है, धीरे-धीरे वह अपनी पसंद की बातें करने लगता है, इस स्थिति को माँ-बाप पसंद नहीं करते और गुस्सा करते हैं। बच्चे के प्रति अच्छी भावना से किए गए गुस्से को हम प्यार नहीं कह सकते हैं, क्योंकि हम जितनी देर गुस्सा करते हैं, बच्चे के प्रति प्यार की ऊर्जा को ब्लॉक कर देते हैं।

जब पैरेंट बच्चे पर गुस्सा करते हैं, तभी बच्चे झूठ बोलते हैं। बच्चों को यह आश्वासन देना होगा कि बच्चे को डाँटा नहीं जाएगा। यह रोल लीडर के रूप में पैरेंट को लेना होगा। इसके प्रभाव से बच्चे अपने मन की बात हमको बता पाएँगे। समस्या का समाधान संवाद से हो सकता है। जनरेशन गैप में जो बात हमें सही लग रही है, वह दूसरे की परिभाषा से गलत हो सकती है। इसलिए हम पहले मान लें कि हम सही हैं और दूसरे भी सही हैं। पैरेंट और बच्चे, दोनों अपनी-अपनी जगह सही रहते हैं।

एक डेढ़ साल का बच्चा है, वह किसी चीज के लिए रो रहा है। जिद कर रहा है, उसे माँ प्यार से मनाती है। थोड़ा बहलाती है, फिर वह जब नहीं मानता है तो डाँट देती है। इससे बच्चा डर जाता है, चुप हो जाता है। यहाँ पर दो बातें साबित होती हैं। एक माँ को लगा कि डाँटने से तुरंत काम बन गया और हमें बच्चे को चुप कराने का तरीका भी मिल गया, लेकिन इसका दुष्प्रभाव यह हुआ कि इससे माँ के मन में गुस्से का संस्कार बन गया। वहीं दूसरी तरफ बच्चे के मन में एक डर का संस्कार बन गया। इससे बच्चे में एक गुस्से का इम्प्रेशन बन जाता है।

इसी तरह एक छोटा बच्चा कुछ माँग रहा है, उसकी बात पूरी नहीं हो रही, बच्चा रूठकर बैठ गया, खाना-पीना छोड़ दिया। अंत में माता-पिता को

उसकी बात माननी पड़ी। यहाँ भी उसके मन में रूठने का संस्कार बन गया कि वहाँ रूठने से काम बनता है। रूठना भी गुस्से का एक रूप है।

इसी तरह छोटी-छोटी बातों में गुस्से का संस्कार कब बन जाता है, हमें पता ही नहीं चलता और गुस्सा हमारे बिलीफ सिस्टम में आ जाता है। गुस्सा करेंगे तो काम हो जाएगा। इसी तरह हर्ट होना भी साइलेंट गुस्से का प्रकार है। जैसे ही कोई कुछ कहता है, हम हर्ट हो जाते हैं। यह हर्ट हमारे मन में बैठ जाता है, धीरे-धीरे यह हर्ट इतना बढ़ जाता है, लोग आत्महत्या का भी कदम उठा लेते हैं।

हम क्रोध में ऊँची आवाज के द्वारा अपनी बात मनवा लेते हैं। लोग अपनी पोजीशन का फायदा उठाते हैं, जैसे कि कोई बॉस तेज आवाज में बोलकर अपना काम करवा लेता है। बाप अपने बच्चे को डाँटकर काम करवा लेते हैं। इसी तरह कोई भी रिलेशनशिप, जैसे भाई-बहन, बाप-बेटा, पति-पत्नी, हर कोई अपनी पोजीशन का फायदा उठाता है और अपनी बात मनवा लेता है। जो बात मानता है, वह या तो डर से अथवा शांति बनाने के लिए बात मान लेता है, लेकिन इससे होता क्या है, दबाव में आकर बात माननेवाले से जो नकारात्मक भावना निकलती है, उसका क्या ?

मानसिक अस्पष्टता की दशा भी हमें क्रोधित करती है। परिवार में जब हमारी बात नहीं सुनी जाती, तब हमें क्रोध आ जाता है। हम अपने को चेक करें, कब हमें अपनी इच्छा के विरुद्ध, नहीं चाहते हुए भी कुछ बोलना पड़ता है। इसका अर्थ है कि हम स्वयं से झूठ बोल रहे हैं। हम सोच कुछ रहे हैं और शब्द कुछ और बोल रहे हैं।

विश्वास दूसरों को मजबूत करता है और शक दूसरों को कमजोर करता है। विश्वास करें, तब कोई धोखा नहीं देगा, क्योंकि कोई भी नहीं चाहता है कि उसका विश्वास टूटे। गलती कर देना और विश्वास तोड़ देना, दोनों अलग-अलग चीज हैं। विश्वास का अर्थ है कि हमें केवल यह पता चल जाए कि दूसरा कुछ भी बोल रहा है, ठीक उसी तरह सोच भी रहा है। विश्वास का अर्थ यह नहीं है कि जो कार्य है, वह सौ प्रतिशत पूर्ण होगा।

क्योंकि प्रत्येक व्यक्ति की एक कैपिसिटी है। यदि उस व्यक्ति को हमने उसकी कैपिसिटी से अधिक कार्य दिया, वह कार्य गलत हो जाता है, तब हम यह नहीं कह सकते हैं, उस व्यक्ति ने हमारा विश्वास तोड़ दिया। कोई हमारा विश्वास तोड़ नहीं सकता है। हर व्यक्ति चाहता है कि उसका विश्वास न टूटे।

बड़ी-से-बड़ी गलती के बाद भी व्यक्ति यह स्वीकार कर सकता है कि उससे गलती हो गई है। इससे हमारा विश्वास नहीं टूटता है। गलती कर देना और विश्वास तोड़ देना अलग-अलग चीज हैं। बच्चे से गलती हो सकती है, लेकिन उससे यह नहीं कहा जाए कि तुमने तो मेरा विश्वास ही तोड़ दिया। हम अपने बच्चे से कहते हैं कि हमने तुमसे नब्बे प्रतिशत नंबर लाने की उम्मीद रखी थी, लेकिन सत्तर प्रतिशत भी नहीं ला सके। इस उम्मीद को पूरा नहीं होने से हमारा विश्वास नहीं टूटता है।

यदि कोई व्यक्ति गलती के बाद भी हमें न बताए, तब भी हम यह नहीं कह सकते हैं कि उसने हमारा विश्वास तोड़ दिया है, क्योंकि हो सकता है, उस व्यक्ति में सच सुनने की ताकत नहीं थी, इसलिए उसने झूठ बोला। इसे भी विश्वास तोड़ना नहीं कहेंगे। मैं आपके ऊपर विश्वास करता हूँ। यह हमारी च्वाइस है, लेकिन आप क्या करते हैं, यह आपकी च्वाइस है।

यदि व्यक्ति को विश्वास हो जाए, तब वे अपनी बड़ी-से-बड़ी गलती भी

बता पाएँगे, लेकिन ऐसा तभी होगा, जब उन्हें विश्वास हो जाए कि वे आपको एक्सेप्ट भी कर लेंगे। इस घटना से हमारा विश्वास नहीं टूटता है, बल्कि हमारा विश्वास उनके ऊपर और अधिक बढ़ जाता है। पति को पत्नी से तभी झूठ बोलने की आवश्यकता होगी, जब पति को पता होगा कि पत्नी हमारे सच को स्वीकार नहीं कर पाएगी।

पति ने झूठ क्यों बोला, क्योंकि पति के पास सच बोलने की ताकत नहीं थी? पत्नी के दृष्टिकोण से देखें, तब पति को झूठ बोलने की आवश्यकता इसलिए पड़ गई, क्योंकि कि पत्नी के पास सच सुनने की ताकत नहीं है और आप पति के पास सच बोलने की ताकत नहीं थी। आपसी विश्वास की ताकत के कमी के कारण पति-पत्नी आपस में पूछते हैं कि आप इतनी देर किसके साथ थे, जबकि काम-काज के दौर में पति-पत्नी अपना अधिकांश समय बाहर व्यतीत करते हैं।

परिवार में सभी की सही और गलत की परिभाषा एक समान होनी चाहिए। कभी भी ऐसा नहीं होना चाहिए कि बच्चे के सही और गलत की परिभाषा कुछ है और पेरेंट्स की सही और गलत की परिभाषा कुछ दूसरी है। ऐसी स्थिति में हम परिवार में कहते हैं कि परिवार में हमें कोई कुछ समझता ही नहीं है। हम एक-दूसरे पर शक करते रहते हैं। हम या तो झूठ बोलते हैं अथवा दूसरों की फीलिंग की कोई चिंता नहीं रखते हैं। रिश्ते का आधार मजबूत रखने के लिए एकतरफा निर्णय लेने की तुलना में निर्णय संयुक्त रूप में होना चाहिए। हम कहते हैं कि मैं आज तक दुनिया को समझ नहीं पाया, प्रश्न है कि हम क्या अपने आपको समझ पाए हैं।

रिश्ते का आधार विश्वास है। संवाद का सबसे बड़ा पहलू किसी की बात को सुनना है। हमें एक-दूसरे को सुनने की ताकत होनी चाहिए। हम केवल बोलने की आदत रखते हैं। हम चाहते हैं कि दूसरा मेरी बात माने, लेकिन दूसरा मेरी बात तभी मानेगा, जब उसे पता हो कि वह मेरी बात मानेगा। यह सब आपसी बातचीत से ही दूर हो सकती है।

हमारा मन एक बच्चे के समान है, इसे प्रेम से पालना आवश्यक है। यदि बच्चा रोने लगता है, तब माँ एक मिनट का समय निकालकर बच्चे के

समीप आकर उसे चुप कराकर पुनः अपने कार्य में लग जाती है। इसी तरह हमें अपने मन को बच्चा मानकर बीच-बीच में एक मिनट का समय निकाल लेना चाहिए। मन में जो भी विचार चल रहा है, उसे रिजाल्व कर लेना चाहिए।

मन में उठनेवाले प्रश्नों का तुरंत समाधान कर लेना चाहिए। यदि हमें तुरंत उत्तर न भी मिलें तो मन को बता दें कि मैं इसका उत्तर बाद में दे दूँगा, नहीं तो यह प्रश्न हमारी नींद में भी चलते रहेंगे। **बच्चे के साथ प्रेम से पेश आएँ। बच्चों को कोसना, दबाना, चिल्लाना ठीक नहीं है। हम दिनभर अपने मन को लेकर ही लोगों के साथ डील करते हैं।**

चंचल बच्चे का मतलब है कि हमने बच्चे को कुछ सिखाया नहीं कि क्या सही है और क्या गलत। जब हमने बच्चे को सिखाया ही नहीं तो इसमें बच्चे की गलती कहाँ है, बच्चों पर क्रोध करना कहाँ तक उचित है।

जब बच्चा छोटा रहता है तो माँ को गुस्सा नहीं आता, लेकिन जैसे-जैसे बच्चा बड़ा होने लगता है, माँ की बच्चे से अपेक्षाएँ बढ़ने लगती हैं। इस अपेक्षा के कारण कभी-कभी माँ भी बच्चे पर गुस्सा करने लगती है। जन्म के समय माँ ने बच्चे को स्वीकार भाव से लिया और कोई अपेक्षा नहीं रखी। छोटा बच्चा वही करता है, जो माँ-बाप चाहते हैं; लेकिन बड़ा होने पर बच्चे की बुद्धि का विकास होने लगता है और बच्चा अपने अनुसार चलने लगता है। बच्चे में ईगो का विकास होने के कारण क्रोध का भी विकास होता है।

जन्म के समय जो बच्चा माँ-बाप के कंट्रोल में रहता है, धीरे-धीरे वही बच्चा अपनी पसंद की बातें करने लगता है, इसे माँ-बाप पसंद नहीं करते और गुस्सा बच्चे के प्रति अच्छी भावना से किए गए गुस्से को हम प्यार नहीं कह सकते हैं; क्योंकि हम जितनी देर गुस्सा करते हैं, बच्चे के प्रति प्यार की ऊर्जा को ब्लॉक कर देते हैं।

यदि कोई कंप्यूटर किसी बच्चे से गिरकर टूट जाए, तब भी गुस्सा करने के स्थान पर आपको यह देखना चाहिए कि कहीं बच्चे को चोट तो नहीं लगी। यहाँ गलती बच्चे की नहीं है, बल्कि बच्चे ने जो गलत कार्य किया, वह कार्य गलत है।

रिश्ते का आधार आपसी विश्वास, रेस्पेक्ट पर है। इसलिए हम उस व्यक्ति

पर विश्वास नहीं कर सकते हैं और उसे सम्मान नहीं दे सकते हैं, जिसका व्यक्तित्व अशांति, आंतरिक अस्थिरता पर आधारित है। जो क्रोध करके स्वयं बार-बार डिस्टर्ब हो जाए, उसे लीडर नहीं कह सकते हैं।

जो लोग तनाव में आकर छोटी-छोटी बात पर आपा खो देते हैं, उनके पास सेल्फ रेस्पेक्ट नहीं है। जिसके पास सेल्फ रेस्पेक्ट नहीं है, वह दूसरों को कैसे रेस्पेक्ट दे सकता है। ऐसे व्यक्ति दूसरों पर ही नहीं, बल्कि स्वयं पर गुस्सा निकालते हैं। जब हम चुप हैं, तब इसका अर्थ नहीं है कि शांत हैं अथवा तनाव रहित हैं, क्योंकि जब हमारा मूड ठीक नहीं रहता है, तब बाहर से चुप रहकर भी अंदर से बहुत अशांत रहते हैं।

बहुत बार यह माना जाता है कि यदि हम शांत रहेंगे, तब लोग हमारा फायदा उठाएँगे। लोग हमें कुचल देंगे, लेकिन शांत दिमाग से हम अपनी बात बिना दबाव के अधिक अच्छी तरह रख रखते हैं। यह चीज क्रोध और तनाव में रहकर संभव नहीं है।

दबा हुआ व्यक्ति और शांत व्यक्ति में अंतर है। दबा हुआ, भय की निशानी है, शांत, निडरता की निशानी है। हम उन लोगों को नहीं दबा सकते हैं, जो अंदर से शांत है, बल्कि हम उन लोगों को दबा सकते हैं, जो अंदर से बिल्कुल डरे हुए हैं। डर और क्रोध के साथ ही व्यक्ति दबाव में आएगा।

- परिस्थिति से डिटैचमेंट के अभ्यास से क्रोध करने से बचा जा सकता है।
- क्रोध के स्थान पर शांत रहकर प्रतिक्रिया दें, बच्चों के रोल मॉडल बनें, बच्चे आप को टैग करते हैं।
- संशय क्रोध का कारण बनता है और विश्वास क्रोध का समाधान बनता है।
- व्यक्ति अपनी कमजोरी के कारण झूठ बोलता है, इसके बाद स्वयं पर और दूसरों पर क्रोध करता है।

□

8

गुस्से का संस्कार

"स्वयं को माफ करके गिल्ट से बच सकते हैं और दूसरों को माफ करके क्रोध से बच सकते हैं।"

—अज्ञात

संस्कार का अर्थ समझना जरूरी है। सामान्यत: हम सभी चीजों का मूल्यांकन केवल वर्तमान में करते हैं और भूतकाल, पूर्व जीवन के कर्म को ध्यान में रखते हैं। इस कारण हमें सभी प्रश्नों का उत्तर नहीं मिल पाता है।

गुस्से का जन्म सबसे पहले हमारे विचारों में होता है। यदि गुस्से को बोलकर प्रकट कर देते हैं, तब गुस्सा हमारे कर्म में आ जाता है। धीरे-धीरे हमारी गुस्से की एक हैबिट बनकर, गुस्सा हमारी पर्सनैलिटी का हिस्सा बन जाता है। इसके बाद गुस्सा हमारे संस्कारों में चला जाता है।

इसके अलावा गुस्सा प्रकट करने से हम अपने आस-पास गुस्सेवाली वाइब्रेशन भी बनाते हैं। जब हम गुस्सा करेंगे, तब दूसरा व्यक्ति भी गुस्सा करेगा। इस प्रकार हम गुस्से के दुष्चक्र में फँसते जाते हैं।

जब हमारा अपने विचारों पर कंट्रोल नहीं रहता है, तब हम गुस्से में अनाप-शनाप बोल देते हैं। बोलने के बाद फिर हमें अफसोस होता है कि हमें ऐसा नहीं बोलना चाहिए था। जब हम बोलने पर अपना कंट्रोल खो देते हैं, तब गुस्से में हाथ उठा भी देते हैं। हाथ उठाने के बाद हमें फिर अफसोस होता है कि हमें हाथ नहीं उठाना चाहिए था।

घर में पत्नी पति पर बेलन फेंक देती है। स्कूल में टीचर चाकू फेंककर बच्चों को मारते हैं। ऑफिस में बॉस पेपरवेट, फाइल फेंक देते हैं। गाड़ी की टक्कर लगने पर हम आउट ऑफ कंट्रोल हो जाते हैं, रिवाल्वर निकालकर मार देते हैं। यह सब अनैच्छिक गुस्से का परिणाम है, क्योंकि गुस्सा हमारे आदत से अधिक संस्कार के स्तर पर पहुँच चुका है।

एक सच्ची घटना—मुंबई में एक माँ ने बच्चे को पढ़ाते समय गुस्से के प्रभाव में आकर, सब्जीवाले चाकू से अपने बच्चे को मार दिया, क्योंकि हमारा हाथ कंट्रोल के बाहर चला जाता है। वास्तव में ऐसा इसलिए होता है, क्योंकि पहले हमारा मन हमारे कंट्रोल में नहीं था, फिर हमारे शब्द कंट्रोल से बाहर हो गए, इसके बाद हमारे हाथ पर से भी कंट्रोल खत्म हो गया।

लोग कहते हैं कि मैं अभी तक दुनिया को समझ नहीं पाया हूँ, लेकिन स्वयं से पूछना होगा कि क्या मैं अभी तक अपने आप को समझ पाया हूँ।

क्रोध का सबसे बड़ा कारण हमारे अंदर वर्षों से चलनेवाला क्रोध का संस्कार है। प्रश्न है कि यह संस्कार क्या है ? इसका उत्तर सरल रूप में प्रस्तुत की गई, ब्रह्माकुमारीज संस्था द्वारा दी गई आत्मा के स्वरूप की परिभाषा से समझना होगा। इसके अनुसार आत्मा के तीन भाग हैं—1.मन, 2. बुद्धि, 3. संस्कार।

मन विचार पैदा करता है। बुद्धि जज के रूप में निर्णय लेती है। यह निर्णय कर्म के रूप में, आदत के माध्यम से संस्कार बन जाता है। यह सभी अभौतिक अवस्था है। हमारे द्वारा अपने भौतिक शरीर को छोड़कर नए शरीर को धारण करने पर आत्मा के साथ हमारा संस्कार साथ चलता है। इसीलिए कहा जाता है कि यह हमारे पूर्व जन्म का संस्कार है। गहरे बुरे संस्कार को अपने प्रयासों द्वारा धूमिल करते हैं। गुस्से के संस्कार के स्थान पर हम शांति के संस्कार को पैदा करते हैं। हम यह भी कह सकते हैं कि लंबे समय की आदत हमारे संस्कार में बदल जाती है। विचारों से संस्कार बनता है।

थॉट-एटीट्यूड-एक्शन-हैबिट-पर्सनैलिटी-संस्कार-डेस्टिनी।

हमारे संस्कार और कार्मिक अकाउंट हमारी सफलता के प्रमुख कारक तत्त्व हैं। इस मान्यता के अनुसार कि पूर्व जन्म या इसी जन्म में किया गया कर्म, वर्तमान की सफलता और वर्तमान में किया गया कर्म, भविष्य की सफलता का प्रमुख कारक बनता है। वर्तमान के कर्म पूर्व के संचित कर्मों को सकारात्मक बना सकते हैं। ये प्रयास वर्तमान एवं भविष्य के परिणामों को सही दिशा देंगे।

इसीलिए हम जीवन में देखते हैं कि कुछ लोग कम मेहनत करके भी बहुत कुछ हासिल कर लेते हैं और कुछ कड़ी मेहनत के बाद भी असफल ही रहते हैं, लेकिन महत्त्वपूर्ण बात यह है कि हम असफलता से दु:खी होने के बजाय सफलता के लिए निरंतर विचार करें और प्रयास करते रहें, क्योंकि इससे हमारा कार्मिक एकाउंट ठीक होगा।

जब सकारात्मक कार्मिक एकाउंट के अतिरिक्त अन्य तत्त्वों—विश्वास, दृढ़ता, लगाव, प्रतिबद्धता, शांति, प्रेम, आनंद इत्यादि के साथ काम करने की प्रवृत्ति आ जाती है तो हमें अनिवार्य रूप से सफलता मिल जाती है। अब सफलता के लिए सभी कारक हमारे पास मौजूद हैं। पिछली बार हमारे पास सभी कारक तो थे, लेकिन हमारे कार्मिक एकाउंट में कर्म अपर्याप्त थे। इस बार वह कमी दूर जाती है, अत: अब हमें सफलता मिल जाएगी।

यदि केवल वकील के तर्क से जज प्रभावित हो जाए तो अपना सही निर्णय नहीं दे सकता है। इसी तरह जब बुद्धि हमारे मन के तर्कपूर्ण विचारों के प्रभाव में आ जाए तो अपना सही निर्णय नहीं ले सकती है। इसीलिए हमें महसूस होता है, जब हमारे द्वारा सही निर्णय लिया जाता है तो हमें सुकून का अनुभव होता है और जब जब गलत निर्णय लिया जाता है तो आत्मा अंदर से कचौटती है। आज के मनुष्य की बुद्धि कमजोर होने के कारण निरर्थक व नकारात्मक विचारों के प्रभाव में आ गई है। इसलिए हम सही निर्णय नहीं ले पाते हैं। बुद्धि को ही अंतर्रात्मा की आवाज कहते हैं, जो कभी गलत नहीं होती, बस हमें उसको सुनने की क्षमता विकसित करनी होती है। मन की हलचल क्रोध पैदा करती है।

मन विचार पैदा करता है, बुद्धि निर्णय लेती है, फिर कर्म से होकर यह हमारी आदत बन जाती है। बार-बार अभ्यास करने से यह हमारा

संस्कार बन जाता है। एक बार संस्कार बन जाने पर मन और बुद्धि की भूमिका शून्य हो जाती है। हमारा शरीर ऑटोमैटिक रूप में कार्य करने लगता है।

जैसे यदि कोई सिगरेट पीता है। पहली बार जब उसके सामने सिगरेट आई होगी, मन में सिगरेट पीने का विचार आया होगा। सिगरेट पीने के बारे में बुद्धि ने निर्णय किया होगा। बार-बार सिगरेट पीने का मन में विचार आने और बुद्धि द्वारा सिगरेट पीने के बारे में निर्णय करने से सिगरेट पीने का संस्कार बन जाता है।

अब व्यक्ति न चाहते हुए भी सिगरेट पीता है। वह व्यक्ति तब तक सिगरेट पीना नहीं छोड़ सकता, जब तक कि पुनः मन में सिगरेट न पीने का विचार लाए। बुद्धि भी सिगरेट न पीने का निर्णय दे। बार-बार यही करने से सिगरेट न पीने की आदत बन जाती है। फिर सिगरेट न पीने का संस्कार बन जाता है। इस प्रकार सिगरेट पीने की आदत हमसे छूट जाती है। इसी प्रकार की प्रक्रिया को हम क्रोध के संदर्भ में देख सकते हैं।

वर्तमान जीवन हमारे पूर्व कर्म का परिणाम है और भविष्य का जीवन वर्तमान कर्मों का परिणाम होगा। प्रत्येक विचार और कर्म अपने आप में कारण भी है और परिणाम भी है। कार्मिक अकाउंट हमारे जीवन में एक निर्णायक की भूमिका निभाता है। यदि हम पूर्व में प्राप्त असफलता को देखकर दु:ख, चिंता, हताशा में चले जाते हैं तो यही विचार हमारे आगामी दुर्भाग्य का कारण होगा। इसलिए असफलता पाने पर भी नकारात्मक विचारों से बचकर सकारात्मक विचार रखते हुए अपने क्रोध से बचने का प्रयास करते रहें। अपने सफल भाग्य का निर्माण करें।

हम जो भी कर्म करते हैं, उसका फल अवश्य मिलता है। यदि हमने समोसा खाया तो पेट में गैस-जलन हो सकती है। समोसा खाना एक कर्म हो गया, लेकिन जलन होना एक परिणाम हो गया। जो भी बीज बोएँगे, हमें वही फल मिलेगा। इसे एक कहानी के रूप में समझ सकते हैं।

एक गाँव में एक किसान रहता था। उसके परिवार में उसकी पत्नी और एक लड़का था। कुछ सालों के बाद उसकी पत्नी की मृत्यु हो गई। उस समय

लड़के की उम्र दस साल थी, लेकिन किसान ने दूसरी शादी कर ली। दूसरी पत्नी से भी किसान को एक पुत्र प्राप्त हुआ। किसान की दूसरी पत्नी की भी, कुछ समय बाद मृत्यु हो गई।

किसान का बड़ा बेटा, जो पहली पत्नी से प्राप्त हुआ था। जब वह बेटा शादी के योग्य हुआ, तब किसान ने उसकी की शादी कर दी। फिर किसान की भी कुछ समय बाद मृत्यु हो गई। इस बीच किसान का छोटा बेटा, जो दूसरी पत्नी से प्राप्त हुआ था और पहली पत्नी से प्राप्त बड़ा बेटा दोनों साथ-साथ रहते थे।

कुछ वर्षों बाद किसान के छोटे लड़के की तबीयत खराब रहने लगी। बड़े भाई ने कुछ आस-पास के वैद्यों से इलाज करवाया, पर कोई राहत नहीं मिली। छोटे भाई की दिन-पर-दिन तबीयत बिगड़ी जा रही थी और बहुत खर्च भी हो रहा था। एक दिन बड़े भाई ने अपनी पत्नी से सलाह की कि यदि यह छोटा भाई मर जाए तो हमें इसके इलाज के लिए पैसा खर्च नहीं करना पड़ेगा।

तब उसकी पत्नी ने कहा, "क्यों न किसी वैद्य से बात करके इसे जहर दे दिया जाए, किसी को पता भी न चलेगा। कोई रिश्तेदार भी इस पर शक नहीं करेगा कि उसकी मृत्यु कैसे हुई है। बड़े भाई ने ऐसे ही किया। एक वैद्य से बात की। आप अपनी फीस बताओ, मेरे छोटे भाई को जहर देना है।

वैद्य ने बात मान ली और लड़के को जहर दे दिया और लड़के की मृत्यु हो गई। उसके भाई-भाभी ने खुशी मनाई कि हमारे रास्ते का काँटा निकल गया, अब सारी संपत्ति अपनी हो गई है। इस बीच उसका अंतिम संस्कार कर दिया।

कुछ महीनों बाद उस किसान के बड़े लड़के की पत्नी को लड़का हुआ। उन पति-पत्नी ने खूब खुशी मनाई, बड़े ही लाड़ प्यार से लड़के की परवरिश की गई। लड़का जवान हो गया। उन्होंने अपने लड़के की शादी कर दी।

शादी के कुछ समय बाद अचानक लड़का बीमार रहने लगा। माँ-बाप ने उसके इलाज के लिए बहुत से वैद्यों से इलाज करवाया, जिसने जितना पैसा माँगा, दिया, सब दिया कि लड़का ठीक हो जाए। अपने लड़के के इलाज में अपनी आधी संपत्ति तक बेच दी। लड़का बीमारी के कारण मरने के कगार पर आ गया। लड़के का शरीर इतना ज्यादा कमजोर हो गया कि उसके अस्थि-पिंजर शेष ही रह गया था।

एक दिन लड़के को चारपाई पर लेटा रखा था और उसका पिता साथ में बैठा अपने पुत्र की यह दयनीय हालत देखकर दु:खी होकर उसकी ओर देख रहा था। तभी लड़का अपने पिता से बोला कि 'भाई! अपना सब हिसाब हो गया, बस अब कफन और लकड़ी का हिसाब बाकी है, उसकी तैयारी कर लो।'

यह सुनकर उसके पिता ने सोचा कि लड़के का दिमाग भी काम न कर रहा है। बीमारी के कारण और बोला, 'बेटा, मैं तेरा बाप हूँ, भाई नहीं।' तब लड़का बोला, 'मैं आपका वही भाई हूँ, जिसे आप ने जहर खिलाकर मरवाया था, जिस संपत्ति के लिए आपने मरवाया था मुझे, अब वह मेरे इलाज के लिए आधी बिक चुकी है। अब आपकी ही शेष है, हमारा हिसाब हो गया है।'

तब उसका पिता फूट-फूटकर रोते हुए बोला कि 'मेरा तो कुल नाश हो गया है। जो भी किया, मेरे आगे आ गया है, परंतु तेरी पत्नी का क्या दोष था, जो कि उस बेचारी को जिंदा जलाया गया।' (उस समय सतीप्रथा थी, जिसमें पति के मरने के बाद पत्नी को पति की चिता के साथ जला दिया जाता था।)

तब वह लड़का बोला कि 'वह वैद्य कहाँ, जिसने मुझे जहर खिलाया था।' तब उसके पिता ने कहा कि 'आपकी मृत्यु के तीन साल बाद ही वह वैद्य मर गया था।' तब लड़के ने कहा कि 'यह वही दुष्ट वैद्य आज मेरी पत्नी रूप में है। मेरे मरने पर इसे जिंदा जलाया जाएगा।' इस कहानी का अर्थ यह है कि हमारे किए हुए कर्मों का फल मिलता है।

- बोलने के बाद हमें अफसोस होता है कि हमें ऐसा नहीं बोलना चाहिए था, कुछ करने के बाद हमें अफसोस होता है कि हमें ऐसा नहीं करना चाहिए था, क्योंकि हमारा विचारों पर नियंत्रण नहीं है।
- लोग कहते हैं कि हम अभी तक दुनिया को समझ नहीं पाए है, प्रश्न है कि क्या आप अपने आपको समझ पाए हैं?
- संस्कार गहरा बन जाने पर हमारे मन और बुद्धि की भूमिका शून्य हो जाती है।

□

9

क्रोध के मूलभूत कारण

"श्रीमद्भगवद् गीता में कहा है कि क्रोध इनसान के विवेक को वैसे ही ढक देता है, जैसे धूल दर्पण को ढक देती है।"

प्रायः हम इस बात पर भी क्रोधित होते हैं कि मैंने उनके लिए बहुत किया, लेकिन उन्होंने बदले में हमारे लिए कुछ नहीं किया। इस कथन का अर्थ है कि मैंने अपनी खुशी के लिए नहीं, बल्कि मजबूरी में उनको खुश रखने के लिए उनके लिए बहुत कुछ किया है। **हम दूसरों को खुश करने के लिए कोई कार्य करते हैं और हमारे लाख प्रयास पर वह व्यक्ति खुश नहीं होता है, क्योंकि किसी व्यक्ति की अपेक्षाओं का कोई अंत नहीं होता है। हमारे लाख प्रयास पर भी वह व्यक्ति खुश नहीं रहता है। इस परिस्थिति में हमें गुस्सा आता है।**

अपने भीतर निरंतर चलने वाले युद्ध से भी गुस्सा पैदा होता है। बहुत बार हम अपने अंदर हार जाते हैं और इसे बताना ही नहीं चाहते हैं। इसे हम अपने गुस्से के रूप में निकालते हैं। क्रोध का भीषण रूप, अपने आप पर गुस्सा करते हैं। यदि हम किसी दुकान पर गए, एक घंटे से ऑर्डर का सामान नहीं मिला, धीरे-धीरे हमारे अंदर गुस्सा भरता रहता है। अब दुकानदार से पूछने पर पता चलता है कि वह हमारा दिया ऑर्डर भूल गया था।

अब पुनः अपने ऊपर गुस्सा आता है कि हमने दुकानदार को दस मिनट बाद फिर से याद क्यों नहीं दिलाया था। बिना वजह मैं, क्यों गुस्सा करता रहा। हमें अपने ऊपर दो कारण से गुस्सा आया। पहला हमने दस मिनट बाद क्यों

नहीं अपने ऑर्डर सामान की याद दिलाई। दूसरा हमने दुकानदार पर गलत गुस्सा कर दिया। दो गलतियों से हमारे अंदर एक गिल्ट पैदा हो जाती है। इससे हमें गुस्सा आता है।

लेकिन अगले ही चरण में हम अपने को जस्टिफिकेशन भी देने लगते हैं कि दुकानदार ने ऐसी बात कह दी कि मुझे गुस्सा आना ही था। मेरी जगह आप भी होते तो आपको भी गुस्सा आ जाता है, यहाँ पर हमने अपने गुस्से को सही साबित कर दिया, लेकिन महत्त्वपूर्ण बात यह है कि गुस्से का कारण हम स्वयं हैं और ब्लेम हम दूसरों को कर रहे हैं।

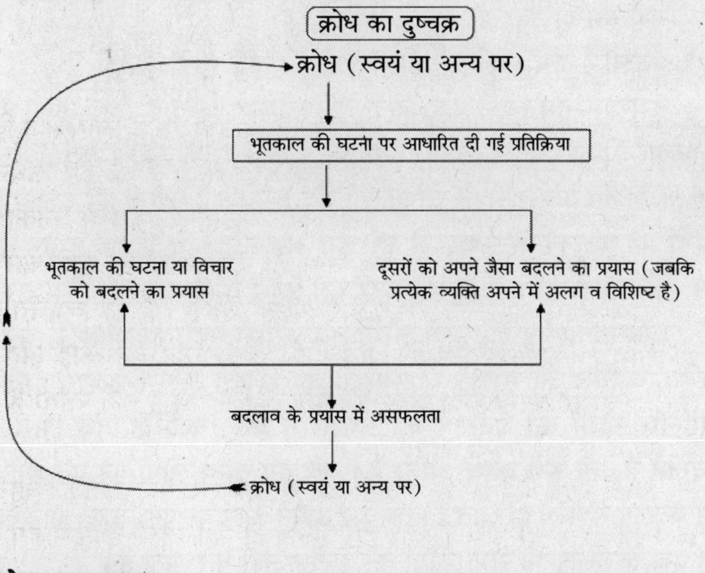

गुस्से का कारण

1. भूतकाल की घटना को बदलने का प्रयास।
2. दूसरे व्यक्ति और परिस्थिति में बदलाव का प्रयास।

गुस्से का समाधान

1. भूतकाल के स्थान पर वर्तमान पर अपना ध्यान फोकस करना। समस्या के स्थान पर समाधान पर अपना ध्यान फोकस करना।

2. दूसरे व्यक्ति और परिस्थिति में बदलाव के स्थान पर स्वयं में बदलाव लाने का प्रयास।

हमें क्रोध तभी आता है, जब मेरी इच्छा के अनुसार कार्य नहीं होता है, अर्थात् जैसा मैं कह रहा हूँ या चाह रहा हूँ, वैसा आप नहीं कर रहे हैं अथवा जैसा मैं नहीं चाह रहा हूँ, वैसा आप कर रहे हैं। इसी आधार पर हम अपने क्रोध को जायज ठहराते हैं। **महत्त्वपूर्ण तथ्य यह है कि हमें हमेशा भूतकाल की घटना पर ही क्रोध आएगा, अर्थात् जो घटना घट चुकी है, उसी घटना पर हमें क्रोध आएगा।**

यहाँ हम दो स्तर पर गलती करते हैं।

पहला—हम भूतकाल को बदलने की कोशिश करते हैं।

दूसरा—हम लोगों को बदलने की कोशिश करते हैं। हम जानते हैं कि भूतकाल को नहीं बदल सकते। इसी प्रकार दूसरे लोगों को भी नहीं बदला जा सकता है। हम केवल अपने आपको ही बदल सकते हैं। **बीती हुई घटना और लोगों को बदलने के प्रयास में जब हम असफल होते हैं, तब हमारे भीतर पुनः क्रोध पैदा होता है। इस प्रकार हम क्रोध के दुष्चक्र में फँस जाते हैं।**

एक तानाशाह भी सभी लोगों को कंट्रोल नहीं कर पाता है, क्योंकि प्रत्येक व्यक्ति की सोचने व समझने की क्षमता अलग-अलग होती है। इसलिए लोगों को बदलने का प्रयास न करें, क्योंकि जब लोग नहीं बदलते हैं, तो हमें क्रोध आता है। जब हम अन्य लोगों को एवं भूतकाल को बदलने में फेल हो जाते हैं। तब हमें अपने आप पर पुनः क्रोध आने लगता है। एक तानाशाह भी सभी लोगों को कंट्रोल नहीं कर पाता है।

गुस्सा करनेवाले व्यक्ति को लगता है कि वह जीत गया, लेकिन उसका संस्कार गुस्से का संस्कार और अधिक मजबूत हो गया है। उसी समय नकारात्मक वाइब्रेशन जो उसे मिली, इसके प्रभाव से धीरे-धीरे अंदर से कमजोर बनाता जाता है। एक टाइम आया, जब उसकी पोजीशन चेंज होगी, तब क्या होगा ? जब सामनेवाला व्यक्ति उसका कहना नहीं मानेगा, तब गुस्सा करने के बाद भी तो उसे और गुस्सा आएगा।

क्रोध कर के व्यक्ति सोचता है कि वो सामनेवाले को अपने कंट्रोल में रख रहा है, लेकिन होता क्या है कि व्यक्ति का स्वयं पर से कंट्रोल उठता जाता है। सबसे बड़ा पॉइंट, जिसका स्वयं पर नियंत्रण नहीं है, वह दूसरों को क्या नियंत्रित करेगा ?

हमारी अपेक्षा अटैचमेंट हमारे क्रोध का कारण बनती है। हमने अपने अंदर एक इमेज बना रखी है और अपेक्षा करते हैं कि सभी कार्य इस इमेज के अनुसार होंगे, लेकिन जब मन की इमेज के अनुरूप कार्य नहीं होता तो हमें क्रोध आ जाता है। सामान्यत: हमारे अंदर इतनी ताकत नहीं होती है कि हम अपनी इमेज को बदल दें। इमेज का बदलाव मेडिटेशन से होगा। हम अपनी स्क्रिप्ट पहले से ही तैयार रख लेते हैं और इसके एक सीरियल से घटित होने की अपेक्षा रखते हैं।

हमारा संस्कार गुस्से के कारण बनता है। इसी पर एक कहानी है। एक आदमी गाँव में रहता था, उसे बहुत ही ज्यादा क्रोध आता था। एक दिन तो उसे इतना गुस्सा आया कि गुस्से में उसने अपनी पत्नी को मार डाला। जब मार डाला, तब उसे यह एहसास हुआ कि उसने क्या गलती कर दिया

बहुत पश्चात्ताप हुआ, लेकिन अब कुछ नहीं हो सकता था। तभी उसे एक साधुओं की टोली मिली। उनसे अपनी बात बताई, बोला, 'कुछ भी कर सकता हूँ। साधुओं ने बोला साधु बन जाओ' सब छोड़ दो। वह तैयार हो गया और साधु बन गया। यदि सब सीधे रास्ते चलते, तब वह कँटीले रास्ते चलता था। सब अच्छे से भोजन करते, वह सिर्फ नाम का भोजन करता था। उसकी वाह-वाह होने लगी। सब उसके दर्शन को आने लगे। एक बार उसके गाँव का एक मित्र आया। मित्र ने तो पहचान लिया, लेकिन साधु ने उसे नहीं पहचाना। इस बीच उस साधु ने अपना नाम भी बदल लिया था, नाम था—शांतिनाथ।

मित्र ने पूछा, आपका नाम क्या है ? उसने बोला कि आपको पता नहीं, अखबार में मेरा नाम नहीं पढ़ा। फिर थोड़ी देर बाद मित्र ने पूछा कि आपका नाम क्या है ? फिर वह बोला, क्या आपको किसी ने बाहर बताया नहीं। मित्र ने सोचा, यह पक्का वही आदमी है, वापस उसने फिर से पूछा कि आपका नाम क्या है ? इस बार तो शांतिनाथ ने डंडा ही उठा लिया।

इतनी तपस्या की, साधु बना; लेकिन गुस्से करने का संस्कार नहीं गया। यह संस्कार क्या होता है, इसी जन्म से आता है, कैसे बनता है ? संस्कार किसी का भी संस्कार, गुस्से का, दुःख का, रोने का, नशे का, किसी भी चीज का संस्कार बनता कैसे हैं ? **हमें गुस्से की जगह शांति का संस्कार पैदा करना होगा। लंबे समय की आदत हमारा संस्कार बनती है। इसलिए हमें शांत रहने की आदत विकसित करनी होगी।**

हमारे गुस्से का कारण वाइब्रेशन है, जैसे कि एक घर में दो बच्चे होते हैं। दोनों अलग-अलग होते हैं। एक महीने का बच्चा भी खूब रोता है, लेकिन उसके आँसू नहीं निकलते हैं। लोग तुरंत ही कहने लगते हैं कि यह बच्चा बहुत गुस्सेवाला है। इसी तरह बात-बात पर घरवाले भी बोलते रहते हैं कि यह बच्चा बहुत गुस्सेवाला है। यहाँ घर की एक गुस्सेवाली वाइब्रेशन बन जाती है। वह बच्चा धीरे-धीरे गुस्सेवाला ही बनता जाता है। फिर बोला जाता है कि देखा हमने बोला था कि बच्चा बहुत गुस्सेवाला निकलेगा।

जैसे गुस्सा आपके अंदर होता है, क्योंकि वह आपका संस्कार बन चुका है, उसी तरह खुशी हमारे ही अंदर होती है। हमें खुशी का संस्कार विकसित करना होगा। हमें गुस्से के संस्कार को हटा के खुशी, शांति, आनंद के संस्कार के लिए जगह बनानी है। घर में नए सामान सजाने हैं तो पुराना खराब समान हटाना होगा। इसी तरह हमें गुस्से का संस्कार हटाना पड़ेगा और खुशी-शांति-आनंद का संस्कार डालना पड़ेगा। वास्तव में खुशी-शांति-आनंद का संस्कार, हमारा स्वभाविक गुण है।

क्रोध का कारण हम स्वयं हैं। सामान्य जीवन में पाया जाता है कि एक ही घटना से कुछ व्यक्ति अधिक क्रोधित होते हैं, कुछ कम क्रोधित होते हैं और कुछ व्यक्तियों को एकदम क्रोध नहीं आता है। यदि क्रोध का कारण बाह्य परिस्थितियाँ होतीं तो सभी व्यक्तियों में क्रोध की मात्रा समान मिलती है। वास्तव में होता यह है कि जिस प्रकार हम विशेष नजरिए से देखते हैं, उसी के अनुपात में हमें क्रोध आता है।

कुछ व्यक्तियों को क्रोध इसलिए आता है कि उनसे अन्याय सहन नहीं होता है, परंतु हम पाते हैं कि हमारे क्रोध करने से किसी को न्याय नहीं मिलेगा।

यदि किसी को न्याय दिलाना है तो गांधीवादी मार्ग का सत्याग्रह किया जाए, अथवा यह मान लें कि हम सभी को न्याय दिलाने के लिए नहीं पैदा हुए हैं।

गुस्से का मूल वजह अलग और गलत के बीच अंतर को नहीं समझ पाना है। हम जातिगत, क्षेत्रीय, लैंगिक विशेषता का आधार लेते हुए अपने गुस्से को जायज सिद्ध करते हैं। दूसरे को अलग मानते हुए, उन्हें गलत मानने लगते हैं, लेकिन प्रत्येक व्यक्ति एक-दूसरे की तुलना में गलत नहीं होता है, बल्कि अलग होता है।

- निरंतर मानसिक द्वंद्व हमारे क्रोध का कारण बनता है।
- दूसरों को ब्लेम करके हम अपने गुस्से को जस्टीफाई करते हैं।
- क्रोध हमेशा भूतकाल की घटना पर ही आता है।
- क्रोध दूसरों में बदलाव लाने में हुई असफलता के कारण ही आता है।
- क्रोध का अनुपात हमारे नजरिए पर निर्भर करता है।
- अधिक गुस्से के स्थान पर कम गुस्से को हम सही नहीं कह सकते हैं।
- शांत व्यक्ति के रूप में रहकर क्रोध के दबाव से बचें।

□

10

गुस्से का सॉफ्टवेयर और ऑपरेटिंग सिस्टम

"क्रोध को अपने पाले में रखना गरम कोयले को किसी की ओर फेंकने की नीयत के समान है। इससे आप स्वयं ही जलते हैं।"

—**महात्मा बुद्ध**

हम अपने जीवन में एक गलत मान्यता लेकर चलते हैं कि गुस्सा हमारे लिए जरूरी है। धीरे-धीरे यह मान्यता हमारे अंदर एक की प्रोग्रामिंग के रूप में कार्य करने लगती है और हमारे जीवन का एक गलत बिलीफ सिस्टम बन जाता है। इस बिलीफ सिस्टम के आधार पर हम अपने गुस्सा के पक्ष में जस्टिफिकेशन देते रहते हैं। हम कहते हैं कि उस समय बात ही ऐसी थी कि गुस्सा करना जरूरी था। यदि हमारी जगह आप होते, तब आप भी गुस्सा करते।

लेकिन हमें एक नए बिलीफ सिस्टम पर कार्य करना होगा। नए बिलीफ सिस्टम बनाने के लिए सबसे पहले, हमें अपने अंदर की प्रोग्रामिंग बदलकर, नया बिलीफ सिस्टम बनाना होगा। नए बिलीफ सिस्टम के अनुसार गुस्सा करना हमारे लिए जरूरी नहीं है, बल्कि हमारे पास गुस्से के अन्य विकल्प भी मौजूद हैं। अब हमें गुस्से की जगह अन्य विकल्पों की सहायता से अपना कार्य करना होगा। गुस्से की तुलना में शांति से कार्य लेने पर रिजल्ट अधिक अच्छा मिलता है। जब हमें अच्छा रिजल्ट मिल जाता है, तब हमें नए बिलीफ सिस्टम पर विश्वास हो जाता है। धीरे-धीरे, इस नए बिलीफ सिस्टम के

अनुसार गुस्सा नहीं करने की आदत हमारे अंदर विकसित होने लगती है।

अनुभव के बिना किसी बिलीफ सिस्टम को न तो एक्सेप्ट किया जा सकता है और न ही रिजेक्ट किया जा सकता है। हमारे लिए कौन सा बिलीफ सिस्टम सही है, इसको जानने के लिए दोनों बिलीफ सिस्टम को हमें चैक करना होगा, इसके बाद अपना निर्णय लेना होगा कि हमें किस बिलीफ सिस्टम पर चलना है। इसके लिए हम देख लें कि अपना काम कराते समय गुस्से के स्थान पर प्रेम से, शांति से रहें और आपसी समझ से सभी कार्य अच्छी तरह होते हैं।

हो सकता है कि हमें यह लगे कि गुस्सा करना जरूरी है और हमें शांति से कार्य लेने में परेशानी का अनुभव होता हो। किसी व्यक्ति ने गुस्से के अन्य विकल्पों को कितना समझा है और कितनी लगन, प्रतिबद्धता से गुस्से के अन्य विकल्पों का प्रयोग किया है, यदि हमें इसका पॉजिटिव रिजल्ट मिल जाए, तब जरूर पालन करना चाहेंगे।

हो सकता है पहली बार गुस्से की जगह शांति से कार्य लेने पर मेरा कार्य न हो सके, तब हम फिर अपने पुराने गुस्सेवाले बिलीफ सिस्टम पर लौट जाएँ। रिजल्ट का अर्थ है कि सिर्फ कार्य होना अथवा कार्य नहीं होना है, के संदर्भ में नहीं देखना चाहिए।

रिजल्ट का अर्थ हम यह देखें कि अपने कार्य के समय, अच्छा फील कर रहे हैं, अथवा तनाव महसूस कर रहे हैं। कार्य के बाद हमारे रिश्ते अच्छे बन रहे हैं, अथवा रिश्ते खराब हो रहे हैं। नए बिलीफ सिस्टम पर हमारी हैल्थ अच्छी है अथवा बुरी है। नए बिलीफ सिस्टम के उपयोग के परिणामस्वरूप, हम देखेंगे कि धीरे-धीरे हमारा कार्य भी अच्छी तरह से होने लगा है, हमारी हैल्थ के साथ ही रिश्ता भी ठीक रहता है।

नया बिलीफ सिस्टम बनने में कुछ समय लगता है। यदि हम दवा लेते हैं और बीच में दवा का साइड इफेक्ट हो जाए अथवा दवा असर तुरंत न दिखती हो, तब भी डॉक्टर कहता है कि शरीर दवा को एडजेस्ट करने में समय लेता है। इसलिए बीच में दवा नहीं छोड़ें। एंटीबायोटिक दवा का पूर्ण असर कोर्स पूरा होने बाद ही दिखता है।

हमारे लिए कौन सा बिलीफ सिस्टम सही है, इसको जानने के लिए दोनों प्रकार के बिलीफ सिस्टम को चैक करना जरूरी होगा, इसके बाद ही हम कोई तर्क पूर्ण निर्णय ले।

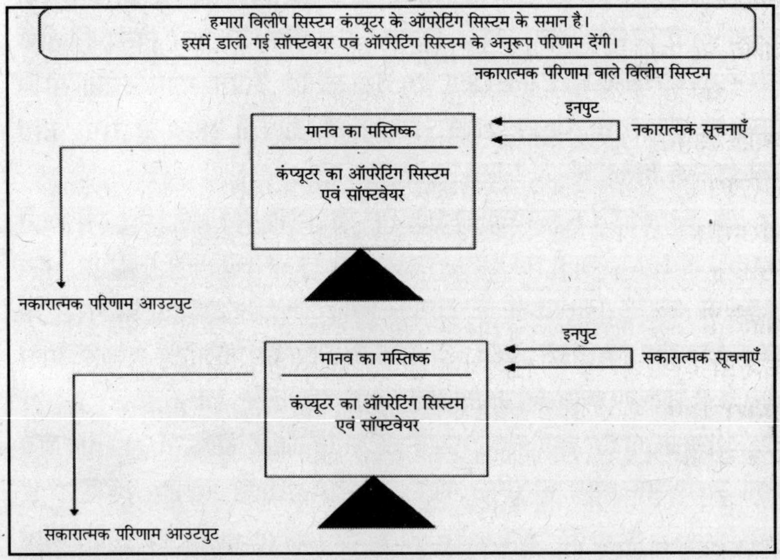

जब हम क्रोध को संचालित करनेवाले बिलीफ सिस्टम पर चलते हैं, तब हमारे जीवन में तरह-तरह की समस्याएँ आती रहती हैं। हर समस्या, एक नई समस्या को साथ लेकर आती है। यह पुराना बिलीव सिस्टम है कि यदि किसी ने गलती की तो उस पर गुस्सा किया जाए और उसे डाँटा जाए। इसके विपरीत जब हम गलती करते हैं और गलती के बाद हमें जो अपने ऊपर गुस्सा आता है, इसे गिल्ट या ग्लानि कहते हैं। ये दोनों स्थितियाँ हमें अच्छी फीलिंग नहीं देती हैं।

यदि हमें स्वयं को डाँटना ठीक नहीं लगता है तो दूसरा व्यक्ति डाँट खाकर अच्छा कैसे फील करेगा। जब कोई हमें डाँटता है तो हमें थोड़ा बुरा लगता है और अपने को सही सिद्ध करने के लिए तर्क देकर बच जाते हैं, लेकिन जब हम-आप अपने को डाँटते हैं तो गिल्ट या ग्लानि में जाकर डिप्रेशन में जा

सकते हैं। यहाँ पर हम अपने को सही सिद्ध भी नहीं कर सकते हैं।

गलती के बाद डाँटने से ताकत और भी कम हो जाती है और गलती की संभावना भविष्य में बढ़ जाती है। गुस्सा करने से हमारी शांति में कमी आएगी। इसके बुरे प्रभाव से हमारी इच्छा शक्ति कमजोर होगी और हमारी आत्मिक शक्ति भी प्रभावित होगी। इसका प्रभाव हमारे पूरे जीवन पर पड़ेगा।

आजकल लोग बुरी आदतें (एडिक्शन) इसलिए नहीं छोड़ पाते हैं, क्योंकि उनकी आत्मिक शक्ति कमजोर है। यह सब गलत बिलीव सिस्टम का परिणाम है। **इसलिए हम नए बिलीव सिस्टम को चुनें, प्रयोग करें तथा परिणाम देखें। एक बार हमें परिणाम मिलने लगेंगे तो हम पुराने बिलीव सिस्टम के पास नहीं जाएँगे। हम जीवन में दो बिलीव सिस्टम को लेकर चलते हैं। जब पड़ोसी के साथ बुरा होता है, तब हम कहते हैं कि उसका कर्म ही ऐसा था और जब हमारे साथ बुरा होता है तो हम कहते हैं कि हमारा भाग्य ही ऐसा है। भाग्य का सहारा लेकर हम अपनी जिम्मेदारी से बच नहीं सकते हैं।**

हमें दोनों बिलीव सिस्टम में से एक को चुनना होगा। हमें उसी बिलीव सिस्टम को चुनना होगा, जो हमें शक्तिशाली बनाए। हमें इस बात को भी देखना होगा कि ईश्वर हमारा भाग्य लिखता है या हम स्वयं अपना भाग्य लिखते हैं। यदि ईश्वर हमारा भाग्य लिखता तो कोई भी कमी नहीं छोड़ता, क्योंकि ईश्वर अपने आप में पूर्ण है। इसलिए साबित होता है कि मनुष्य स्वयं ही अपना भाग्य लिखता है। हम जैसा विचार करते हैं, वैसे कल के माध्यम से हमारा भाग्य बन जाता है।

क्रोध की समस्या से बचने के लिए हमें क्रोध के सॉफ्टवेयर और ऑपरेटिंग सिस्टम में बदलाव लाना होगा। हमारा बिलीफ सिस्टम, कंप्यूटर के ऑपरेटिंग सिस्टम के समान है। इसमें डाली गई सूचनाएँ और सॉफ्टवेयर, कंप्यूटर में डाले गए ऑपरेटिंग की सहायता से कार्य करेंगे।

हमारे जीवन का बिलीफ सिस्टम, कंप्यूटर के ऑपरेटिंग सिस्टम की तरह है। जैसा ऑपरेटिंग सिस्टम में डालेंगे, वैसा ही हमारा जीवन चलेगा, लेकिन बीच-बीच में ऑपरेटिंग सिस्टम को चैक करना होगा कि यह सही काम कर

रहा है कि नहीं। हार्ड डिस्क को लगातार क्लीन करना होगा, तभी यह ऑपरेटिंग सिस्टम, बिलीफ सिस्टम सही रूप में कार्य करेगा। मतलब सही बिलीव सिस्टम को स्वीकार करें और बिलीव सिस्टम में आनेवाले वायरस को एंटीवायरस डालकर समय-समय पर साफ भी करते रहें। नकारात्मक विचार हमारे लिए वायरस के समान और सकारात्मक विकास एंटीवायरस की तरह कार्य करते हैं।

- बिलीफ सिस्टम के आधार पर हम अपने गुस्से के पक्ष में जस्टिफिकेशन देते हैं।
- अनुभव के बिना किसी बिलीफ सिस्टम को न तो एक्सेप्ट किया जा सकता है और न ही रिजेक्ट किया जा सकता है।
- जब पड़ोसी के साथ बुरा होता है, तब हम कहते हैं कि उसका कर्म ही ऐसा था और जब हमारे साथ बुरा होता है तो हम कहते हैं कि हमारा भाग्य ही ऐसा है।
- बिलीव सिस्टम में आनेवाले वायरस को एंटीवायरस डालकर समय-समय पर साफ भी करते रहें। नकारात्मक विचार हमारे लिए वायरस के समान और सकारात्मक विकास एंटीवायरस की तरह कार्य करते हैं।

□

11

ईगो और क्रोध

"क्रोध मूर्खता से प्रारंभ और पश्चात्ताप पर खत्म होता है।"

—पाईथागोरस

ईगो 'मैं' हमारे मूल आत्मिक स्वरूप का गलत चित्रण है। ईगो (अहं) का अर्थ है, जो मैं मूलतः नहीं हूँ, उससे अपने को जोड़कर, उसी अनुसार अपनी पहचान बना लेना और इसके अनुसार अपना कार्य-व्यवहार करना है। ईगो की यह परिभाषा अवधारणा के साथ, एक प्रक्रिया भी है।

एक नकारात्मक इमोशन के रूप में ईगो हमारे क्रोध का प्रमुख कारण है। इमोशन और फिलिंग हमारी सहन-शक्ति को प्रभावित करती हैं। एक्सेप्टेंस, एडजेस्टमेंट और टॉलरेंस ईगो की समस्या के समाधान में सहायक हैं। एक्सेप्टेंस और टॉलरेंस की सहायता से क्रोध का टालनेवाली, सहन-शक्ति पैदा कर सकते हैं।

ईगो में हम स्वयं के स्वरूप को भूल जाते हैं और बाह्य परिस्थितियों के नियंत्रण में आकर क्रोध करने लगते हैं। ईगो, हमारे स्वयं या मैं का एक गलत चित्र है। **ईगो में यह जरूरी नहीं है कि हम किसी से अपने को सुपीरियर ही फील करें, बल्कि इसका अर्थ यह भी हो सकता है कि हम अपने को किसी से इनफीरियार फील करें।**

जो कुछ असत्य है, उससे स्वयं को जोड़ लेना ईगो है। ईगो के

कारण हमारे अंदर निगेटिव इमोशन पैदा होता है। यदि ईगो हट जाए, तब ईर्ष्या, उदासी और क्रोध जैसे निगेटिव इमोशन स्वयं हट जाएँगे।

ईगो में हम अपनी ही बात को सिद्ध करने की जिद करते हैं, फिर अपनी जिद को पूरा करने के लिए हम क्रोध का सहारा लेते हैं। ईगो की भाषा है—मेरी ही बात सही है। यद्यपि मुझे पता है, मेरी बात गलत है, लेकिन एक बार अड़ गया तो अड़ गया।

मेरी बात को ही सही माना जाए, क्योंकि मैं बड़ा हूँ। गलती उनकी ही है। इतना भी नहीं समझते हैं लोग। कितना लोगों को समझाया जाए, लेकिन ईगो में हम भूल जाते हैं कि दूसरे व्यक्ति के पास भी अपनी बात के लिए पर्याप्त तर्क और कारण होते हैं। हम दूसरों की बात सुने बिना ही क्रोध करने की गलती करने लगते हैं।

यदि ड्राइवर और मालिक के संबंध में देखें, तब किसी का रोल सुपीरियर है और किसी का रोल इनफीरियर है। यहाँ रोल या ऊँचा-नीचा है, लेकिन जब हम अपने रोल को ऊँचा और नीचा समझकर, इससे अटैच हो जाते हैं, हमारा यह गलत निर्णय होगा। इस गलत निर्णय का परिणाम हमारे क्रोध के रूप में दिखाई देता है।

हमारा रोल बदलता रहता है, लेकिन व्यक्ति आत्मिक रूप से मूलतः वही होता है। हम ड्राइवर को नीचा समझकर क्रोध करते हैं।

ईगो के कई चरण होते हैं—

1. ईगो के उच्च स्तर पर व्यक्ति, दूसरे की बात सुनने को तैयार नहीं रहता है। ऐसा व्यक्ति केवल अपने को ही सही सिद्ध करने और दूसरों को गलत सिद्ध करने में लगा रहता है।
2. ईगो का स्तर थोड़ा कम होने पर व्यक्ति, दूसरों की बात सुनता है, परंतु अंत में अपने को ही सही सिद्ध करने में लगा रहता है।
3. ईगो के न्यूनतम स्तर पर व्यक्ति अपनी बात रखकर दूसरों की भी बात सुनता है। इस स्थिति में यदि दूसरों को मेरी बात ठीक नहीं लगती है अथवा यदि हमें लगता है कि हमारी बात सही नहीं है,

तब हम अपना आइडिया को छोड़ देते हैं। यह प्रक्रिया हमें ईगो से मुक्त कर देती है।

इस प्रक्रिया के पूर्व के ईगो-स्टेज में नहीं मिलती है। पूर्व की ईगो-स्टेज में हमारे अंदर प्रश्नों का दौर शुरू हो जाता है। हम दूसरों की बात पूरी तरह सुने और समझे बिना ही, परिस्थतियों को जाने बिना ही, दूसरों के नजरिए को समझे बिना ही झूठा तर्क करना प्रारंभ कर देते हैं। अंत में अपनी बात को सही कहकर, दूसरों को झूठा और गलत सिद्ध करना प्रारंभ कर देते हैं। यह सब करते समय हम क्रोध का सहारा लेते हैं।

ईगो के कारण उत्पन्न क्रोध हमारी ऊर्जा को नष्ट करता है। ईगो में व्यक्ति अशांत रहता है। ईगो के दौरान सामंजस्य करने की क्षमता न्यूनतम रहती है। ईगो के कारण हमें अनेक प्रकार की हानि उठानी पड़ती है। **ईगो के कारण हम क्रोध में आ जाते हैं और हम अपनी क्षमता और योग्यता से कम उपलब्धि पाते हैं। ईगो के कारण हम अनेक अवसर खो देते हैं और अपनी क्षमता और योग्यता से अधिक उपलब्धि पाने के लिए हमें एक्सेप्टेंस, टॉलरेंस और एडजेस्मेंट का सहारा लेना चाहिए और क्रोध से बचना चाहिए।**

ईगो को समझने के लिए दो शब्द महत्त्वपूर्ण हैं—सोल कॉन्सेसनेस और रोल कॉन्सेसनेस। जब हम किसी को रोल कॉन्सेसनेस से देखेंगे, तब ईगो पैदा होगा, लेकिन जब हम किसी व्यक्ति को सोल कॉन्सेसनेस से देखेंगे, तब हमारे भीतर ईगो समाप्त होगी।

मालिक यदि यह समझता है, मेरा रोल ड्राइवर से बड़ा है, ऐसी स्थिति में मालिक अपने रोल का गलत चित्र पैदा करता है। इस समय मालिक अपने मूल स्वरूप में न रहकर ईगो में रहता है। यदि ड्राइवर अपना रोल मालिक की तुलना में छोटा मानता है, तब भी ड्राइवर अपने रोल का गलत चित्र बनाता है। इस समय ड्राइवर अपने मूल स्वरूप में न रहकर ईगो में रहता है। ईगो में रहकर हम क्रोध से बच नहीं सकते हैं।

मेरा दर्द आपकी गलती पर निर्भर न होकर, मेरा दर्द मेरी

टॉलरेंस, कैपिसिटी पर निर्भर करता है। हमारे दुःख की मात्रा हमारी ईगो और क्रोध को सहन करने की शक्ति पर निर्भर करती है। हमारी गलती से यदि किसी को दुःख पहुँचता है, तब हमारी गलती की मात्रा पर दूसरे के दुःख की मात्रा निर्भर नहीं करेगी, बल्कि दूसरे का दुःख इस बात पर निर्भर करेगा कि उस व्यक्ति में ईगो की कितनी मात्रा है एवं साथ में उस व्यक्ति में क्रोध को सहने की शक्ति कितनी है?

पद छूटने के बाद भी लोग इसे पकड़कर रखते हैं और विजिटिंग कार्ड, नेम प्लेट पर पूर्व डायरेक्टर, पूर्व आई.ए.एस., पूर्व विधायक जैसे शब्द लिख लेते हैं। पहचान की समस्या, ईगो की समस्या है। जो पद प्राप्त किया, उसे ही हम अपनी मूल पहचान बना लेते हैं। जब कभी इस पहचान पर अटैक किया जाता है, तब हमें क्रोध आ जाता है।

ईगो के कारण हम अपनी मूल आत्मिक स्थिति को भूल जाते हैं, जिसके कारण पहचान पर अटैक के समय हम अंदर से हिल जाते हैं। अपने पद, प्रतिष्ठा को खोने के डर से, हम असुरक्षा और तनाव में जीवन जी रहे हैं। ईगो के प्रभाव से, डर एवं असुरक्षा का भाव पैदा होता है। यह हमारे क्रोध का कारण बनता है।

डिटैचमेंट ईगोरहित अवस्था है। वास्तव में 'मैं' का स्वरूप मूलतः हमारी आत्मा है, जो हमारे शरीर और जीवन को संचालित करती है, लेकिन आज हम 'मैं' को भूलकर, जो कुछ मेरा है, गलती से उसे ही मैं समझ लेते हैं। जब जो कुछ मेरा है, इस पर कोई अटैक करता है, तब हमें क्रोध आ जाता है।

हमें पता है कि सभी चीजें एक न दिन छूट जाएँगी, फिर भी हम इन्हें इसे किसी कीमत पर छोड़ने को तैयार नहीं हैं। इसके प्रभाव से हम तनाव और डर का जीवन जीते हैं। अटैचमेंट हमारे डर, तनाव का कारण है। सब का उपभोग करनेवाली शक्ति को हम भूल जाते हैं। जो कुछ मेरा है, उसे मैं समझ लेते हैं। इन चीजों में अपनी खुशी बाहर खोजने लगते हैं,

जबकि खुशी वास्तव में बाहर नहीं, भीतर है। सबकुछ मेरे लिए है, परंतु यह मेरा नहीं है, अर्थात् हमें ट्रस्टी होकर कार्य करना है। डिटैच होकर, जब कार्य करेंगे, तब अधिक ईमानदार होंगे। डिटैच होकर हम क्रोध से बच सकते हैं।

- एक्सेप्टेंस, टॉलरेंस और एडजेस्टमेंट क्रोध का समाधान है।
- ईगो में आकर, हम क्रोधित होते हैं, अपनी योग्यता और क्षमता से कम उपलब्धि पाते हैं।
- हमारे दुःख की मात्रा हमारी ईगो और क्रोध को सहन करने शक्ति पर निर्भर करती है।

□

12

एक्सेप्टेंस और क्रोध

"मन की पीड़ा को स्पष्ट रूप में व्यक्त करने में असमर्थता के समय क्रोध अधिक आता है।"

—रवींद्रनाथ ठाकुर

एक्सेप्टेंस का अर्थ, जो है, जैसा है, उसे ठीक उसी रूप में स्वीकार कर लेना है तथा अपने अंदर चलने वाले प्रश्नों का उत्तर देकर मन को शांत कर लेना है। एक्सेप्टेंस में हमारा मन समस्या से हटकर समाधान की तरफ फोकस हो जाता है।

एक्सेप्टेंस की सहायता से हम क्रोध पर आसानी से नियंत्रण प्राप्त कर सकते हैं। हमारे पास दो ही विकल्प हैं। हम किसी बात को एक्सेप्ट कर लें अथवा छोड़ दें। एक्सेप्टेंस या स्वीकार भाव का अर्थ यह नहीं है कि अब हमें कुछ भी नहीं चाहिए और हमें पुरानी स्थिति पर बने रहना है। एक्सेप्टेंस स्वीकार भाव की सहायता से भविष्य में हम जो सुधार करना चाहते हैं, उसके लिए अब हमें आवश्यक ऊर्जा या ताकत मिल जाती है।

एक्सेप्टेंस के बाद विपरीत क्रोध हमारे अंदर ग्लानि भाव देता है। यदि हम अपने अंदर ग्लानि पैदा करेंगे, तब सकारात्मक बदलाव के लिए आवश्यक ऊर्जा या ताकत समाप्त हो जाएगी, अर्थात् जब तक हम चीजों को एक्सेप्ट या स्वीकार नहीं करते हैं, तब तक स्वयं में सुधार संभव नहीं है। एक्सेप्टेंस हमें क्रोध से बचाता है।

एक्सेप्टेंस या स्वीकार भाव लाने पर लोगों के प्रति, स्वयं के प्रति और परिस्थितियों के प्रति हमारे भीतर कोई प्रश्न, संदेह नहीं रहता है। संदेह का कारण समाप्त होने पर विश्वास का माहौल बनता है। विश्वास का माहौल हमें क्रोध से दूर रखता है। ऐसी स्थति में हम अनावश्यक बात अथवा समस्या के ऊपर विचार नहीं करते हैं, बल्कि हम केवल समाधान पर ही विचार करके क्रोध की सहनशक्ति पैदा कर सकते हैं।

किसी चीज को एक्सेप्ट या स्वीकार करने के लिए हमें स्वयं को कुछ तर्क देना पड़ता है अथवा आस्था या विश्वास के आधार पर स्वीकार लेने के बाद मन को शांत करना होता है। सभी को पता होना चाहिए कि हमारे परिभाषा से न तो घटनाएँ घटित होंगी और न ही हमारे अनुसार दूसरे लोग कार्य करेंगे। वास्तव में हमारी परिभाषा के विपरीत दृश्य हमारे सामने आता है। इससे हम डिस्टर्ब होते हैं। यदि हम इस बात को एक्सेप्ट या स्वीकार नहीं करेंगे, तब हमारी ऊर्जा का केवल क्षय होगा। इससे हम अनावश्यक रूप से क्रोध की स्थिति में आ जाएँगे।

इसलिए हमेशा अपने मन को चेक करना चाहिए कि हम चीजों, परिस्थितियों और लोगों को स्वीकार या एक्सेप्ट कर रहे हैं अथवा रिजेक्ट कर रहे हैं। यदि हम चीजों को एक्सेप्ट या स्वीकार नहीं करते हैं, तब हमारे भीतर अहंकार ईगो पैदा होता है। इस कारण हम लोगों को अस्वीकार करने लगते हैं। इसके प्रभाव से दूसरा व्यक्ति भी हमें एक्सेप्ट नहीं करता है और हमें रिजेक्ट करने लगता है।

हमारे द्वारा की गई एक्सेप्टेंस या स्वीकार का भाव एक सकारात्मक ऊर्जा पैदा करता है। यह ऊर्जा दूसरों में भी हमारे प्रति एक्सप्टेंस या स्वीकार का भाव पैदा करने के लिए मजबूर कर देती है। हमें दूसरों के एक्सेप्टेंस के बारे में पता चलते ही, हमारे क्रोध का कारण भी स्वत: समाप्त हो जाता है।

एक्सप्टेंस या स्वीकार भाव का अर्थ किसी चीज को छोड़ना नहीं है, बल्कि किसी चीज के प्रति सकारात्मक होना है। किसी चीज को एक्सेप्ट नहीं करने की स्थिति में हम नकारात्मक भाव में रहते हैं। इससे हमारे भीतर

नकारात्मक विचार चलने लगता है, अर्थात् मन में विचार चलने लगता है— ऐसा कैसे हो सकता है ? ऐसा नहीं हो सकता है, अथवा ऐसा मेरे साथ कैसे हो सकता है ? समाधान का विचार हमें क्रोध की स्थिति से बाहर लाता है।

चीजों को एक्सेप्ट न करने की स्थिति में हम असंतुष्ट और दुःखी रहेंगे। यदि हम किसी कार्य को असंतुष्ट, दुःखी भाव से करेंगे या अपनी इच्छा के विरुद्ध करेंगे, इससे हम कोई भी बड़ा कार्य नहीं कर पाएँगे, लेकिन जब हम चीजों को स्वीकार करने के बाद कार्य करेंगे, तब बेहतर परिणाम देंगे। परिणामस्वरूप हमें किसी के ऊपर क्रोध करने की आवश्यकता ही महसूस नहीं होगी।

अंदर से एक्सेप्ट करके, अपने दूसरे सकारात्मक कार्यों में लग जाना चाहिए। **इसलिए कहा जाता है कि तुरंत समस्या का समाधान कर दें अथवा जो जैसा है, उसे उसी रूप में एक्सेप्ट कर लें, लेकिन समस्या को जीवन में अपने साथ लेकर न चलें। रिजेक्शन का भाव हमें क्रोधित करता है।**

स्वीकार भाव या एक्सेप्टेंस हमें ऐसी ताकत प्रदान करती है, जिससे हम किसी भी समस्या का समाधान कर सकते हैं। जीवन में कुछ हादसे ऐसे होते हैं, जिसका समाधान कुछ महीने या वर्षों में निकलता है और कुछ समस्या का समाधान तो हमें जीवन भर भी नहीं मिलता है। एक्सेप्टेंस की ताकत से हम बड़ी-से-बड़ी समस्याओं के बीच रहकर भी जीवन में बड़ा कार्य कर सकते हैं।

विपरीत परिस्थिति आने पर हम कोई-न-कोई प्रतिक्रिया जरूर देंगे, लेकिन महत्त्वपूर्ण बात है कि हमारी प्रतिक्रिया सही होनी चाहिए। हम क्रोध वाली प्रतिक्रिया को सही नहीं कह सकते हैं। पहले हम परिस्थिति को एक्सेप्ट कर लें, तभी हम उसके लिए सही प्रतिक्रिया दे पाएँगे। परिस्थिति को एक्सेप्ट भी इस प्रकार करें कि जैसे हमने उस परिस्थिति को स्वयं चुना है।

यह स्वीकार कर लें कि सामने आनेवाली परिस्थिति भी हमारे पूर्व कर्म का परिणाम है। चूँकि हम अपने कर्म के चुनाव में स्वतंत्र हैं। अतः हमने अपना

कर्म स्वयं चुना है। इसलिए इसका परिणाम भी हमें स्वीकार करना ही होगा।

हम लोगों को एक्सेप्ट कर लें। वे जो हैं, जैसे हैं, हम उन्हें उसी रूप में एक्सेप्ट कर लें। एक्सेप्ट करने से हमारा दिमाग शांत हो जाता है। **हमारी मानसिक क्षमता और निर्णय क्षमता बढ़ जाती है। हमारा फोकस समस्या से हटकर समाधान की तरफ चला जाता है। एक्सेप्ट करने से हम शांत हो जाते हैं। शांत होकर हम स्वयं को सँभालेंगे। शांति का भाव क्रोध को शांत करता है। शांत माहौल में कोई व्यक्ति क्रोध नहीं करता है। इसके बाद हमारे लिए लोगों और परिस्थितियों को सँभालना आसान हो जाता है।**

यदि एक्सेप्ट करने के पूर्व अथवा मन की स्थिति ठीक करने के पूर्व हम परिस्थिति का सामना करना जाते हैं, तब परिस्थिति का प्रभाव मन की स्थिति पर होगा, लेकिन जब हम मन की स्थिति को ठीक करने के बाद परिस्थिति का सामना करने जाते हैं, तब मन की स्थिति का प्रभाव परिस्थिति पर होगा।

जब परिस्थिति का प्रभाव हमारे मन पर होगा, तब हम क्रोध करेंगे, लेकिन जब मन की स्थिति का प्रभाव परिस्थिति पर होगा, तब हम क्रोध के स्थान पर शांत रहेंगे।

हम जो बनना चाहते थे, लेकिन किन्हीं कारणों से हम वह नहीं बन पाए हैं, तो अपने कॅरियर की असफलता को लेकर हम जीवन भर क्रोध करते रहते हैं। यदि इस चीज को हम एक्सेप्ट कर लें, तब हम जो भी बनना चाहते थे, उससे भी बड़ा बन सकते हैं।

क्योंकि हमारे मन की स्थिति ही नई परिस्थिति को जन्म देती है। कुछ और बनने के मार्ग पर जब हम दुःखी और असंतुष्ट होकर आगे बढ़ेंगे, तब हमें सही परिणाम नहीं मिलेगा, लेकिन उस रिजल्ट को एक्सेप्ट करके मन में चलनेवाले प्रश्नों को हम समाप्त कर देते हैं। इसके बाद खुश होकर चलेंगे, तब हम जो चाहते हैं, उससे भी बड़ा बन जाएँगे।

हमारे जीवन के मार्ग पर चुनौती आने से हमारा मन प्रश्नों से भर जाता है। प्रश्न का उत्तर न मिलने पर हम क्रोधित होने लगते हैं। इस कारण से

हमारा मन प्रसन्न नहीं रहता है। अत: जहाँ हमें समस्या का समाधान दिखना चाहिए था, वह नहीं दिखता है। यदि समस्या आने पर हम इसे एक्सेप्ट नहीं करते हैं, तब हम उस समस्या के साथ एक और नई समस्या पैदा कर लेते हैं।

किसी को एक्सेप्ट करने का मतलब यह नहीं है कि कोई कुछ भी कार्य करता रहे और हम लगातार चुप बैठे रहें। हमें अपने रोल और रेस्पोंसिबिलिटी, प्रायोरिटी के अनुसार दूसरों को निर्देश देना चाहिए। निर्देश देना और बिना डिस्टर्ब होकर निर्देश देना, इन दोनों में अंतर है। क्रोध करना और अपनी रोल और रेस्पोंसिबिलिटी निभाना अलग-अलग चीज हैं।

एक्सेप्टेंस के अभाव से धीरे-धीरे कोई बात हमारे अंदर दबती चली जाती है। हमारे भीतर धीरे-धीरे एक प्रेशर कुकर बन जाता है। इसलिए हमें हमेशा चेक करना चाहिए कि हमारे अंदर कोई प्रेशर कुकर तो नहीं बन रहा है। **चुप रहने का अर्थ मुँह से ही चुप रहना नहीं है, बल्कि मन से चुप रहना भी है। यदि हम मन से चुप नहीं रहेंगे, तब हमारी इच्छा के विपरीत बातें हमारे मुख से क्रोध के रूप में निकल जाएँगी।**

हमारी अपेक्षाएँ क्रोध को बढ़ाती हैं। यहाँ पर अपेक्षाओं का अर्थ बहुत छोटी-छोटी अपेक्षाएँ हैं। जैसे उन्होंने हमें पानी नहीं पूछा। मेरे मना करने के बाद भी उन्होंने आज काली शर्ट पहन ली है।

हमारी खुशी, हमारे एक्सेप्टेंस का सीधा समानुपाती होती है, अर्थात् खुशी और स्वीकार भाव में सीधा संबंध है। हमारी खुशी हमारी इच्छा के वियुतकर्मानुपाती होती है।

हैप्पीनेस इंडेक्स अर्थात् खुशी और इच्छा का विपरीत संबंध है। हम जितना लोगों से अपेक्षा रखते हैं, उसी अनुपात में हमारी खुशी भी घटती जाती है। जितना हम दूसरों को स्वीकार करते जाएँगे, हमारी खुशी भी उसी अनुपात में बढ़ती जाएगी। जितना अधिक हम खुश होंगे, उतना शांत रहेंगे और क्रोध से बचेंगे।

हमारा एक्सेप्टेंस एक स्टेब्लाइजर और यू.पी.एस. की तरह है। यह ऊर्जा के फ्लक्चुएशन के कारण होने पैदा होनेवाले नुकसान से हमारी शरीररूपी मशीन को बचाता है। एक्सेप्टेंस मन के फ्लक्चुएशन से

बचाकर, हमें परिस्थति का सामना करने के लिए तैयार करता है और हमें क्रोध से बचाता है। स्वीकार भाव हमारी अंदर विपरीत परिस्थतियों में ऊर्जा की सप्लाई यू.पी.एस. की भाँति सुचारु रखता है।

जो व्यक्ति शांत रहेगा, उसके विचारों में स्पष्टता रहेगी, उसमें कार्य कुशलता होगी, वह अपना ध्यान समस्या पर फोकस नहीं करते हुए समाधान पर करेगा। अत: ऐसा व्यक्ति न केवल अपने आपको सँभालेगा, बल्कि दूसरों को भी सँभाल लेगा। ये सभी चीजें एक्सेप्टेंस की सहायता से ही हो सकती हैं।

मजबूरी और एक्सेप्टेंस में अंतर है। मजबूरी में व्यक्ति बेचारा बना रहता है, जबकि एक्सेप्टेंस में व्यक्ति अपनी मर्जी का मालिक बना रहता है। बेचारेपन में लिया गया निर्णय कमजोर निर्णय होता है। मजबूरी में व्यक्ति क्रोध प्रकट नहीं कर पाता है, परंतु अंदर से क्रोधित होता रहता है, लेकिन एक्सेप्टेंस में क्रोध की आवश्यकता नहीं पड़ती है।

चिंता में क्रोध का निगेटिव विचार चलता है, जबकि केयर में शांति पॉजिटिव विचार चलता है। यदि बिना विचलित हुए हम अपने रोल एवं रेस्पोंसिबिलिटी के अनुसार अपनी राय देते हैं, तब यह केयर कहलाता है। इसलिए चिंता के स्थान पर केयर पर बल दें।

स्वयं को रेस्पेक्ट देने का सबसे अच्छा तरीका है कि हम, दूसरों को रेस्पेक्ट देकर उन्हें एक्सेप्ट करना शुरू कर दें। क्योंकि जो चीज हम दूसरों को देंगे, सबसे पहले स्वयं को देते हैं। जितना हम दूसरों को एक्सेप्ट करके, रेस्पेक्ट देंगे, उतना ही दूसरे भी हमें एक्सेप्ट करेंगे तथा रेस्पेक्ट भी देंगे। सैल्फ रेस्पेक्ट की स्थिति हमें क्रोध से दूर रखती है।

प्रश्न है कि हम इन चीजों को कैसे एक्सेप्ट करें? सभी चीज़े अपनी तरह से ही घटित होंगी। हमारे चाहने अथवा नहीं चाहने पर भी चीजें बदल नहीं जाएँगी। हर स्टेप पर हमें समाधान खोजना होगा। हम बाहरी चीजों को नहीं बदल सकते हैं। हम केवल अपने को बदल सकते हैं। हर व्यक्ति अपनी इच्छा से ही कार्य करेगा। ये सब चीजें हमारे कंट्रोल में नहीं हैं, फिर भी हम क्यों डिस्टर्ब होते हैं? आंतरिक चिड़चिड़ापन, इरीटेशन, फ्रस्ट्रेशन में बदल जाता है, अर्थात् जैसा मैं चाहता था, वैसा क्यों नहीं हुआ? मैरे इतना प्रयास

पर भी लोग सुनते ही नहीं हैं। हमें हर स्टेप पर स्वयं को चैक करते रहना है।

गुस्से पर नियंत्रण के लिए हमें इसकी जिम्मेदारी लेनी होगी। गुस्से के लिए लोग दूसरे को जिम्मेदार मानते हैं। गुस्से के लिए स्वयं को जिम्मेदार मानते हुए एक्सेप्ट कर, स्वयं सुधार का प्रयास भी करे।

- एक्सेप्टेंस से हमारे भीतर का संदेह दूर होता है, संदेह दूर होने से क्रोध भी दूर हो जाता है।
- एक्सेप्टेंस ऐसी ताकत है, जिससे हम किसी भी समस्या का समाधान कर सकते हैं।
- विपरीत परिस्थिति में हम कोई-न-कोई प्रतिक्रिया देंगे। इसलिए जरूरी है कि हम सही प्रतिक्रिया दें।
- मजबूरी और एक्सेप्टेंस में अंतर है, मजबूरी में किया गया एक्सेप्टेंस क्रोध पैदा करता है।

□

13

सहनशीलता और क्रोध

"क्रोध वह तेजाब है, जो किसी भी चीज पर डाले जाने से ज्यादा उस पात्र को अधिक हानि पहुँचा सकता है, जिसमें वह रखा हुआ है।"

—मार्क ट्वेन

सहनशीलता का अर्थ मजबूरी में सहन करना नहीं है। सहनशीलता, एक्सेप्टेंस के साथ ही संभव है। सहनशीलता की सहायता से हम क्रोध से बच सकते हैं। क्रोध के स्थान पर हमें सहनशील बनकर अपने को एडजेस्ट करने की शक्ति विकसित करनी होगी। मौसम, लोग और परिस्थिति हमारे अनुसार हमेशा नहीं होंगे। हमें शादी-विवाह और बैंड-बाजा से डिस्टर्ब नहीं होना है। हमें इन्हीं के बीच में रहकर कार्य करना है। हम इन्हें रोक नहीं सकते हैं और न ही लोगों को बदल सकते हैं, लेकिन जब तक हमें लगता है कि हम उन्हें रोक सकते हैं, तब तक अपनी व्यर्थ ऊर्जा नष्ट करते हैं। जब हम दूसरों को रोकने में असफल रहते हैं, तब हमें क्रोध आता रहता है। इसलिए हमारा फोकस स्वयं के एडजेस्टमेंट पर होना चाहिए।

जानकारी का अभाव हमारे भीतर क्रोध को जन्म देता है। जैसे किसी से हमारी यह शिकायत हो सकती है कि दूसरा व्यक्ति टेढ़ा-मेढ़ा क्यों चल रहा है? हमारे डिस्टर्बेंस का कारण उनका टेढ़ा-मेढ़ा चलना है। हम कहते हैं कि उनका ऐसे चलने का तरीका सही नहीं है। इसके अतिरिक्त हमारे दिमाग में एक अन्य विचार उत्पन्न होता है कि कहीं ये जानबूझकर तो टेढ़ा नहीं चल रहे हैं,

अथवा हमें चिढ़ाने के लिए तो टेढ़ा-मेढ़ा नहीं चल रहे हैं। हमें दूसरों के व्यवहार के पीछे का सही कारण भी जानना होगा, ज्ञान हमारे क्रोध को दूर कर सकता है।

लेकिन जैसे ही हमें यह पता चलता है कि दूसरे लोग चोट लगने के कारण टेढ़ा-मेढ़ा चल रहे हैं, उसी समय हमारे भीतर क्रोध का विचार चलना बंद हो जाता है। इतना ही नहीं, जहाँ हम पहले उनको गलत ठहराने में लगे रहते थे, वहाँ अब हम उनकी मदद के लिए आगे आ जाते हैं। यहाँ महत्त्वपूर्ण बात यह है कि कोई व्यक्ति जानबूझकर टेढ़ा-मेढ़ा नहीं चलता है, बल्कि अपने संस्कार, आदत या चोट के दर्द से बाध्य होकर ऐसा करता है।

जो व्यक्ति नकारात्मक बातों के लिए जिद्दी होगा, उसमें सहनशक्ति नहीं होगी। ऐसे व्यक्ति में एडजेस्ट करने की शक्ति भी नहीं होगी। जितना अधिक हम लोगों से अपेक्षा रखेंगे, उसी अनुपात में हमारी खुशी कम होती जाएगी। इसके विपरीत जितना अधिक हम लोगों को एक्सेप्ट और एडजेस्ट करते जाएँगे, उसी अनुपात में हमारी खुशी बढ़ जाएगी। सहनशक्ति क्रोध का उपयुक्त समाधान है।

टॉलरेंस के अभाव में हमारे अंदर धैर्य रखने और निर्णय लेने की क्षमता कम होती जाती है। यदि हम धैर्यवान नहीं होंगे, तब दूसरों की बात को नहीं समझेंगे। अपनी पूरी बात सामनेवाले व्यक्ति तक भी नहीं पहुँचा सकेंगे। जब हम दूसरों की बात को नहीं समझेंगे, तब स्वाभाविक रूप से हमें अपने ऊपर और दूसरों के ऊपर क्रोध आएगा। धैर्य क्रोध का समाधान है।

सहनशक्ति का होना, परिवार, रिश्तों की खुशी के लिए आवश्यक है। यदि हम अपने अंदर मन में प्रेशर कुकर बना रहे हैं, तब यह क्रोध का प्रेशर कुकर कभी-न-कभी क्रोध के रूप में अवश्य फटेगा। जब क्रोध का प्रेशर कुकर फटेगा, तब हमारे रिश्ते के टूटने का खतरा, बना रहेगा। बेहतर होगा कि छोटी-छोटी बातें आते ही हम अपनी गलतफहमी को खत्म कर लें। छोटी-छोटी बातों को मन में न रखें। छोटी-छोटी बातें हमारे क्रोध का कारण बनती हैं।

टॉलरेंस का सामान्य अर्थ दो प्रकार से लगाया जाता है। एक व्यक्ति, सुपीरियोरिटी में रहता है, ऐसा व्यक्ति सोचता है, दूसरे अज्ञानी हैं और हमें इन्हीं के बीच रहना है, इन्हें सहन करना है। दूसरा व्यक्ति, जो अपने को इनफीरियर

महसूस करता है और सोचता है कि मेरे पास इसके अतिरिक्त कोई विकल्प नहीं है, इसलिए वह लोगों को सहन करेगा। मजबूरी में गलत चीज के लिए सहन न करें, क्योंकि मजबूरी में किया गया सहन क्रोध पैदा करता है। एक्सेप्टेंस के साथ सहन करना है।

लेकिन टॉलरेंस का यह सही अर्थ नहीं है। टॉलरेंस में इनफीरियारिटी और सुपीरियोरिटी, दोनों प्रकार का भाव नहीं पाया जाता है। टॉलरेंस का अर्थ इस बात की समझ है कि सभी लोग हमसे अलग हैं, लेकिन कोई भी सही और गलत नहीं है। यही दृष्टिकोण रखकर और परखकर हमें क्रोध से बचना होगा।

हमें टॉलरेंस बढ़ाने के लिए अभ्यास करना होगा। यदि बुरा व्यक्ति हमारे साथ बुरा व्यवहार करके, हमें परेशान करता है, इसे इस रूप में लेना चाहिए कि वह व्यक्ति हमसे अधिक परेशान होने की वजह से हमारे साथ बुरा व्यवहार करता है। यदि कोई व्यक्ति हमारे साथ बुरा व्यवहार करता है, तब इस बात को समझकर उस **व्यक्ति के मन में झाँकने का प्रयास करना चाहिए। आखिर इस व्यक्ति ने ऐसा क्यों किया होगा ? असहनशीलता हमें तभी आती है, जब हमें सच्चाई का पता नहीं होता है। कोई व्यक्ति नाराज तभी होता है, जब उसे राज का पता नहीं होता है।**

आपसी समझ रखना, यानी अंडरस्टैंडिंग क्रोध को समाप्त करती है। हमारी लोगों के साथ आपसी समझ, या अंडरस्टैंडिंग बढ़ जाएगी, तब हम लोगों से अपेक्षा करना कम कर देंगे। लोगों को एक्सेप्ट कर सहनशील बने रहेंगे। अपने एडजस्मेंट पर ध्यान देंगे। सहनशक्ति हमारे अंदर तभी आएगी, जब सामनेवाले के व्यवहार के पीछे छिपी परेशानी और इनटेंशन को समझ लेंगे। हमें समझना होगा कि लोग अपनी आदत, संस्कार से मजबूर होकर ही कोई कार्य करते हैं।

किसी के प्रति ब्लेमिंग, कंप्लेनिंग, क्रिटिसिजिंग क्रोध का एक रूप है। जब हम आंतरिक रूप से कमजोर होंगे, तब असहनशीलता के कारण हम छोटी बात होने पर तुरंत अपनी नकारात्मक प्रतिक्रिया देना शुरू कर देंगे। यदि सड़क खराब है और चलते समय शारीरिक कमजोरी के कारण पैर में दर्द हो

रहा है, तब हम प्रतिक्रिया देते हुए कहते हैं कि सड़क ही खराब है। हमारा ध्यान अपनी कमजोरी और दूसरे की विशेषता की तरफ होना चाहिए।

यदि किसी व्यक्ति में पाँच विशेषता और पाँच कमियाँ हैं, किसी एक व्यक्ति को पाँचों विशेषता ही दिखाई पड़ सकती हैं, किसी दूसरे व्यक्ति को पाँचों कमियाँ ही दिखाई पड़ सकती हैं, जबकि किसी तीसरे व्यक्ति को तीन विशेषताएँ और दो कमियाँ दिखाई पड़ सकती हैं। ये सभी कुछ देखनेवाले व्यक्ति के संस्कार, व्यक्तित्व, और परिभाषा के अनुरूप प्रतीत होंगे। यह व्यक्ति की निर्णय शक्ति पर निर्भर है कि वह किसी दूसरे की कमियाँ देख सकता है या विशेषताएँ। हम विशेषताएँ देखनेवाली शक्ति को विकसित करते हुए क्रोध का दूर कर सकते हैं।

कमजोरी देखनेवाली निगाहें क्रोध को पैदा करती हैं। प्रायः हमारी निगाह कमजोरी पर ही जाती है। इसलिए हमें विशेषता देखनेवाला चश्मा पहनना होगा। यदि हम कमी देखनेवाला चश्मा पहनते हैं, तब हमें हर तरफ कमियाँ ही नजर आएँगी। यदि किसी व्यक्ति में पाँच प्रतिशत विशेषताएँ और पंचानबे प्रतिशत कमियाँ हैं, हमारी निगाह पंचानबे प्रतिशत कमियाँ पर ही जाएगी। यदि प्रयास के कारण स्वयं में सुधार किया जाए, तब हमारे भीतर दूसरों की विशेषताएँ, पाँच प्रतिशत से बढ़कर पंचानबे प्रतिशत देखने की क्षमता विकसित हो जाती है। अब हमें केवल पाँच प्रतिशत कमियाँ ही दिखती हैं। विशेषताओं पर फोकस रखते हुए धीरे-धीरे कमियों पर से अपना ध्यान हटाना है।

पूर्वग्रह के आधार पर लिया गया निर्णय क्रोध का एक बड़ा कारण बनता है। इसके विपरीत हम यदि कमी देखनेवाले चश्मे को पहनेंगे, तब हमारी निगाह कमियाँ पर ही जाएगी। हमें विशेषता का बड़ा भाग अर्थात् विशेषतावाला पंचानबे प्रतिशत भाग नहीं दिखेगा। यह मेरी दृष्टि नहीं, बल्कि दृष्टिकोण की समस्या है। हम हमेशा एक लेबल लगाकर चीजों का मूल्यांकन करते हैं। किसी चीज का मूल्यांकन पूर्वग्रह के आधार पर करके निर्णय नहीं लेना चाहिए। पूर्वग्रह से बचना चाहिए।

पहले हम जागरूक नहीं थे, अब जागरूक हैं। पहले हमें समस्या दिखती नहीं थी, लेकिन अब दिखती है। जब तक हम अपने क्रोध की समस्या की पहचान नहीं करेंगे, तब तक हम समस्या का समाधान नहीं कर

सकते हैं। जागरूक होकर ही क्रोध की समस्या का पता लगने लगता है। जब समस्या का पता चलेगा, तभी तो हम अपने भीतर बदलाव ला पाएँगे।

सहन उसी सीमा तक करना चाहिए, जहाँ तक हमारा कोई हमारा शोषण न कर सके। इस सीमा के बाद हमारे पास, सामना करने की शक्ति और निर्णय शक्ति का होना जरूरी हो जाता है। **अच्छी बातों के मामले में सहन करना चाहिए और बुरी बातों का सामना करना चाहिए। यदि हमारे भीतर सहन करने की शक्ति और सामना करने की शक्ति की परख नहीं होती है, तब, जहाँ हमें सहन करना होता है, वहाँ सामना करते हैं और जहाँ सामना करना होता है, वहाँ सहन करने लगते हैं।** सहन करने की शक्ति के साथ सामना करने की शक्ति भी महत्त्वपूर्ण है, लेकिन हमारे पास वह परख शक्ति भी होनी चाहिए, जिसके आधार पर हम चैक कर सकें कि हमें किस बात को सहन करना है और किस बात का सामना करना है। सहन करना अथवा सामना करने के विचार, दोनों ही स्थितियों में हमें क्रोध से दूर रहना है।

हम घर, सड़क, दुकान, ऑफिस में अधिकांश लोगों से मिलते हैं। यदि हम किसी एक व्यक्ति के अंदर की कमजोरी की लिस्ट बनाने के लिए बैठें और देखें कि हमारे अनुसार उस व्यक्ति में क्या-क्या परिवर्तन की आवश्यकता है, हमारे पास एक लंबी लिस्ट तैयार हो जाएगी। इस तरह के सैकड़ों लोगों से हम रोज मिलते हैं। अर्थात् हम अपनी ऊर्जा अपने सुधार पर नहीं लगाते हैं। हम अपनी ऊर्जा दूसरों को बदलने में लगा देते हैं। यदि हम अपने बदलाव पर बल देंगे, तब हमें क्रोध करने की आवश्यकता ही नहीं होगी।

- जानकारी का अभाव हमारे अंदर क्रोध पैदा करता है।
- शिकायत करना, आलोचना करना एवं भर्त्सना करना क्रोध का कारण बनता है।
- अच्छी बातों के लिए सहन करें और बुरी बातों का सामना करें।
- बड़ा व्यक्ति होना अच्छी बात है, लेकिन अच्छा व्यक्ति होना बड़ी बात है।

□

14

क्रोध का शरीर पर प्रभाव

याज्ञवल्क्यजी ने उपनिषद् में कहा, "यदि तू हानि करनेवाले पर क्रोध करता है, तो क्रोध पर ही क्रोध क्यों नहीं करता, जो सबसे अधिक हानि करनेवाला है। क्रोध पर क्रोध करने का अर्थ है, उसे शांत कर देना।"

लोग गुस्से में बोलते हैं कि मैं मर जाऊँगा, परंतु मरकर भी चैन नहीं मिला, तब कहा जाएँगे। प्रश्न है कि क्या क्रोध करना जरूरी है ? कुछ लोग कहते हैं कि क्रोध को दबाने से कैंसर हो सकता है, लेकिन क्रोध करने से हार्ट अटैक भी हो सकता है। इसलिए बीच का रास्ता है कि मन की इमोशन और फीलिंग को व्यक्त किया जाए, परंतु संतुलित रूप से। हमें अपनी नाराजगी को व्यक्त करना है, गलत के विरुद्ध आवाज उठानी है, परंतु सबकुछ मन का संतुलन रखते हुए करना है।

हमारे शरीर में रोग प्रतिरोधक क्षमता होती है। शरीर में पाया जानेवाला हानिकारक हार्मोंस कार्टिसोल जिस अनुपात में अधिक होगा, उसी अनुपात में रोग प्रतिरोधक क्षमता भी कम होगी। क्रोध करने से हानिकारक हार्मोंस कार्टिसोल की मात्रा बढ़ जाती है। अत: रोग प्रतिरोधक क्षमता घट जाती है। क्रोध करने का एक अन्य दुष्परिणाम यह है कि हमारे शरीर में पाए जानेवाली सूक्ष्म नलिकाओं में खून का प्रवाह कम हो ज़ाता है, जिससे इसके फूटने का डर रहता है।

ब्रेन हेमरेज में बड़ी नलिकाओं के खून का प्रवाह बंद होता है। यदि सप्ताह में हम तीन-चार बार भी गुस्सा करते हैं तो इसका निरंतर इसके दुष्प्रभाव हमारे शरीर पर पड़ता है। क्रोध करने का अन्य दुष्परिणाम यह है कि हमारी याददाश्त (मेमोरी) का क्षय होता है। किसी व्यक्ति को कुछ भी याद करना होता है तो मस्तिष्क या ब्रेन का एक सर्किट काम करता है। इस सर्किट को एनग्राम कहते हैं। क्रोध में यह सर्किट नष्ट होता है, जिससे एनग्राम पूरा नहीं होता है और याददाश्त की क्षमता घट जाती है।

हमारा लक्ष्य स्पष्ट होना चाहिए। कभी भी किसी हानिकारक प्रतिक्रिया को सही नहीं कहा जा सकता है। आज की मेडिकल साइंस भी कहती है कि अधिकांश बीमारियाँ भावनात्मक द्वंद्व, इमोशनल ब्लॉकेज से हो रही हैं। क्रोध, डर, चिंता के संस्कार लंबे समय तक रहने पर हमें बीपी, शुगर, हार्ट बीट की समस्या देते हैं। जब आप अपने को अटेंशन देंगे तो टेंशन समाप्त हो जाएगा। अपने पर अटेंशन देने से बीपी, शुगर, हार्टबीट की समस्या हमसे धीरे-धीरे दूर होने लगेगी।

स्वस्थ मन से स्वस्थ शरीर का निर्माण होता है। क्रोध हमारे शरीर में टॉक्सिन, जहर पैदा करता है। इस टॉक्सिन को हम नेचुरल मानकर चलते हैं। क्रोध हमारे अंदर कार्टिसोल, एड्रेनलिन नामक हानिकारक हार्मोंस निकालता है। यह हमें उत्तेजना प्रदान करता है। इसके बार-बार निकलने से हम इसके अभ्यस्त हो जाते हैं। अब यह हमारे लिए जहर व टॉक्सिक का कार्य करता है। मानसिक व भावनात्मक क्षति शारीरिक क्षति से अधिक खतरनाक होगी। हमारे पास विकल्प है। हम स्वतंत्र हैं, हम चुनाव कर सकते हैं कि क्रोध करें अथवा नहीं।

गुस्सा करते समय क्या होता है, सबसे पहले आवाज तेज हो जाती है। गुस्से में हाथ-पैर काँपने लग जाते हैं और शब्द, अपशब्दों ने बदल जाते हैं। उसके बाद भी मन में डर पैदा हो जाता है कि कही अब ये मेरी बात न माने तो एक असुरक्षा की भावना मन में और बढ़ जाती है। शरीर में नकारात्मक ऊर्जा का संचार होने लगता है। इनसान बीमार पड़ने लग जाता है। मानसिक रूप से जैसे ही शरीर कमजोर होता है तो शरीर की

रोग प्राधिरोधक क्षमता कम होने लगती है और उसे बीमारी जल्दी पकड़ती है।

उसी प्रकार गुस्सा करते-करते व्यक्ति अंदर से कमजोर, असुरक्षित भावना का शिकार होता जाता है और नकारात्मक ऊर्जा बढ़ती जाती है, जिसका प्रभाव उसके रिश्ते पर, उसके काम पर, सबसे पहले शरीर पर पड़ने लगता है। एक समय आता है क्रोध, जो कि एक बीमारी थी, ही दूसरी बड़ी बीमारी डिप्रेशन में बदल जाती है।

क्रोध एटम बम की तरह होता है, जो फटता है तो खुद भी नष्ट होता है और आस-पास की सभी चीजों को नष्ट कर देता है। जब व्यक्ति क्रोधित होता है तो पहले खुद ही आंतरिक रूप से नष्ट होता है। मतलब क्रोध से हमारे भीतर नकारात्मक कैमिकल अंदर बनने लग जाते हैं। ब्रेन के सेल मरने लग जाते हैं। इसका परिणाम यह होता है, व्यक्ति धीरे-धीरे अंदर से कमजोर होने लग जाता है। याददाश्त कमजोर होने लगती है और आस-पास का वातावरण बोझिल हो जाता है, नकारात्मकता फैल जाती है।

गुस्से के समय हम क्या करते हैं, जैसे कि चिल्ला देते हैं, मारपीट करते हैं, चीजों को फेंकते हैं, बहस करते हैं, खुद को नुकसान पहुँचाते हैं, तोड़-फोड़ करते हैं, आदि। अब इसका परिणाम यह होता है—हमारी याददाश्त कमजोर होने लगती है, मन अशांत रहता है।

क्रोध में हम सही-गलत का निर्णय लेने में असमर्थ हो जाते हैं। हमें खुद से भी डर लगता है कि कब किस बात पर गुस्सा आ जाए। इसलिए लोगों से बात कम हो जाती है। असुरक्षा की भावना बढ़ जाती है। कांप्लेक्स हो जाता है। थकान लगने लगती है। डिप्रेशन का शिकार होने लगते हैं। ब्लड प्रेशर पर असर पड़ता है। चालीस साल उम्र होने के बाद ये सारी समस्याएँ उभरने लगती हैं।

क्रोध से शरीर पर नकारात्मक प्रभाव पड़ता है, जैसे क्रोध में हम तेज आवाज में बोलते हैं, जिसमें कम-से-कम दो टन के बराबर ऊर्जा लगती है। क्रोध में हमारा पूरा शरीर काँपने लगता है। क्रोध में हमें पसीना आने लगता है।

एड्रीनलीन और नारएड्रीनलीन हॉर्मोन की मात्रा बढ़ जाती है, जिससे कुछ सोचने-समझने की क्षमता कम हो जाती है और इनसान शारीरिक नुकसान भी कर सकता है अपना और दूसरों का भी, दिल की धड़कन बढ़ जाती है, पल्स

रेट बढ़ जाता है, ब्लड प्रेशर बढ़ सकता है, चेहरा लाल हो जाता है, ब्लड फ्लो बढ़ जाता है, जो कि हाथ-पैरों में बढ़ता है और तोड़-फोड़, मार-पीट की संभावना बढ़ जाती है।

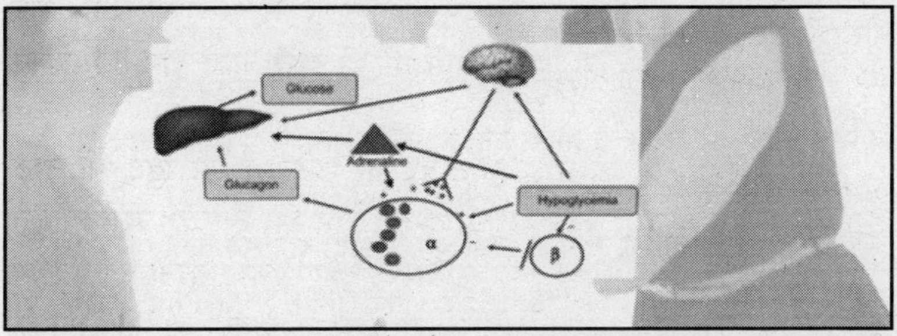

इसके अतिरिक्त दिमाग के अंदर न्यूरोट्रांसमीटर कैमिकल catecholamine निकलने लगता है, जो कि आपकी आंतरिक ऊर्जा को बढ़ा देता है, जो कुछ समय के लिए रहता है, हॉर्मोन टेस्टोस्टेरोन की मात्रा बढ़ जाती है, स्ट्रेस हॉर्मोन कोर्टिसोल बढ़ जाता है। यह बहुत ही घातक होता है, जिसकी वजह से इनसान मरने-मारने पर आ जाता है।

क्रोध करने से व्यक्ति को जीवन का आनंद नहीं मिलता है। क्रोध का बुरा प्रभाव हमारे हृदय पर पड़ता है। क्रोध का प्रभाव कुत्ते के हृदय पर पड़नेवाले बुरे प्रभाव के रूप में देखा गया। कुत्ते के हृदय की रक्त धमनियों में एक बाधक तत्त्व लगाया गया, ताकि कम खून का प्रवाह हो। उस कुत्ते के सामने ही दूसरे कुत्ते को खाना दिया गया, पर उस कुत्ते को नहीं दिया गया। यह देखकर कुत्ता क्रोधित हुआ और कुत्ते का हार्ट फेल हो गया।

क्रोध करने से व्यक्ति का ब्लड प्रेशर तुरंत बढ़ जाता है। पूर्व या बाद की स्थिति के अनुसार इसे मशीन द्वारा भी मापा जा सकता है। एक सच्ची घटना के अनुसार—एक करोड़पति व्यक्ति को हल्का हार्ट अटैक आया। उस व्यक्ति के हॉस्पिटल पहुँचने पर वह हॉस्पिटल की कार्यप्रणाली से नाराज होकर रोज जोर-जोर से चिल्लाने लगा। उसने क्रोध में कहा, 'मैं करोड़पति हूँ, यदि मुझे कुछ भी हुआ तो मैं किसी को छोड़ूँगा नहीं।' थोड़ी देर में उसका हार्ट फेल हो गया और उसकी मृत्यु हो गई। क्रोध किसी समस्या का समाधान नहीं है।

चिड़चिड़ाहट छोटी मात्रा है—जहर की। हर्ट उससे बड़ी मात्रा है—जहर की। अवसाद उससे भी बड़ी मात्रा है—जहर की। क्रोध एक बड़ी मात्रा है—जहर की। बदला लेना एक बहुत ही बड़ी मात्रा है—जहर की। गुस्से की वजह से शरीर में छोटी से लेकर बड़ी बीमारियाँ हो जाती हैं। शरीर में एड्रीनलीन और नारएड्रीनलीन कैमिकल बनता है, जो कि शरीर पर जहर का काम करता है।

छोटी बीमारी, जैसे—सर्दी, बुखार, गैस, कब्ज से लेकर कैंसर जैसी बड़ी बीमारी क्रोध की वजह से हो सकती हैं। क्या आपको पता है—चालीस साल क्रोध के साथ कैंसर उत्पन्न कर सकता है। चालीस महीने का क्रोध आपको ब्लड प्रेशर, डाइबिटिज, गठिया जैसी बीमारी पैदा कर सकता है। चालीस दिन का क्रोध आपको नींद न आना, डिप्रेशन का शिकार कर सकता है। चालीस घंटे का क्रोध पाचन क्रिया प्रभावित करता है, जिससे गैस और कब्ज जैसी बीमारी शुरू हो जाती है। चार घंटे के क्रोध से आपको सर्दी, बुखार, गला खराब, मन खराब, ये सब हो सकता है। चार मिनट का गुस्सा एक संतुलित गुस्सा है, चार सेकंड का गुस्सा आप अपने ऊपर जीत पा चुके हैं। चार मिनट का गुस्सा गांधीजी को आया था, जब उन्हें साउथ अफ्रीका में ट्रेन से नीचे फेंका गया था, जो बाद में चार सेकंड का हो गया और उन्होंने इतिहास रच दिया।

- क्रोध से बचना चाहिए, क्योंकि क्रोध करने पर हार्ट अटैक और क्रोध दबाने पर कैंसर का खतरा हो सकता है।
- मेडिकल साइंस के अनुसार अधिकांश बीमारियाँ भावनात्मक द्वंद्व, इमोशनल ब्लाकेज, क्रोध इत्यादि भाव के कारण होता है।
- गुस्से के समय हमारी आवाज तेज हो जाती है, हाथ-पैर काँपने लगते हैं, हार्ट बीट, पल्स रेट, ब्लड प्रेशर बढ़ जाता है।
- क्रोध के समय स्ट्रेस हार्मोंस बढ़ जाता है, जिससे व्यक्ति मरने-मारने पर उतारू हो जाता है।

□

15

क्रोध और माफी

"जिन्हें भूल नहीं सकते, उन्हें माफ कर दें और जिन्हें माफ नहीं कर सकते हैं, उन्हें भूल जाएँ।"

—**अज्ञात**

माफी की आदत हमें क्रोध से दूर रखती है। माफी की उपयोगिता पूर्व प्रधानमंत्री स्व. राजीव गांधी की पुत्री प्रियंका वाड्रा के अनुभव से समझी जा सकती है। 21 मई, 1991 में पूर्व प्रधानमंत्री स्व. राजीव गांधी की हत्या के पश्चात् प्रियंका अपने पिता के हत्यारों को भूल नहीं पा रही थी। इस घटना से उनके मन में क्रोध रहना स्वाभाविक ही होगा, उन्होंने माफी के महत्त्व को समझकर 17 वर्षों के बाद मार्च 2008 को वैल्लोर, तमिलनाडु की जेल में बंद 7 अभियुक्तों में से 1 नलिनी श्रीहरन से मुलाकात की। इस बात का जिक्र करते हुए **पुस्तक, 'राजीव मर्डर : हिडन ट्रूथ्स एंड प्रियंका : नलिनी मीटिंग' में प्रियंका ने नलिनी से पूछा, 'तुमने ऐसा क्यों किया ?'**

प्रियंका के मन में चल रहा होगा कि वह क्रोध, घृणा और हिंसा के प्रभाव से बचना चाहती थी। अब वह हिंसा के स्थान पर अहिंसा, घृणा के स्थान पर प्रेम और क्रोध के स्थान पर शांति का जीवन व्यतीत करना चाहती है। यह सब करने के लिए उन्होंने माफी का सहारा लिया।

हमारे संविधान में माफी के महत्त्व को समझा गया है। फाँसी की सजा पानेवाले अभियुक्त को माफ करने के लिए राष्ट्रपति को स्व-विवेक का अधिकार दिया गया है। पारंपरिक रूप में ग्रामीण पंचायतों में भी विवाद से

संबंधित दोनों पक्षों को बुलाकर एक-दूसरे से माफी मँगवाकर गले मिलने के लिए कहा जाता रहा है। विभिन्न धर्मों में माफी के महत्त्व को समझा गया है।

जैन धर्म में पूरा एक दिन माफी से जुड़ा पर्व मनाया जाता है। **ईसाई धर्म में कन्फेशन, प्रायश्चित की परंपरा भी माफी है। हिंदू-मुसलिम धर्म में, होली और ईद के अवसर पर एक-दूसरे से गले मिलकर उनकी गलतियों को माफ किया जाता है। नववर्ष पर भी हम सभी पिछली गलतियों के लिए क्षमा माँगते हुए एक-दूसरे को बधाई देते हैं। ये सभी परंपराएँ क्रोध पर नियंत्रण पाने के लिए ही निभाई जाती हैं।**

केवल एक छोटी सी माफी ही जीवन को सँवारने के लिए काफी है। क्रोध करके बच्चों को सजा देना समस्या का हल नहीं है। इससे बच्चे और अधिक हठी और जिद्दी हो जाते हैं। किसी भी प्रकार के रिश्ते में खटास को दूर करने के लिए किसी एक को तो पहल करनी ही होगी, क्योंकि रिश्ता ठीक करने की जिम्मेदारी दोनों पक्षों की होती है। जो पहल करेगा, वह भी रिश्तों में पिस रहा होता है। पहल करनेवाला व्यक्ति अन्य व्यक्तियों के लिए प्रेरक होगा। यदि कोई बात हम बहुत दिनों तक अंदर पकड़कर रखते हैं, तो इससे अपना ही नुकसान करते हैं।

घर की समस्या के हल खोजने हेतु घर में केवल एक जागरूक सदस्य का होना पर्याप्त है। जब हम स्वयं को अच्छी तरह समझ लेते हैं तो दूसरों को समझाना आसान होता जाता है। शांति व प्रेम के साथ बच्चों के प्रति सकारात्मक भाव रखें, तभी समस्या का समाधान मिलेगा। स्वयं को समझकर, दूसरों को समझ लेना ही क्रोध का कारगर उपाय है। लोग कहते हैं कि मैं आज तक दुनिया को समझ नहीं पाया। प्रश्न है कि क्या मैं अपने आपको समझ पाया?

माफी एक प्रकार का सेफ्टी वॉल्व है, यह दबे हुए क्रोध की नकारात्मक ऊर्जा को शांत कर देता है। आइंस्टाइन के अनुसार कोई ऊर्जा नष्ट नहीं होती है, बल्कि इसका स्वरूप परिवर्तन हो जाता है। इस रूप में शांत होकर क्रोध की नकारात्मक ऊर्जा स्नेह, प्रेम की सकारात्मक ऊर्जा में बदल जाती है।

जब कोई हमें दु:ख देता है तो हमारे भीतर क्रोध के कारण बदला लेने, सजा देने के विचार आते हैं। इसके विपरीत माफ करना एक बहुत बड़ा समाधान है। लेकिन जब हम माफ करने जाते हैं तो हमें यह बहुत कठिन लगता है, क्योंकि जब हम इसके लिए तैयार होते हैं तो अपने को पीड़ित मानकर चलते हैं।

पीड़ित मानसिकता (विक्टिम मेंटेलिटी) के दुष्चक्र से बाहर निकलकर ही हम दूसरे को और स्वयं को माफ कर सकते हैं। पीड़ित के भाव में अपने प्रति अपराध बोध के कारण व्यक्ति स्वयं को दोषी मानने लगता है। इसलिए समस्या से बाहर आने के लिए सबसे पहले हमें स्वयं को माफ करके पीड़ित भाव से बाहर आना होगा।

दुष्चक्र—

शोषण—मेरी गलती—शोषण

लेकिन अपने अंदर झाँककर देखते हैं तो हमें पता चलता है कि **किसी और ने नहीं, बल्कि स्वयं हमने, अपने आपको पीड़ा दी है, क्योंकि हमारे अंदर का इमोशन हमारे नियंत्रण में नहीं है। इसके लिए शांति और प्रेम का भाव चाहिए।** मुझे स्वीकार करना होगा कि मैंने स्वयं पीड़ा को पैदा किया है और मैं ही स्वयं इसे समाप्त करूँगा। यदि हमारे शरीर को कोई चोट पहुँचाता है तो इसकी वजह से केवल हमारे शरीर को चोट लगती है, लेकिन शरीर की चोट की वजह से मन को पीड़ा पहुँचाना गलत है।

जब हम माफी के भाव के लिए तैयार होते हैं तो पहले यह विचार करें कि हम किसी और को नहीं, बल्कि स्वयं को माफ कर रहे हैं। हम अपने को नकारात्मक ऊर्जा से बचाने के लिए माफ कर रहे हैं। **कोई व्यक्ति हमारे शरीर को सिर्फ एक बार पीड़ा दे सकता है, लेकिन इसके बदले हम अपने मन को बार-बार पीड़ा देते हैं। अधिक पीड़ा तो हम स्वयं ही अपने को दे रहे हैं। अपने को नुकसान से बचाने के लिए माफी से अच्छा और कोई विकल्प नहीं है।** इसमें बड़े या छोटे का भाव नहीं आना चाहिए। दूसरा व्यक्ति हमारे ऊपर केवल एक बार क्रोध करता है, लेकिन हम अपने ऊपर बार-बार क्रोध करते हैं।

मानसिक नुकसान, अन्य नुकसान की तुलना में बड़ा होता है। हमें स्वयं को नकारात्मक ऊर्जा से बचाना है। जीवन का सारा खेल ही ऊर्जा को लेकर है।

हमारे जीवन में ऐसी चीजें तो होंगी ही, यह हमारे सीखने की बात है। दूसरें लोगों ने जो हमारे साथ किया, सो किया, लेकिन हम अपने साथ क्या कर रहे हैं ? हम पिछली घटना को बार–बार याद करके स्वयं को दु:ख देते हैं। जो बीत गया, सो गया, लेकिन हमें आगे का भविष्य देखना है।

पीड़ाजनक घटना को लेकर परिवार में बैठकर गुस्सा नहीं करना चाहिए, क्योंकि यदि कोई पीड़ित सदस्य इससे निकलना भी चाहता है तो हम इसको याद दिलाकर पीड़ा के अनुभव से उसे निकलने नहीं देते हैं। पीड़ित व्यक्ति के प्रति सहानुभूति भी, घर में प्रकट नहीं करनी चाहिए, क्योंकि सहानुभूति दिखाने से हम पुन: पीड़ित व्यक्ति को उस घटना की याद दिलाते हैं। एक तो पीड़ित व्यक्ति घटना के कारण स्वयं दु:खी है, दूसरे हम उसे घटना की याद दिलाकर और दु:खी करते हैं।

घर में बातचीत करने का तरीका ऐसा होना चाहिए, जैसे कुछ हुआ ही नहीं। **ये सब घटनाएँ होती रहती हैं, ये सब घटनाएँ जीवन का एक भाग हैं। माफ करना सबसे अच्छा समाधान है। माफी के साथ भूल जाना बहुत महत्त्वपूर्ण है।**

माफ करना अनेक समस्याओं का समाधान है। जो हो चुका है, उसे भूल जाओ, क्योंकि हमें आगे का भविष्य देखना है। किसी बात से यदि हमें एक बार दु:ख हुआ है तो उसे बार–बार सोचने से बार–बार दु:ख होगा। हमारी ऊर्जा का क्षय होगा। नकारात्मक ऊर्जा से बचने के लिए माफ करें और भूल जाएँ। हम यह भी मान सकते हैं कि यह घटना हमें कुछ सिखाने आई थी, न कि हमें हिलाने आई थी। माफ करने से अधिक कठिन भूलना होता है। बार–बार याद रखने से वह घटना ताजा होकर हमारे सामने पुन: आती है और हम नकारात्मक और अनावश्यक विचारों के दुष्चक्र में फँस जाते हैं। हम अपनी शांति का मार्ग बंद कर लेते हैं। ऐसी स्थिति में व्यक्ति डिप्रेशन में भी जा सकता हैं।

यदि तुम सोने के पहले सभी को माफ कर दो, उठने के पहले ईश्वर तुम्हारी सभी गलती माफ कर देगा। अभी तक हमने जो ग्रंथि पकड़ रखी है, उससे हमें मैंटल और इमोशनल दर्द मिलेगा। पर्सनल, प्रोफेशनल लाइफ में

सकारात्मक ऊर्जा का होना आवश्यक है। हम रिश्ते को समाप्त करने की जगह दर्द को समाप्त करने पर बल दें। जीवन में माफी देना अपने ही हित में होता है। यदि आप किसी को माफ करते हैं तो दूसरे से अधिक अपने को माफ करते हैं।

आकर्षण के नियम के अनुसार हम जो कुछ भी किसी को देते हैं, वह हमें वापस मिल जाता है। इसलिए यदि हम किसी को माफ नहीं करते हैं और उसके बारे में बुरा सोचते हैं तो यह बुराई हमें वापस मिलेगी ही।

जो झुकता है, वह ताकतवर है, क्योंकि अहम् एक कमजोरी है, जो हमें झुकने नहीं देती है। अकड़े रहना मुर्दे की निशानी है, झुकने के लिए जान चाहिए। मेहनत से बनाया गया संबंध कोई तोड़ना नहीं चाहता है। दोनों पक्ष प्रतीक्षा करते हैं कि पहले कौन बात प्रारंभ करेगा, कौन पहले सॉरी बोलेगा, यदि ऐसा है तो हम पहल क्यों न करें? पहल करके हम ताकतवर बनें। हम जितनी बार झुकते हैं, हमारी एक्सेप्टेंस, टॉलरेंस और एडजेस्टमेंट की क्षमता व ताकत बढ़ती जाती है। जो कुछ हो रहा है, उसके जिम्मेदार हम स्वयं हैं। एक रिश्ते की कटुता एक रिश्ते तक ही सीमित नहीं होती हैं। रिश्ते की कटुता हमें कमजोर करती है और इसका प्रभाव अगले रिश्तों पर भी पड़ता है। जब आप प्रयास करते हैं तो यह सरल हो जाता है। जब आप सोचते मात्र हैं तो यह कठिन लगता है।

यदि किसी व्यक्ति से आपको दुःख पहुँचा है तो आप उसे माफ कर दें, क्योंकि दुःख से आपको दर्द होगा और यदि आप उसे माफ नहीं करते हैं तो आपका दर्द हमेशा बना रहेगा। इसलिए अपने दर्द से छुटकारा पाने के लिए और अपने को फ्री करने के लिए उसे माफ कर दें। माफ करने में वह ताकत है, जो आपको एकदम फ्री कर देती है।

यदि आपके साथ किसी ने बुरा व्यवहार किया है, अर्थात् यदि किसी ने आपको नकारात्मक ऊर्जा दी है और इसके बदले में आप भी उसको नकारात्मक ऊर्जा देंगे तो इसका अर्थ है कि आप नकारात्मकता से बाहर नहीं आ पाएँगे। **दोनों व्यक्तियों के बीच में एक नकारात्मक ऊर्जा का लिंक या चेन बन जाती है, जो दोनों को ही नुकसान पहुँचाती है। इस लिंक या चेन से छुटकारा पाने के लिए किसी एक छोर की पकड़ को कमजोर करना होगा, अर्थात् किसी एक छोर से सकारात्मक ऊर्जा का प्रवाह चालू करना होगा, अर्थात्**

माफी के लिए और क्रोध से बचने के लिए पहल स्वयं करनी चाहिए।

आपके छोड़ने से नकारात्मक ऊर्जा का लिंक टूट जाता है। यदि दूसरे पक्ष ने इसे पकड़ भी रखा है, तो भी आप उस नकारात्मक ऊर्जा के लिंक से आजाद हो जाते हैं। यदि स्कूल, ऑफिस में किसी से कोई गलती हो गई है तो उसे माफ कर दें, क्योंकि यदि आप उसे माफ नहीं करेंगे तो उसे नकारात्मक ऊर्जा देंगे। यह पिंगपोंग एनर्जी का गेम है। **इसलिए हमें अलग तरह से पिंगपोग एनर्जी का गेम खेलना होगा। अर्थात् सकारात्मक ऊर्जा देकर सकारात्मकता प्राप्ति का प्रयास करना होगा।**

आपके द्वारा सॉरी बोलने पर यदि कोई आपसे बात नहीं करता है तो आप नाराज हो जाते हैं। इसका अर्थ हुआ कि अब नकारात्मक ऊर्जा का पिंगपोंग गेम शुरू हो गया है। स्वयं को दर्द से बचाने के लिए सकारात्मक ऊर्जा का पिंगपोंग गेम खेलना होगा। नकारात्मक ऊर्जा, जो हमारी सकारात्मक ऊर्जा को ब्लॉक कर रही थी, इससे यह ब्लॉकेज टूटने लगता है। यदि हमारे पास से सकारात्मक ऊर्जा दूसरों के पास जाएगी तो बदले में हमें भी सकारात्मक ऊर्जा मिलेगी।

किसी बात को हो सकता है—कोई पाँच मिनट में भूल जाए और कोई इसे पच्चीस साल तक भी न भूले, लेकिन हमें मन में पकड़ी गई बात को एक्सेप्ट करके भूलना ही पड़ेगा। हमारा दर्द हमारी किसी गलती के साइज पर निर्भर नहीं है, बल्कि यह हमारी आंतरिक क्षमता और हमारी प्रतिक्रिया पर निर्भर है कि हम इसे पाँच मिनट में भूलते हैं या पच्चीस साल में।

किसी को उपदेश देने से पहले उसे माफ जरूर करें, लेकिन यदि किसी ने गलती की है तो पहले हम उसे उपदेश देते हैं, फिर माफ करते हैं, अर्थात् पहले हम डिस्टर्ब होते हैं, फिर उपदेश देते हैं, फिर माफ करते हैं। इसलिए अपने मन को साफ करने के लिए पहले उसे माफ करें, फिर उपदेश दें। यदि आपने किसी को माफ कर दिया तो उसे उपदेश देने की आवश्यकता ही नहीं पड़ेगी। आपकी माफी ही उसके लिए उपदेश है। आपकी माफी ही उसे परिवर्तन करने के लिए प्रेरित करेगी।

दोषारोपण की जगह व्यक्तिगत जिम्मेदारी लेनी उचित होती है। किसी से

बात करते समय उससे अधिक महत्त्वपूर्ण अंदर की सोच है, **अंदर की सोच और बाहर की बात में अंतर नहीं होना चाहिए। हम ऊपर से तो मीठा बोल रहे हैं, लेकिन अंदर से गाँठ बना रखी है।** अंदर से कुछ और, और बाहर से कुछ और। यदि अंदर से किसी के प्रति अस्वीकार भाव है तो बातों से उसे कैसे स्वीकार कर सकते हैं ? हम बाहर बातों के लिए तो मेहनत करते हैं, लेकिन अंदर के लिए मेहनत नहीं करते हैं।

कोई और व्यक्ति हमारे ऊपर केवल इसलिए विश्वास नहीं करता, क्योंकि उसे यह संदेह होता है कि हम जो बोल रहे हैं, ठीक उसी तरह सोच भी रहे हैं अथवा नहीं।

माफी ही वह चाबी है, जिससे मन की ग्रंथियों के अनेक ताले खुलते हैं। मन की ग्रंथियों के ताले खुलने से हमारी नकारात्मकता समाप्त होती है और सकारात्मकता बाहर आती है। यदि हम किसी को माफ नहीं कर पाते हैं तो इसका प्रमुख कारण हमारा पूर्वग्रह, गलत नजरिया एवं गलत बिलीव सिस्टम है। पूर्वग्रह, नजरिया एवं गलत बिलीव सिस्टम हमें परिस्थितियों एवं लोगों को व्यापक फलक पर देखने नहीं देता है। अतः सभी प्रकार के पूर्वग्रह से हटकर, अपना नजरिया बदलकर अपने गलत बिलीव सिस्टम को चैक करें।

सच्ची घटना के अनुसार, एक हँसता-खेलता परिवार था। इस बीच परिवार के बीच कोई तीसरा व्यक्ति आ जाता है। इसके कारण उस परिवार में रोज कलह मचने लगी। पति-पत्नी में रोज झगड़े होने लगे, बच्चे सहमने लगे। धीरे-धीरे, झगड़े बढ़ते गए, यहाँ तक कि दोनों में तलाक की नौबत आ गई। यह सिलसिला पंद्रह साल तक चल रहा।

बच्चे बड़े हो गए थे, बच्चे भी किसी की नहीं सुनते थे, एक तरह से परिवार पूरी तरह खत्म हो रहा था। तभी पत्नी को एक गुरु मिले। उन्होंने उससे पूछा और कितने साल इस तरह का जीवन बिताना चाहती हो। पत्नी बोली, मैं हर प्रयास कर चुकी हूँ, मेरी जिंदगी बदलनेवाली नहीं है। जादू-टोना, पत्थर, मान-मनौती, व्रत-पूजा, सब कर चुकी हूँ। अब पानी सिर से ऊपर जा चुका है, अभी तक अपने बच्चों की वजह से जिंदा हूँ, नहीं तो कब का मर जाती। उसने बोला कि

अब आप जो कहेंगे, मैं वैसा ही करूँगी। बस मुझे शांति चाहिए, मेरे परिवार में शांति हो जाए और आपस में प्रेम व्यवहार हो जाए।

गुरुजी ने कहा, 'पहले, खुद को माफ करो, फिर अपने पति को माफ कर दो।' यह सुनकर, पत्नी सोच में पड़ गई; लेकिन उसने सोचा कि मेरे पास इसके अतिरिक्त कोई चारा नहीं है। चलो यह भी उपाय करके देख लेती हूँ। अपने पति को माफ कर देती हूँ, लेकिन इसके बाद भी हर समय पति की बेवफाई और गलतियाँ हमेशा पत्नी को याद आती रहती थी।

एक दिन फिर गुरुजी के पास पत्नी पहुँचकर बोली कि अब क्या करूँ, कोशिश तो बहुत कर रही हूँ, लेकिन हार जाती हूँ। गुरुजी ने उसे समझाया कि 'पहले यह समझो, जिस घर में तुम रहती हो, वहाँ एक कचरे का ढेर रखा है। क्या वहाँ तुम खाना खा पाओगी। इसलिए पहले उस स्थान को साफ करोगी, इसके बाद ही खाना बनाओगी, तब खा पाओगी।'

गुरुजी बोले, 'पहले खुद के अंदर का कचरा साफ करो। रोज अपनी तीन अच्छाइयाँ और अपने पति की तीन अच्छाइयों लिखो और इन अच्छाइयों का सारा दिन भर चिंतन करो। कमियों की जगह केवल खुद की और पति की अच्छाइयों को ही देखो।'

'इस तरह कुछ दिन लगातार प्रैक्टिस करो। पति जो भी करता है, यदि उसे देखकर बुरा लगता है, तब यह सोचो कि मैं अब इन्हें माफ करती हूँ। अपनी मानसिक परेशानी से बचने के लिए उन्हें माफ करती हूँ। माफ करने से मैं अपनी समस्या से छुटकारा पा जाऊँगी।'

गुरुजी ने कहा कि 'यह प्रक्रिया हर दिन करो। जब भी पति गाली दे, सोचो उसके मुँह से फूल झर रहे हैं। यह सब पति जानबूझकर नहीं, बल्कि संस्कार और आदत से मजबूर होकर कर रहे हैं। यह प्रक्रिया लगातार इक्कीस दिन तक करो।' गुरुजी ने कहा कि 'अब तुम मेरे पास इक्कीस दिन बाद आना।'

पत्नी ने सोचा कि आखिर पंद्रह साल से मैं वह कर रही थी, जो कि मेरे मन ने कहा अथवा किसी व्यक्ति ने बताया। अब गुरुजी की बात मानकर भी देखती हूँ।

पत्नी ने पूरे दिल से इक्कीस दिन तक लगातार वही किया, जैसा गुरुजी ने बोला था। चार-पाँच दिन तो बड़ी मुश्किल से बीते थे, लेकिन उसके बाद से

धीरे-धीरे उसके घर लड़ाइयाँ बंद होने लगीं। पत्नी किसी बात का जवाब ही नहीं देती थी, तो लड़ाई भी नहीं होती थी। इसके अलावा पत्नी के हृदय से सकारात्मक विचार, आशीर्वाद भी निकलता था। इसका नतीजा यह निकला कि इक्कीस दिन होते-होते उसके घर में लगभग शांति हो चुकी थी।

सभी के लिए यह एक आश्चर्यजनक अनुभव था। सबसे महत्त्वपूर्ण बात यह थी कि पत्नी का मन शांत हो चुका था और उसे अपने ऊपर विश्वास हो गया था कि अब अपनी दुनिया मैं खुद बदल सकती हूँ। इसके बाद उसने गुरुजी के पाँव पकड़ लिये। यह एक सच्ची कहानी है। उस घर में अब कोई लड़ाई नहीं होती है। पति-पत्नी बड़े ही प्यार से रहते हैं। इस बात से आस-पड़ोसवाले भी हैरान रहते हैं कि अब इनके घर से आवाजें नहीं आती है।

माफ करना, सबके बस की बात नहीं है। सभी कहते हैं कि माफ करने के लिए बड़ा दिल चाहिए। लोग कहते हैं कि किसी ने मेरे सामने ही मेरे बेटे का खून कर दिया था। उस खूनी को कैसे माफ कर दूँ ?

यह सही बात है। मत माफ करो, क्या कर लोगे। अगर नहीं माफ करोगे तो वह इनसान आपके दिलो-दिमाग में हमेशा बना रहेगा। आपके अंदर अपनी जगह बनाकर रखेगा और जब भी उसकी याद आएगी, आपके अंदर नफरत, गुस्सा व बदले की भावना जाग्रत् होगी। इससे क्या होगा ?

उस इनसान को, आपने कानून से सजा दिलवा ही दी होगी, लेकिन आपके मन की स्थिति क्या होगी ? आपके शरीर पर बुरा असर होगा। आपके शरीर में कैमिकल बनेगा, आप ही बीमार होंगे। इसी को कहते हैं, गलती किसी ने की, सजा कोई और भुगत रहा। आपने क्या किया, क्यों अपने को सजा दे रहे हो ?

यह लॉजिक है कि माफ करने की वजह मिल गई, क्यों हम उसे माफ करें। लेकिन माफ करें, कैसे अपना दिल बड़ा करें, कैसे इसके लिए मेडिटेशन बहुत सहायता करता है। उसके लिए मेडिटेशन का एक तरीका है, सुबह के समय ब्रह्म मुहूर्त में आप मेडिटेशन के लिए बैठिए।

जैसा लिखा है, आप उसी तरह प्रक्रिया कीजिए। सर्वप्रथम अपनी पाँचों इंद्रियों को जाग्रत् कीजिए, आँख के आगे दृश्य आ रहे हैं, सामने उन्हें आने दीजिए, जाने दीजिए, नाक से गहरी साँस लीजिए, महसूस कीजिए, किस तरह की गंध

आ रही है। कान से आवाज सुनिए, किस-किस चीज की आवाज आ रही है। जिह्वा-स्वाद महसूस कीजिए, आपकी जबान सूखी है या गीली है, स्पर्श-महसूस कीजिए, हवा का स्पर्श कपड़ों का स्पर्श, इत्यादि।

पाँचों इंद्रिया जाग्रत् हो गईं, अब आप अपने बचपन में चले जाइए, हर छोटी-बड़ी घटना को याद कीजिए, हर उस व्यक्ति को याद कीजिए, जिसने आपको छोटी या बड़ी खुशी दी है। हर उस व्यक्ति को याद कीजिए, जिसने आपको छोटा या बड़ा दुःख दिया है। याद कीजिए। उसने आपके साथ ऐसा क्या किया है, जिसने आपके मन को बहुत ही गहरी चोट दी है। आपको रोना आ रहा है। उसे सामने बिठाइए और पूछिए, आपने क्यों किया मेरे साथ ऐसा, मेरी क्या गलती थी?

आपको ऐसा नहीं करना चाहिए था। मेरे साथ जो भी आपकी दुश्मनी थी, वह मैं खत्म करती हूँ या करता हूँ, आप भी मुझे माफ करो, मैं भी आपको माफ करती/करता हूँ। यह प्रक्रिया कम-से-कम सात दिन तक करें या जब भी उस व्यक्ति का खयाल आए, उससे माफी माँगे और माफ करें। धीरे-धीरे वह व्यक्ति आपके अवचेतन मन से बाहर हो जाएगा और आप उसे दिल से माफ कर पाएँगे।

- केवल एक माफी ही जीवन सँवारने के लिए काफी है।
- जिसे भूल नहीं सकते हैं, उस माफ कर दो, जिसे माफ नहीं कर सकते, उसे भूल जाएँ।
- यदि हम सोने के पहले सबको माफ कर दें, तब ईश्वर हमारे सुबह उठने से पहले हमें माफ कर देगा।
- किसी को उपदेश देने के पहले उसे माफ कर देना चाहिए, लेकिन हम पहले उपदेश देते हैं, तब माफ करते हैं।
- उपदेश देने के पूर्व व्यक्ति को माफ कर दें, माफी के पूर्व उपदेश को व्यक्ति सुनेगा ही नहीं, उपदेश को मानना तो दूर की बात है।

□

16

क्रोध करने की आदत बदली जा सकती है

सेल्फ रेस्पेक्ट, दूसरे से रेस्पेक्ट पाने का आधार बनता है। सेल्फ रेस्पेक्ट, क्रोध कारण को समाप्त करता है।"

—सिस्टर शिवानी

हम अपने क्रोध से परेशान हैं, इसलिए हमें अपने बदलाव के लिए प्रयास करना होगा। हमारी आदतें बदली जा सकती हैं, इसलिए यह मान्यता गलत है कि हमारी आदतें नहीं बदली जा सकती हैं।

हम कहते हैं कि हमें क्रोध करने की आदत पड़ गई है, लेकिन जब तक हम एक बार क्रोध के अन्य विकल्पों का प्रयोग करके, यह नहीं देख लेते कि बगैर क्रोध के भी कार्य हो सकता है, तब तक हमें यह नहीं पता चलेगा कि क्रोध के अन्य विकल्प कार्य करते हैं अथवा नहीं। वास्तव में हमारी आदतें बदली जा सकती अथवा नहीं बदली जा सकती हैं, इसके लिए हमें प्रयोग करके देखना होगा।

यदि हम एक बार प्रयोग करके देखते हैं और हमें बहुत कम सफलता मिलती है, तब हम इस प्राप्त सफलता को कम नहीं आँक सकते हैं, क्योंकि थोड़ी भी सफलता मिलने के बाद हमारी यह मान्यता बदल जाती है कि हमारी आदतें नहीं बदली जा सकती हैं।

प्रयास करने से हमारी आदतें ही नहीं, बल्कि कड़क-से-कड़क संस्कार भी बदले जा सकते हैं। केवल एक बार अनुभव कर लेने पर

हमारी मान्यता बन सकती है कि हमारी आदतें बदली जा सकती हैं। जीवन में बिना किसी अनुभव के किसी चीज को न तो एक्सेप्ट करना चाहिए और न ही रिजेक्ट करना चाहिए। आदतें बदलने का अनुभव, हमें स्वयं प्रयोग करके देखना चाहिए।

इसलिए आज से नए दिन की शुरुआत करें, हम स्वयं के प्रति नजरिए में बदलाव करें। पुरानी मान्यता छोड़ दें। स्वयं पर संदेह करना छोड़ दें। पुरानी शिकायत छोड़कर, नए जीवन की शुरुआत करें। **हमारी आदत नहीं बदल सकती है, हर बार यह कहने की आदत भी हमें बदलनी पड़ेगी।**

जितनी बार हम कहते हैं कि हम यह कार्य नहीं कर सकते हैं, हम निरंतर अपने को कमजोर करते जाते हैं। ऐसा कहने से हमारे अंदर अविश्वास भर जाता है कि हमसे यह कार्य नहीं हो सकता है। इस अविश्वास के आधार पर हम कहने लगते हैं कि क्रोध करने की आदत मेरी कमजोरी है। जितनी बार हम अपनी कमजोरी को स्वीकार करेंगे, वह कमजोरी हम पर हावी हो जाएगी।

हम बड़ी आसानी से कह देते हैं कि किसी वस्तु के बिना हमारा काम नहीं चल सकता। हम छोटी-छोटी बात पर कहने लगते हैं कि किसी वस्तु के न होने पर हम डिस्टर्ब हो जाएँगे। जैसे हम कहते हैं कि चाय के बिना मेरा काम शुरू ही नहीं हो सकता है, सोकर उठते ही मुझे कुछ चाहिए। यदि सुबह हमें चाय नहीं मिलती है, तब हम परेशान हो जाते हैं।

यदि छोटी-छोटी बात पर जब हम यह कहेंगे कि हमसे यह काम नहीं कर सकते हैं, तब हम अमुक कार्य नहीं कर सकते हैं। ऐसा विचार रखने से हम जीवन में कोई बड़ा काम नहीं कर सकते हैं। जो व्यक्ति दस मीटर नहीं दौड़ सकता है, वह सौ मीटर कैसे दौड़ेगा? जीवन में जब हम छोटी-छोटी बातों पर ध्यान देंगे, तब बड़ी-बड़ी बातें नहीं आएँगी।

चाय पीना मुझे अच्छा लगता है, लेकिन यह कहना उचित नहीं है कि चाय के बिना मेरा काम नहीं चल सकता है। कंफर्ट जोन और एडिक्सन जोन में अंतर है। यह करना मुझे अच्छा लगता है, यह कंफर्ट जोन है। इसके बिना मेरा काम नहीं चल सकता है, यह एडिक्सन जोन है, लेकिन कंफर्ट जोन कब एडिक्सन जोन में बदल जाए, यह हमें पता नहीं चलता है।

जब हम कहते हैं कि इसके बिना हमारा काम नहीं चल सकता है, इसका अर्थ है कि हम उस चीज के गुलाम हैं। जब हम एक चीज के गुलाम होते हैं तो अन्य चीजों की गुलामी की संभावना बढ़ जाती है। गुलाम मानसिकता हमारी शक्ति को घटाती है। इसके विपरीत यदि हम एक चीज पर विजय प्राप्त कर लेते हैं तो विजय प्राप्त करना आसान होता है। हर चीज विधि से करनी चाहिए। विधि नहीं तो सिद्धि नहीं।

हमारी हैबिट हमारे भाग्य का निर्माण करती है। हमारी हैबिट हमारे एटीट्यूड से बनती है। हमारा एटीट्यूड हमारे थॉट से बनता है। हमारी पर्सनैलिटी, हमारी हैबिट से बनती है। जो हमारी पर्सनैलिटी होगी, वही हमारी डेस्टिनी अथवा भाग्य होगी, अर्थात् हैबिट बदलने के लिए थॉट और एटीट्यूड को बदलना जरूरी है।

निश्चय बुद्धि की शक्ति से हम अपने क्रोध पर नियंत्रण प्राप्त कर सकते हैं। हम जो सोचते हैं, उसे बोलते नहीं हैं। हम जो बोलते हैं, उसे करते नहीं हैं। हमारे सोचने, हमारे बोलने और हमारे करने के बीच एक गैप बना रहता है। हमें इस गैप को कम करना होगा। जितना अधिक हम इस गैप को कम कर लेते हैं, उतना ही अधिक हमें जीवन में सफलता मिलेगी। यह कार्य हमारी निश्चय बुद्धि की शक्ति से संभव है। हमें क्रोध नहीं करने का सोच रखना होगा और क्रोध के बिना ही बोलना होगा।

मन की शक्ति हमारा एक उपकरण है, लेकिन मन पर हमारा कोई कंट्रोल नहीं है। मन, हमारा कहना नहीं मानता है, बल्कि हम सभी मन का कहना मानते हैं। हम मन को नहीं चला रहे हैं, बल्कि मन हमें चला रहा है। मन, बेलगाम घोड़ा है। बेलगाम होकर मन हमें अपने घोड़े की पीठ से गिरा देगा।

हम मन को कंट्रोल करेंगे अथवा मन हमको कंट्रोल करेगा, यह इस बात पर निर्भर करेगा कि कौन अधिक शक्तिशाली है। हम अपने क्रोध करने की आदतों के गुलाम बन रहे हैं। क्रोध करने की आदतें हमें कंट्रोल करने में लगी रहती हैं।

जिस चीज का उपयोग करना छोड़ दें, वह चीज शक्तिहीन हो जाती है। यदि हम अपने बाएँ हाथ का उपयोग करना बंद कर दें, तब कुछ समय बाद बाएँ हाथ पर हमारा कंट्रोल नहीं होगा। यदि एक बार हम अपनी निश्चय

बुद्धि की सहायता से मन के विरुद्ध बात मान लेते हैं, तब अगली बार से मन हमारे ऊपर हावी होने का प्रयास नहीं करेगा। **यदि एक बार निर्णय ले लें कि हमारे न का मतलब 'न' होता है, तब हम मन पर हावी होते रहेंगे।**

हम अपने मन के मालिक हैं अथवा मन हमारा मालिक है। इन दोनों स्थितियों में से एक ही स्थिति संभव है। यह संभव नहीं है, कभी हम मालिक हो जाएँ और कभी गुलाम हो जाएँ। यदि हम अपने मन के मालिक होंगे, तब यह हमारा ईगो अथवा जिद नहीं कहलाएगा, बल्कि यह हमारी निश्चय बुद्धि की ताकत होगी।

यदि हम क्रोध संबंधी संयम की प्रैक्टिस छोड़ दें, तब सबसे पहले हमारे मन पर कंट्रोल समाप्त होगा। फिर मुख पर कंट्रोल समाप्त होगा। अंत में हाथ पर भी कंट्रोल समाप्त हो जाएगा। क्रोध के कारण, ऑफिस में फाइल फेंकने की घटना, घर में थाली और बरतन फेंकने की घटनाएँ नहीं रुकेंगी।

संयम हमारे मन को कंट्रोल करने का साधन है। धीरे-धीरे हमारा मन भी हमको पहचान लेता है। यह पहचान उसी प्रकार होती है, जैसे आम जीवन में लोग हमें पहचानते हैं कि इन्होंने किसी गलत काम को करने से एक बार मना कर दिया, फिर ये उस गलत काम को लाख कहने पर भी नहीं करेंगे। इसलिए लोग हमें जानते हैं कि इस संबंध में इनसे कुछ कहने का अर्थ है, अपने समय की बरबादी। हमारी पहचान क्रोध नहीं करनेवाले व्यक्ति के रूप में हो चुकी है।

- यह मान्यता गलत है कि हमारी आदतें नहीं बदली जा सकती हैं।
- प्रयास करने से आदतें ही नहीं, बल्कि कड़क से कड़क संस्कार भी बदल जाता है।
- हमारी आदत नहीं बदल सकती है, यह कहने की आदत भी बदलनी पड़ेगी।
- निश्चय बुद्धि की शक्ति से हम अपने क्रोध पर नियंत्रण प्राप्त कर सकते हैं।

□

17

क्रोध-मुक्ति के सामान्य उपाय

"काम, क्रोध और लोभ—ये तीनों नर्क के द्वार हैं। कामनाओं की पूर्ति न होने से क्रोध की उत्पत्ति होती है और क्रोध से बुद्धि का विवेक नष्ट हो जाता है और फिर वह अच्छे और बुरे के फर्क को नहीं समझ पाता और अपने विनाश की ओर अग्रसर हो जाता है।"

—गीता

ज्ञान और स्वीकार्यता—ज्ञान क्रोध से मुक्ति के उपाय, क्रोध के उत्पन्न होने के कारण, प्रभाव, समाधान की जानकारी होना आवश्यक है। हम बहुत सी गलतियाँ अज्ञानतावश करते हैं। **सबसे पहले हमें समझना होगा कि हमें क्यों बदलना है, अगले चरण में कैसे बदलना है और अंत में सबसे महत्त्वपूर्ण यह है कि क्या मैं अपने आपको बदलना चाहता हूँ? क्योंकि जब तक हम अपने में बदलाव की चाहत नहीं लाते हैं तो हमें क्यों बदलना है, कैसे बदलना है, तब सारे प्रयास करना व्यर्थ होगा।** किसी भी चीज को करने के लिए चाहत बहुत जरूरी होती है। क्रोध करने पर यदि मैंने स्वीकार भी कर लिया कि यह मुझसे गलती हो गई है।

जागरूकता ज्ञान का स्रोत है। ज्ञान प्राप्त करके इसे स्वीकार कर लेना ही पर्याप्त नहीं है, बल्कि इस ज्ञान के मार्ग पर चलने की प्रैक्टिस भी जरूरी है। प्रैक्टिस न होने पर अच्छे खिलाड़ी कब आउट ऑफ फॉर्म हो जाते हैं, यह किसी को पता भी नहीं लगता है।

ज्ञान की महत्ता को डॉ. गिरीश पटेल ने बताया है। इनके अनुसार एम.बी.बी.एस. की पढ़ाई के बाद जब उन्हें यह पता लगा कि निकला पेट खतरनाक होता है। इसके बाद जागरूक रहने लगे। यदि उन्हें यह ज्ञान नहीं मिलता, तब वे अपने पेट की चर्बी को कम करने के लिए प्रयास भी नहीं करते।

ज्ञान होना ही पर्याप्त नहीं है। इस ज्ञान को स्वीकारना भी जरूरी होता है, जैसे यदि किसी व्यक्ति से कहा जाता है, आपका पेट निकला है। उसका उत्तर होता है, नहीं भाई मैं तो खाते-पीते घर का हूँ। यदि फिर से यही बात कहो, तब उनका जवाब, दूसरे तरह से होता है। उनकी तरफ से जवाब मिलता है, नहीं भाई मैंने सभी मेडिकल टेस्ट करवा लिया है। मेडिकल में हम एकदम फिट हैं। हर स्तर पर वह व्यक्ति अपनी कमी को अस्वीकार करता है।

क्रोध के समय एक क्षण रुकें—यदि हम एक क्षण रुक जाएँ, तब क्रोध गायब होने की संभावना बढ़ जाती है। इसके लिए क्रोध के समय पानी पिया जा सकता है। घटना स्थल से हटा जा सकता है। इसी संदर्भ में अरस्तु ने लिखा है कि क्रोध आप कर सकते हैं, परंतु निम्न शर्त पर—

क्रोध सही व्यक्ति पर करें।
क्रोध सही कारण से करें।
क्रोध सही समय पर करें।
क्रोध सही मात्रा में करें।
क्रोध सही विधि से करें।

जब भी गुस्सा आए तो एक मिनट रुककर अपने से पूछ लें कि किसको गुस्सा आ रहा है, गुस्सा कौन पैदा कर रहा है, गुस्से से प्रभावित कौन हो रहा है? इसके बाद भी यदि क्रोध कंट्रोल नहीं हो रहा है तो फिर अपने से पूछें कि क्या यह ठीक है, यदि मैं क्रोध नियंत्रित करने में असफल हूँ तो मुझे और कितनी देर क्रोध करना होगा? हर समय अपने अंदर का हालचाल पूछते जाएँ। अपना नुकसान कोई नहीं चाहता। बस सकारात्मक प्रयास करने की जरूरत है।

जागरूकता, सजगता से क्रोध पर नियंत्रण प्राप्त किया जा सकता

है। क्रोध आने पर इसे कुछ पल के लिए टाल देना, उस स्थल से हट जाना, थोड़ा टहल लेना एवं पानी पी लेना, महत्त्वपूर्ण उपाय है।

गुस्से पर नियंत्रण हेतु पॉजिटिव थिकिंग—पॉजिटिव थिंकिंग का अर्थ यह नहीं है कि आगे हमेशा अच्छा ही होगा, बल्कि पॉजिटिव थिंकिंग का सही अर्थ, परिस्थति को एक्सेप्ट करके, इसके बाद राइट थॉट पैदा करना है अथवा हमें सही प्रतिक्रिया देना है। सही सोच हर परिस्थति में रखना ही पॉजिटिव थॉट कहलाता है।

यदि पॉजिटिव सोचने बाद भी कुछ उल्टा हो जाए, तब हम अंदर से डिस्टर्ब होने के स्थान पर पहले उसे एक्सेप्ट करें, फिर उसे सही करने का प्रयास करें।

अपने सोच को चेक करें—जब दूसरे हमारे बारे कोई बात बोलते हैं, तब इसका प्रभाव हमारे ऊपर तुलनात्मक रूप से कम होगा, क्योंकि दूसरा सच बोल रहा है अथवा झूठ बोल रहा है, हमें संदेह रहता है, लेकिन जब हम अपने को स्वयं बोलने लगते हैं, तब इसका प्रभाव कई गुणा अधिक होगा, क्योंकि हम अपने को तभी कुछ बोलते हैं, जब किसी बात को पूर्णत: सत्य स्वीकार कर लेते हैं।

क्रोध और ग्लानि (गिल्ट) से बचें—हमने दिन में यदि पाँच व्यक्तियों पर गुस्सा किया, तब दूसरे व्यक्ति पर हमारे गुस्से का कम प्रभाव होगा। दूसरा व्यक्ति यह भी समझ सकता है कि हमारी बिना बात पर गुस्सा करने की आदत है।

इसके अतिरिक्त पाँचों बार गुस्सा करने के बाद हम स्वयं पर गुस्सा करने लगते हैं कि हमसे कोई कार्य नहीं होता है। महत्त्वपूर्ण बात है कि दूसरों पर हम केवल एक बार गुस्सा करेंगे, लेकिन उसी बात के लिए कार्य न होने पर हमें अपने ऊपर बार-बार गुस्सा आने लगता है।

दूसरों को गुस्से में हम एक-दो लाइन में ही गुस्से से बोलेंगे, क्योंकि दूसरे हमारे पास बहुत देर तक, हमारे गुस्से वाली बात को खड़ा होकर सुनना पसंद नहीं करेंगे, लेकिन हम स्वयं से दूर नहीं हट सकते हैं और हम अपने ऊपर एक ही बात को कई लाइनों में कहकर, अपने ऊपर गुस्सा करते हैं।

क्रोध, हम दूसरे पर गुस्सा करते हैं, लेकिन धीरे-धीरे कार्य न होने पर गिल्ट, ग्लानि में हम स्वयं पर गुस्सा करते हैं। स्वयं को माफ करके गिल्ट से बच सकते हैं और दूसरों को माफ करके क्रोध से बच सकते हैं।

गुस्से में गलत कार्य पर चर्चा करें, व्यक्ति पर चर्चा करने से बचें—गुस्से से बचने के लिए इस बात की प्रैक्टिस करें कि गलती पर चर्चा करें, गलती करनेवाले व्यक्ति पर चर्चा न करें, क्योंकि यदि गलत कार्य पर चर्चा करेंगे, तब गुस्सेवाले घटना स्थल से हटने के बाद यह हमारे चित पर नहीं बैठेगा। इसके विपरीत यदि गलत कार्य के स्थान पर व्यक्ति पर चर्चा करने लगे, तब मूल मुद्दे से हट जाएँगे। मूल मुद्दा, कार्य का बिगड़ना है। इस मुद्दे को भूलकर यह गुस्सा पर्सनल अटैक में बदल जाता है।

इसके अतिरिक्त गुस्से वाली बात हमारे चित पर बैठ जाएगी। इस कारण दूसरों पर गुस्सा करते-करते हम गिल्ट, ग्लानि में जाकर स्वयं पर भी गुस्सा करने लगते हैं।

क्रोध-मुक्ति की प्रेरक कहानी—एक बार एक व्यक्ति अपनी शादी के कुछ दिनों बाद विदेश गया कमाने के लिए, वहाँ से वह सत्रह साल बाद लौट रहा था। रास्ते में उसकी मुलाकात एक संत से हुई। उसने संत से बोला, 'महात्मा मुझे एक मंत्र दीजिए।' संत ने एक पेपर पर कुछ लिखकर दिया और बोला कि 'जब किसी बात पर बहुत ज्यादा गुस्सा आए तो इसे उस समय खोल के देख लेना। बहुत काम आएगा।'

फिर जब वह व्यक्ति अपने घर पहुँचा, रात में देखता क्या है कि उसकी पत्नी के साथ एक जवान लड़का सोया हुआ है, वह बहुत ही क्रोध में आ गया और उसने पिस्टल निकाल ली। उसने निश्चय किया कि वह दोनों को मार देगा। अचानक उसे उस संत की बात याद आई और तुरंत उसने वह पेपर निकाल के पढ़ा, उसमें लिखा था—'रुको एक मिनट'।

मतलब साठ सेकंड, वह 60 तक की गिनती गिनने लगा। तब तक उसकी पत्नी उठ गई और उसे देखते ही उसकी आँखों से अश्रुधारा बहने लगी और तुरंत उस लड़के को उठाकर बोली, 'देख बेटा, तेरे पिताजी आ गए।' उस समय उस व्यक्ति के अंदर इतनी ग्लानि हुई कि मैं ये क्या करनेवाला

था, अगर मैं एक मिनट नहीं रुकता तो अभी क्या से क्या हो जाता।

पर्सनल अटैक से बचें—जब गुस्सा आता है, तब हम उस गलत कार्य पर कम बोलते हैं, इसकी जगह उस गलत व्यक्ति के बारे में अधिक बोलते हैं। धीरे-धीरे उस व्यक्ति की पिछली दस गलतियों को भी सामने रखने लगते हैं। गुस्सा धीरे-धीरे पर्सनल अटैक में बदल जाता है।

यदि हम किसी व्यक्ति की विशेषता सामने लाएँगे, तब वह शक्तिशाली होगा, लेकिन जब हम किसी व्यक्ति की कमजोरी सामने लाएँगे, तब वह व्यक्ति कमजोर होगा। गुस्से के समय अपने मन का फोकस कार्य पर रखना चाहिए। गुस्से के समय अपने मन का फोकस व्यक्ति पर नहीं रखना चाहिए। इसकी प्रैक्टिस करके धीरे-धीरे हम गुस्से से दूर होते जाएँगे।

हम यह नहीं कह सकते कि हमारा गुस्सा किसी अच्छी भावना से किया गया था। जितनी देर हम गुस्सा करते हैं, उतनी देर हमारे प्रेम, लगाव और केयर की ऊर्जा ब्लॉक होगी। जिनसे हम बहुत प्यार करते हैं, उनकी हर बात एक्सेप्ट भी करते हैं, लेकिन जब हमारा बच्चा, कोई ऐसी गलती कर देता है, जिसमें लगता है कि इसमें उसका बहुत बड़ा नुकसान हो जाएगा, यदि हम उस पर जितनी देर गुस्सा करेंगे, उतनी देर, यद्यपि हमारी इंटेंशन अच्छी है, परंतु उसके बारे में बुरा सोचेंगे।

इमोशनल बैंक मैमोरी थ्योरी—हम जो भी सोचते हैं, इसकी वाइब्रेशन सच्चाई बनती है। यहाँ पर, एंगर की जगह केयर करनी चाहिए। जब हम कठिन परिस्थिति में फँस जाते हैं, तब हमें समस्या का समाधान आसानी से नहीं दिखता है। इस समय हमारे सोचने की क्षमता समाप्त हो जाती है। गुस्सा करने के बाद हमें अफसोस होता है।

इसलिए जब परिस्थिति से हम निकल जाएँ, तब पिक्चर की तरह, उन सभी सीन और सीनरी को रीटेक की भाँति फिर से देखें। इसे ठीक उसी रूप में विजुअलाइज करें। इसको देख लें कि यदि हमें यह रोल फिर से मिल जाए, तब हम इस रोल को कैसे करेंगे? हम चैक करें कि उस समय हम गुस्से की जगह प्रेम से बोल सकते थे, डिस्टर्ब हुए बिना, कड़ाई से बोल सकते थे, साफ-साफ अंतिम रूप में चेतावनी के रूप में बोल सकते थे अथवा नहीं।

भविष्य में जब कभी गुस्सा आ जाए, तब हम अपनी पिछली गुस्सेवाली परिस्थिति की इमोशनल बैंक मैमोरी में रखी गई, बेहतर प्रतिक्रिया का उपयोग करें। यह एक बहुत पॉवरफुल टेक्निक है, क्योंकि जब हम अपने को कुछ करते हुए देख लेते हैं, तब यह बात सीधे हमारे अवचेतन में चली जाती है। इसका प्रिंट दिमाग में छप जाता है। इसमें हम अपने पास्ट सीन का रिहर्सल करेंगे। फिर इसका उपयोग फ्यूचर वाले सीन में करेंगे।

भविष्य में इसका इस रूप में प्रयोग कर सकते हैं कि हमारा ड्राइवर आज फिर लेट आया है। अब हम अपने इमोशनल बैंक में रखी गई, बेहतर प्रतिक्रिया देंगे। क्योंकि आगे आनेवाले दिनों में ड्राइवर कई बार लेट आता रहेगा।

क्रोध-मुक्ति की प्रेरक कहानी—एक बार एक आदमी एक महात्मा के पास जाता है। कहता है, 'हे गुरुजी, मुझे क्रोध बहुत आता है, कुछ उपाय बताइए। गुरुजी उसे देख के ध्यान लगाते हैं, फिर थोड़ी देर में बोलते हैं कि यह तुम्हारा क्रोध अपने आप एक महीने में खत्म हो जाएगा', व्यक्ति बोलता है, 'वह कैसे गुरुजी?'

गुरुजी ने जवाब दिया, 'क्योंकि एक महीने में तुम्हारी जीवनलीला समाप्त हो जाएगी। तुम्हारी आयु इतनी ही है, तो क्रोध भी स्वतः ही समाप्त हो जाएगा। जाओ बच्चे! खाओ-पीओ मस्त रहो।' इसके बाद वह व्यक्ति वापस आया और उसने सोचा कि मैं एक महीने में मैं मरनेवाला हूँ। इसलिए जितने भी लोगों से उसने बुरा व्यवहार किया था, सबसे माफी माँगने लगा और सबसे अच्छा व्यवहार करने लगा। हर उस व्यक्ति को ढूँढ़-ढूँढ़कर माफी माँग ली। जिससे भी उससे कुछ गलती हुई थी। इतने में एक महीना बीत गया, फिर वह वापस गुरुजी के पास पहुँचा और बोला, 'मैं यहीं शरीर छोड़ना चाहता हूँ।'

गुरुजी ने उससे प्रश्न पूछा, 'क्या तुम्हें इस एक महीने में क्रोध आया,' तो उसने बोला, 'नहीं।' तभी वह व्यक्ति तुरंत समझ गया कि गुरुजी ने उसे समझाने के लिए यह बोला था। उसने गुरुजी के पाँव पकड़ लिये। वह समझ गया कि जीवन का कोई भरोसा नहीं है। इसलिए मीठे बोल बोलो और अपनी

तरफ से कभी भी किसी को दुःख मत पहुँचाओ।

गुस्से का उपवास—गुस्से का उपवास रखने का अभ्यास क्रोध नियंत्रण की कारगर विधि है। एक प्रयोग यह भी, लोग हफ्ते ने एक बार उपवास रखते हैं। आप भी एक दिन का गुस्से का उपवास रख सकते हैं कि आज के दिन कुछ भी हो जाए, गुस्सा नहीं करेंगे। इस प्रैक्टिस से भी थोड़ा-थोड़ा कंट्रोल आएगा। यह रोजमर्रा जीवन के छोटे-छोटे प्रयोग हैं, जिनसे आप खुद पर थोड़ा काबू कर पाएँगे। हमारा टारगेट है कि हमें किसी भी परिस्थिति में गुस्सा आना ही नहीं चाहिए। इसके लिए हम प्रैक्टिस करेंगे।

आत्मस्वरूप स्थिति का अभ्यास—पहले दिन का अभ्यास, जैसे कि हमें पता चल चुका है कि क्या-क्या वजह है, जिससे हमें गुस्सा आता है। उसमें से पहला कारण है—मन में शांति की कमी, तो हम पहले दिन यह अभ्यास करेंगे कि मैं शांत स्वरूप आत्मा हूँ। इसे हम रात में सोते समय सुबह उठ के दस मिनट, फिर खाना खाते समय, पानी पीते समय या जब भी समय मिलता है, हम यह सारा दिन अभ्यास करेंगे, यहाँ तक अगर सिर्फ यही अभ्यास 21 दिन करेंगे तो आप अपने भीतर बहुत ही बदलाव पाएँगे। जो लिख सकता है, वह 21 बार सोते समय लिखे।

मैं शांत स्वरूप आत्मा हूँ।

I am a peaceful soul—

जैसा अन्न, वैसा मन—जैसा अन्न, वैसा मन। उदाहरण के लिए अगर आपके घर में कोई खाना बनाने आता है। घर से अप्रसन्न है या कुछ भी उसके मन में नकारात्मक विचार चल रहे हैं, वह विचार आपके खाने में आएगा और जब आप उस खाने को खाएँगे, उस खाने को खाते ही आपको कुछ कमी लगेगी, स्वाद नहीं आएगा या और गुस्सा आएगा।

विचारों का प्रभाव पड़ता है। इसे सिद्ध करने के लिए एक उदाहरण है। आप कभी किसी मंदिर में जाते हैं, वहाँ जाते ही आपका मन एकदम शांत हो जाता है। वहाँ का प्रसाद अमृत लगता है। चाहे कुछ भी हो, क्यों, ऐसा इसलिए नहीं कि वहाँ भगवान् की मूर्ति है। इसलिए, क्योंकि वहाँ भजन चलते रहते हैं। कोई भी वहाँ जाता है, अपने सब विचारों को हटाकर केवल

भगवान् का नाम लेता है। इसलिए वहाँ की वाइब्रेशन एकदम सकारात्मक और अच्छी लगती है। आप भी अपने खाने को भी प्रसाद बना सकते हैं।

आप खुद खाना बना सकें, तब अच्छा है, अन्यथा जब भी आप कुछ कहीं भी खाएँ एक मिनट रुकें और उस खाने में विचार डालें कि यह खाना मेरे लिए अमृत है और खाते समय मौन रहकर कोई भी स्वमान बोलिए, जैसे कि मैं शांत स्वरूप हूँ। मैं मास्टर सर्व शक्तिमान हूँ। इससे क्या होगा, कम–से–कम आपके चित्त में कुछ समय ही सही, कुछ अच्छे विचार जाएँगे। यह रोज का नियम रहना चाहिए।

खाना खाते समय और कोई काम नहीं करें, जैसे कि बात करना, मोबाइल चलाना, अगर आप मौन नहीं रह सकते तो आपको जो भी पसंद हो, कोई धुन या भजन या कोई भी टॉपिक, उसे चला लें। बस यह प्रयास रहे कि खाते समय केवल सकारात्मक विचार ही रहें। अगर आप खुद खाना बनाते हैं तो इससे बढ़िया कुछ भी नहीं, उस समय मौन रहकर खाना बनाएँ या कोई भजन चला दें या ऐसा कुछ चला दें कि कोई भी नकारात्मक विचार आपके मन में न चल पाए।

खाना बनाते समय या खाते समय दुःख या गुस्से में नहीं रहना चाहिए या कोई भी खाना बनाता है तो उसे कभी भी डाँटना नहीं चाहिए, अगर ऐसी परिस्थिति आती है तो रसोईघर में जाने के पहले अपने मन को शांत कर लीजिए, उसके बाद ही खाना बनाना शुरू कीजिए।

खाने में क्या खाना है, क्या नहीं यह बहुत महत्त्वपूर्ण है। सकारात्मक भोजन, नकारात्मक भोजन, दो प्रकार के भोजन होते हैं। सकारात्मक भोजन में सीजनल फल, ड्राई फ्रूट्स, नट्स, सब्जियाँ, फल, काली मिर्च। नकारात्मक भोजन में लहसुन, प्याज, हींग, चाय, कॉफी, हरी मिर्च, नॉनवेज।

भारत में हींग, लहसुन, प्याज का बहुत इस्तेमाल किया जाता है और चाय–कॉफी के बिना लोगों का दिन ही नहीं शुरू होता है, लेकिन इन सारी चीजों से नकारात्मकता बढ़ती है और गुस्से को बढ़ावा मिलता है। लहसुन को आयुर्वेद में दवा के रूप में इस्तेमाल करते हैं, लेकिन क्या कोई इसे रोज दवा के रूप में खा सकता है।

जहाँ दवा के रूप में इस्तेमाल हो, वहाँ खाना चाहिए, लेकिन बहुत जगह पर इसका नुकसान होता है, जैसे कि जिस व्यक्ति के अंदर हीमोग्लोबिन की कमी होती है, उसके हीमोग्लोबिन को और कम कर देता है। एसिडिटी पैदा करता है। लहसुन जब आप छीलते हैं, बहुत देर तक हाथ में जलन होती रहती है। मतलब कितना स्ट्रांग होता है, वह अंदर जाकर और कैमिकल बनाता है, जिससे क्रोधी व्यक्ति को स्टिमुलेशन देता है। लहसुन, प्याज, ये सब तमोगुणी होते हैं।

नॉनवेज के बारे में एक उदाहरण, अगर किसी जानवर, जिसको लोग खाते हैं, जब उसे बाँध के रखा जाता है, फिर उसे काटा जाता है, उस जानवर के अंदर डर और गुस्से का भाव पैदा होता है, जो कि नेचुरल है, जो भी व्यक्ति खाएगा, उसके भीतर भी डर और गुस्से का संस्कार बढ़ेगा। यह आपकी च्वाइस है कि आपको क्या खाना है, क्या नहीं।

थॉट के ट्रैफिक कंट्रोल का अभ्यास—थॉट के ट्रैफिक कंट्रोल के अभ्यास से गुस्से पर नियंत्रण प्राप्त किया जा सकता है। आजकल लोग बहुत ही व्यस्त रहते हैं। इसीलिए स्ट्रेस 80 प्रतिशत लोगों की जिंदगी का हिस्सा बन गया है। हमें अपने स्ट्रेस को और गुस्से को कम करने के लिए प्रत्येक घंटे में एक मिनट का विराम लेना चाहिए। इसे थॉट का ट्रैफिक कंट्रोल कहते हैं।

मतलब हर घंटे का एक छोटा अलार्म एक बीप का होना चाहिए, उस एक मिनट में आप जो भी कुछ कर रहे हों, रुक जाएँ, चाहे मतलब अपने मन को विराम दें, अपने विचारों को विराम दें और जो भी विचार चल रहे हों, उन्हें रोककर एक मिनट के लिए कुछ भी सकारात्मक विचार करें या एक मिनट का मेडिटेशन करें।

कॉपी पेस्ट का सिद्धांत—कॉपी पेस्ट के सिद्धांत से प्रभावित होकर हम गुस्सा करते हैं। क्रोध में लोग जैसे को तैसा वाला जवाब दे देते हैं। यदि मैंने जोर से बोला, फिर सामनेवाला भी जोर से बोलेगा। मतलब हम लोग एक-दूसरे की कॉपी करते हैं। इस प्रक्रिया में अपनी स्वयं की पहचान भूल जाते हैं और दूसरों पर अपना गुस्सा निकालते हैं। दूसरों की कॉपी करते-करते हम अपने को पूरी तरह बदल देते हैं।

कॉपी-पेस्ट के सिद्धांत से प्रभावित होकर, जब कोई व्यक्ति सामनेवाला तेज आवाज में बोलता है, उस समय उसकी आवाज दबाने के लिए आप और अधिक तेज बोलते हैं। हम यह भूल जाते हैं कि शांत होने के बाद ही हम अपनी बात अधिक अच्छी तरीके से कर सकते हैं। हमारे द्वारा गुस्से में कही बात का असर शांति से कही बात की तुलना में कम होगा। गुस्से में दूसरा व्यक्ति शायद ही हमारी बात सुन पाएगा और शायद समझ भी पाएगा।

यदि हमारे भीतर किसी अच्छे एक्टर की कॉपी करने की आदत है, तब हम किसी एक एक्टर की कॉपी नहीं करते हैं, बल्कि प्रत्येक अच्छे एक्टर की कॉपी करने लगते हैं। यदि हम किसी एक व्यक्ति की कॉपी करते हैं, तब हम एक व्यक्ति जैसा बन जाएँगे, लेकिन दस व्यक्ति की कॉपी करते-करते एक दिन ऐसा आएगा, जब हमारी पूरी पर्सनैलिटी ही डिस्टर्ब होने लगेगी। हमारी अपनी पहचान ही समाप्त हो जाएगी। इसमें भी यदि हम किसी बुरे व्यक्ति को आदर्श मानकर उसकी बुरी बातों की कॉपी करने का निर्णय लेते हैं, तब तो और भी भयानक परिणाम मिलेगा। इससे हमारी निर्णय शक्ति कमजोर होती है।

लोग कॉपी करने को बहुत महत्त्व देते हैं। बुरी बात और अच्छी बातों की कॉपी करते रहते हैं। स्वयं में सुधार के लिए लोग किसी सफल व्यक्ति की कॉपी करते हैं। कॉपी करने के बाद आप जो कुछ बनेंगे, अधिकतम वही व्यक्ति बनेंगे, जिस व्यक्ति की कॉपी की गई है, लेकिन आप वह व्यक्ति नहीं बन पाएँगे, जो आप में स्वयं विशिष्ट रूप में मौजूद है। यह भी हो सकता है कि आज आपमें जितनी क्षमता है, उस क्षमता का पूरा उपयोग कर लिया जाए, तब आप किसी भी दूसरे व्यक्ति से बड़ा बन सकते हैं।

हम अपने क्रोध का जस्टिफिकेशन न दें और इसके लिए दूसरे को ब्लेम न करें, अपने क्रोध के लिए स्वयं को जिम्मेदार मानें, तभी हम स्वयं पर नियंत्रण पा सकते हैं। 10 प्रतिशत विवाद, विचारों के मतभेद से होता है तथा 90 प्रतिशत विवाद बोली-भाषा की टोन से होता है।

छोटी-छोटी अपेक्षाओं से बचें—क्रोध को नियंत्रित करने का सबसे अच्छा उपाय है कि आप किसी से अपेक्षा न रखें। यहाँ अपेक्षा का अर्थ

छोटी-छोटी अपेक्षाएँ हैं, जैसे आप टाइम पर क्यों नहीं पहुँचे, आपने फोन क्यों नहीं किया अथवा आप ने उल्टा जवाब क्यों दे दिया? अपेक्षा रखें, किंतु हर कदम पर अपेक्षा रखना गलत है। यहाँ अपेक्षा रखने का मतलब; हमने अपेक्षा के अनुसार अपनी एक इमेज बना रखी है और जब हमारी इमेज से आपकी इमेज मैच नहीं करती तो हमें क्रोध आ जाता है।

हमारी कार्यों के प्रायोरिटी में अनिश्चिता हमारे क्रोध का कारण बनती है। आज सभी लोग अपनी प्रायोरिटी लिस्ट में अपने कार्य को और कार्य से संबंधित व्यक्तियों को महत्त्व देते हैं, इसके बाद परिवार को और अंत में स्वयं को महत्त्व देते हैं। कार्य और कार्य से संबंधित व्यक्तियों में भी कार्य को व्यक्तियों से अधिक महत्त्व देते हैं, जबकि हमारी प्रायोरिटी लिस्ट में सबसे पहले स्वयं, फिर परिवार, फिर कार्य से संबंधित लोग तथा अंत में कार्य आना चाहिए। अपनी प्रायोरिटी लिस्ट सही कर लेना ही क्रोध से बचने का अच्छा उपाय है।

परिस्थिति से अटैचमेंट हमारे क्रोध का कारण बनता है। इसलिए डिटैचमेंट से चीजों को देखें। मैं स्वयं गुस्सा नहीं हूँ, बल्कि गुस्से को मैंने ही पैदा किया है। अपनी इमोशन, इरीटेशन को डिटैच होकर देखने का अभ्यास जरूरी है। जैसे हम डिटैच होकर इसको ऑब्जर्व करना शुरू कर देते हैं, वह इमोशन खत्म होने लगता है।

डिटैच होकर अपने गुस्से के विचार को देखें—गुस्सा आने पर युद्ध न करें कि हमें गुस्सा क्यों आ रहा है, बल्कि यह एक्सेप्ट करें कि हमें गुस्सा आ रहा है और हम स्वयं अपने गुस्से के लिए जिम्मेदार हैं। इसके बाद डिटैच होकर अपने गुस्से के विचार को देखने का प्रयास करें। इसके पूर्व तक हम गुस्सेवाले अपने इमोशन को एनर्जी दे रहे थे, लेकिन डिटैच होकर देखने से अब गुस्सेवाली इमोशन को एनर्जी मिलनी बंद हो जाती है।

जैसे बच्चे के साथ जब हम खेलते हैं, तब बच्चा भी खेलता है; लेकिन जब बच्चे को हम देखने लगते हैं, तब वह रुक जाता है। इसी तरह मन भी एक बच्चे के समान है। मन से निकले विचार को देखने से विचार नियंत्रित होने लगते हैं। गुस्सा ग्लानि पैदा करता है। गुस्सा पैदा होने के बाद लगता

है कि गुस्सा नहीं करना चाहिए था।

हम नकारात्मकता को अपने जीवन का उद्द्देश्य बना लेते हैं। इससे बचने के लिए हमें स्वीकार भाव का सहारा लेना होगा। हमें यह समझना होगा कि दूसरे व्यक्ति ने ऐसा क्यों किया। इसके पीछे भी उनके पास कुछ तर्क होंगे। उसकी परिस्थिति को भी समझना होगा। उसे नफरत की नहीं, बल्कि मदद की जरूरत है। क्रोध, नफरत से बचने के लिए हमें जागरूक रहना होगा। इसलिए जैसे ही इस प्रकार का भाव या इमोशन आए, हम इसको तुरंत पहचान लें और ब्रेक लगाएँ, क्योंकि अगर आप नहीं चाहेंगे तो कोई आपमें गुस्सा या नफरत पैदा नहीं कर सकता।

क्रोध के भाव के लिए अपने को जिम्मेदार मानें, लेकिन अपने को जिम्मेदार मानने का अर्थ यह नहीं कि अपने से ही नफरत करने लगें। अपने मन और विचारों की तरफ ध्यान केंद्रित करें तो हम पाते हैं कि मन में एक प्रकार का डिस्टर्बेंस पैदा होता है। जैसे ही हम इस डिस्टर्बेंस की तरफ ध्यान देते हैं और अपने इमोशन को चेक करते हैं तो यह इमोशन पैदा होना बंद हो जाता है। हम अटैचमेंट से हटकर डिटैचमेंट की तरफ बढ़ने लगते हैं। बस आप दो मिनट के लिए मन को शांत कर लें, इससे आपको समस्या का समाधान मिल जाएगा।

व्यक्ति की तारीफ करने की आदत डालें—पहले व्यक्ति की तारीफ करनी चाहिए। व्यक्ति के गुणों और शक्ति को बताना चाहिए। इससे उस व्यक्ति में आत्मविश्वास, स्वीकार भाव पैदा होगा। उस व्यक्ति में बदलाव के लिए आवश्यक शक्ति पैदा होगी। अंत में उसकी कमियों को सामने रखना चाहिए।

गुस्से को जस्टिफिकेशन न दें—गुस्सा आने पर अपने गुस्से को जस्टिफिकेशन न दें। हमें कोई गुस्सा नहीं दिला सकता, जब तक हम स्वयं न चाहें। क्रोध पर नियंत्रण के लिए हमें दिन भर अभ्यास करना होगा। हमें अपने ऊपर अटेंशन देनी होगी। जब हमारी स्थिति-परिस्थिति अच्छी हो, तब अपने को चैक करें तो पहचान करने में आसानी होगी, क्योंकि कठिन परिस्थिति में अपने को बदलना व पहचान पाना कठिन होता है। जीवन में छोटी-छोटी बात का प्रयोग करेंगे तो बड़ी बातें स्वयं धीरे-धीरे नियंत्रित

हो जाएँगी। यदि कोई छोटी-छोटी बातों पर ध्यान देता है तो उसके सामने बड़ी-बड़ी बातें नहीं आएँगी। ठोकर पत्थर से ही लगती है, पहाड़ से नहीं।

गुस्से की डायरी बना लें—जैसे एक प्रयोग है, जब भी आपको गुस्सा आए आप एक लाइन अपनी एक छोटी डायरी में बना दीजिए और कुछ निशान बना दीजिए कि जिससे आपको याद रहे कि किस बात पर गुस्सा आया, दिन भर के बाद रात में एक बार जरूर डायरी देखिए और चिंतन कीजिए, उस गुस्से के बारे में रिटेक कीजिए, मतलब यह सोचिए कि उस समय गुस्से के स्थान पर और क्या कर सकते थे, जिससे मेरा काम हो जाता। यह भी मेडिटेशन का एक प्रयोग है।

आप देखेंगे हर दिन आपकी लाइन कम होती जाएगी, जिस दिन चार सेकंड के गुस्से में आपका गुस्सा बदल जाएगा, उस दिन आप हल्का महसूस करेंगे, चेहरे की चमक बढ़ने लगेगी। मुसकराहट आपका गहना बन जाएगा।

अपेक्षा रखना, गुस्से का कारण है—हम पालतू कुत्ते को इसलिए एक्सेप्ट करते हैं, क्योंकि पालतू कुत्ता भी हमें एक्सेप्ट करता है। एक्सेप्टेंस के लिए दोनों साइड में से, कोई एक व्यक्ति भी एक साइड, जब एक्सेप्ट करना शुरू कर देता है, तब पहला साइडवाला व्यक्ति भी एक्सेप्ट करने लगता है। अपेक्षा रखना ही गुस्से का कारण है।

जब हम किसी को एक्सेप्ट कर लेंगे, तब हम उसके ऊपर यह प्रश्न नहीं उठाएँगे कि वह व्यक्ति ऐसे क्यों खाता है, वह ऐसे क्यों चलता है ? जब हम किसी को एक्सेप्ट कर लेंगे, तब उससे कम अपेक्षा रखेंगे। जब हम कम अपेक्षा रखेंगे, तब इसके प्रभाव से हमारे भीतर गुस्सा भी कम पैदा होगा।

अलग और गलत शब्द में अंतर—अलग और गलत में अंतर, समझ का अभाव क्रोध का कारण बनता है। जब हमारे सही होने की परिभाषा को, दूसरा कोई व्यक्ति गलत बोलता है, तब हम उनके सही होने परिभाषा को गलत बोलना शुरू कर देते हैं। इससे दोनों व्यक्तियों के ओपिनियन और नजरिए के बीच गैप बढ़ने लगेगा।

कोई एक-दूसरे से गलत नहीं, बल्कि गलत होता है। हम अपने आइडिया

से इतना अधिक अटैच होते हैं कि हमारे अलावा किसी अन्य दूसरे व्यक्ति का आइडिया, जो हमसे थोड़ा भी अलग होगा, वह हमें बिल्कुल गलत लगेगा,। लेकिन हम भूल जाते हैं, दूसरे का आइडिया हमसे केवल अलग है, दूसरों का आइडिया गलत नहीं है। अलग और गलत शब्द में अंतर है। इनके बीच अंतर नहीं रख पाने के कारण हमें गुस्सा पैदा होता है।

क्रोध-मुक्ति की प्रेरक कहानी—एक पति-पत्नी बहुत झगड़ा करते थे, वे एक मनोचिकित्सक के पास गए। दोनों पढ़े-लिखे थे, दोनों ही कॉलेज में प्रोफेसर थे। दोनों ईगो की वजह से झुकने को तैयार नहीं। मनोचिकित्सक ने पहले उन्हें सुना, फिर पूछा—दोनों में समझदार कौन है? दोनों एक-दूसरे का मुँह देखने लगे। जो समझदार होगा, उसे ही चुप रहना होगा, उसे ही पहल करनी होगी। उन्हें समझ आया, फिर मनोचिकित्सक ने कुछ मेडिटेशन के तरीके बताए।

उनमें से एक तरीका था, रोज तीन तारीफ करनी हैं, अपने-अपने पार्टनर की और हर रोज अलग-अलग तारीफ होनी चाहिए और सच्ची तारीफ होनी चाहिए। दूसरा, अपनी सौ कमी और सौ अच्छाइयाँ लिखो। हर दिन तीन पॉजिटिव लोगों से बात करो। हर दिन तीन बार अपने पार्टनर को धन्यवाद दो, जो आपके लिए कभी भी कुछ किया हो, उसे याद करके। ऐसा सात दिन करो, उसके बाद मेरे पास आओ।

धीरे-धीरे दोनों के बीच की दूरियाँ कम होने लगीं, उसकी जगह प्रेम ने जन्म ले लिया, जो कि कहीं खो चुका था। यह उन दोनों के बीच इसलिए संभव हो पाया कि उन्होंने स्वीकार किया, हमारे बीच बहुत झगड़े होते हैं और हमें इसे सही करना है। इससे वे अपने बीच फिर से प्रेम उत्पन्न कर पाए, क्योंकि उनकी ऐसी इच्छा थी, इसलिए वे ऐसा कर पाए।

गुस्से का कारण-1

हमेशा गुस्से की स्थिति में रहना, गुस्से का विचार

↓

गुस्से का विचार रखकर अपना एटीट्यूड गुस्से की हैबिट विकसित करना।

↓

गुस्से की हैबिट को अपने कार्य व्यवहार में लाना।

↓

गुस्से की हैबिट को अपने कार्य व्यवहार में लाने के परिणास्वरूप हमारे व्यक्तित्व का निर्माण होना।

↓

गुस्से पर आधारित हमारा व्यक्तित्व, हमारे गुस्से के संस्कार का कारण बनता है।

↓

गुस्से का संस्कार हमारे अनैच्छिक गुस्से का कारण बनता है।

गुस्से का समाधान-1

हमेशा शांति की स्थिति में रहना, शांति का विचार

↓

शांति का विचार रखकर अपना एटीट्यूड बना लेना।

↓

शांति की हैबिट विकसित करना।

↓

शांति की हैबिट को अपने कार्य व्यवहार में लाना।

↓

शांति की हैबिट को अपने कार्य व्यवहार में लाने के परिणास्वरूप हमारे व्यक्तित्व का निर्माण होना।

↓

शांति पर आधारित हमारा व्यक्तित्व, हमारे शांति के संस्कार का कारण बनता है।

□

18

क्रोध का समाधान–मेडिटेशन के साथ

"क्रोध को जीतने में मौन सबसे अधिक सहायक है।"

—महात्मा गांधी

जब क्रोध मुक्ति के सभी उपाय फेल हो जाते हैं, तब मेडिटेशन का सहारा लेना चाहिए। क्रोध को दूर करने के लिए मेडिटेशन के कई विधि, उपाय के रूप में मौजूद हैं। इनमें से ब्रह्माकुमारीज राजयोग मेडिटेशन हमें क्रोध नियंत्रण का बहुत आसान उपाय बताता है।

क्रोध में आने से, हमारे भीतर नकारात्मक विचार चलते हैं और मेडिटेशन हमारे नकारात्मक विचार को दूर करता है। इसलिए मेडिटेशन क्रोध को दूर करने का ब्रह्मास्त्र है। मेडिटेशन मन की एक सहज अवस्था है, जिससे हमारे भीतर का खालीपन दूर होता है। यह हमारी जिंदगी को बदल देता है, जिससे हम भौतिक वस्तुओं में खुशियाँ ढूँढ़ना छोड़कर, सहज रूप में अंदर से खुश रहना सीख जाते हैं। हमारे जीवन का हर पल खुशनुमा हो जाता है और हम भूतकाल और भविष्य काल की चिंता छोड़कर वर्तमान में जीना सीख जाते हैं।

जानकारी का अभाव, आत्मविश्वास की कमी क्रोध का कारण बनता है। जब हमारा मन शांत एवं संतुष्ट होता है, तब हमारे अंदर ज्ञान, आत्मविश्वास की शक्ति बढ़ जाती है। इसकी सहायता से हम समस्याओं को बेहतर तरीके से हल कर पाते हैं और उन्हीं समस्याओं में हमें संभावनाएँ दिखने लगती हैं। जहाँ पहले हम समस्या में ही उलझे रहते थे, वहीं पर मेडिटेशन से हम समाधान

की तरफ बढ़ने लगते हैं।

मेडिटेशन हमें एक सर्च लाइट देता है। इसके माध्यम से हम स्वयं भी प्रकाशित होते हैं और दूसरों को भी प्रकाशित करते हैं।

अपना दीपक स्वयं बनें, आत्मनिर्भर बनें—सँभलकर चलें और अपना निर्णय स्वयं लें। **मेडिटेशन हमें अपना दीपक स्वयं बनना सिखाता है। हमारे दीपक की लौ को बहुत से लोग फूँक मारकर बुझाने का भी प्रयास करेंगे, क्योंकि उनकी लौ उतनी अच्छी नहीं जल रही है। कहा भी जाता है, अगर दीपक बुझ गया, तब अपसगुन है, क्योंकि अंधकार को प्रकाश से डर लगता है। प्रकाश से अंधकार के अस्तित्व को खतरा रहता है। अगर हम तूफान पर फोकस रखेंगे, तब दीपक बुझ जाएगा। इसलिए तूफान पर नहीं, बल्कि अपने दीपक पर फोकस बनाए रखें। इसके लिए मेडिटेशन सहायक है।**

क्रोध एवं तनाव से मुक्ति पाने के लिए हमारे अंदर सहनशीलता का स्तर बढ़ाना होगा। हमें क्षमा करना आना चाहिए। यह सब हमें मेडिटेशन से प्राप्त होगा। रोज सुबह कम-से-कम 15 मिनट का समय हमें खुद को देना चाहिए। जैसे-जैसे हम लागतार मेडिटेशन करते रहेंगे, हमारे भीतर शांति का गुण सहनशीलता व क्षमा करना अपने आप आ जाएगा। सुबह सोकर उठते ही और रात में सोने के पहले मेडिटेशन जरूर करना चाहिए।

मेडिटेशन करने की प्रक्रिया में हम निम्न चरण अपना सकते हैं—

मेडिटेशन बाहर से अंदर जाने की प्रक्रिया है। क्रोध से मुक्ति के लिए मेडिटेशन के प्रारंभिक चरण में शांतचित्त बैठकर लगभग 15 मिनट ऊपर से नीचे धीरे-धीरे अपने अंदर प्रत्येक अंग में होनेवाले अनुभवों को वाच किया जाता है और इसके बाद अंदर चलनेवाले विचारों को पहचाना जाता है। मेडिटेशन के दौरान क्रोध से संबंधित विचारों को पहचाने का प्रयास करें।

(1) हमारी पाँच इंद्रियाँ होती हैं, पहले हम उन्हें जाग्रत् करते हैं। उसके बाद कुछ भी मेडिटेट कर सकते हैं, जैसे कि रोज की दिनचर्या का प्लान कर सकते हैं या किसी भी समस्या के समाधान के लिए चिंतन-मनन कर सकते

हैं। इसके अतिरिक्त आपको जैसा अपने लिए अच्छा क्रोध मुक्त दिन चाहिए, वह पूरा दिन आप मेडिटेशन में देखिए। प्रयोग करके देखिए, विश्वास रखिए, आपका दिन क्रोध-मुक्त होकर आपके अनुसार ही बीतेगा। अपने सारे गुणों को देखिए। उदाहरण के लिए जैसा लिखा है, वैसा महसूस कीजिए।

अपने माथे पर बिंदी की जगह फोकस कीजिए और जो भी विचार आ रहे हैं, उन्हें आने दीजिए और जाने दीजिए; फिर अपने कान से आवाजों को सुनिए। आस-पास की आवाज जैसे पंखे की आवाज, रोड पर गाड़ियों की आवाज, दूर ट्रेन की आवाज, फिर किस तरह की गंध आ रही है, कमरे की खुशबू बाहर मिट्टी में पानी पड़ने की सोंधी खुशबू, फिर स्वाद महसूस कीजिए। पानी का भी स्वाद जानने का प्रयास करना चाहिए।

हम महसूस करें कि हमारी जीभ पर किस तरह का स्वाद है। महसूस करें, जीभ गीली है अथवा सूखी है। फिर अपने शरीर पर स्पर्श को महसूस कीजिए, यह कपड़ों, हवा आदि का स्पर्श हो सकता है।

अब आपकी पाँचों इंद्रियाँ जाग्रत् हो गई हैं। शरीररहित होकर स्वयं को देखिए। महसूस करें कि आप शरीर रहित अवस्था में, अपने दरवाजे से बाहर निकल गए है, रोड पर आ गए हैं। थोड़ा आगे बढ़कर फरिश्ता रूप धारण कर लिया है। आप उड़ने लगे हैं, नीचे नदियों, शहर से ऊपर होते हुए पहाड़ों से ऊपर बादलों से भी ऊपर पहुँच गए हैं, वहाँ पहाड़ की चोटी दिखाई दे रही है।

आप वहीं पर बैठ गए हैं। सामने से चकाचौंध करनेवाली शीतल रोशनी आ रही है। मुझे सारी शक्तियाँ मिल रही हैं। शांति की शक्ति, सहन करने की शक्ति, माफ करने की शक्ति से भरपूर हो जाते हैं, वापस अपने घर को चलते हैं। उन्हीं रास्तों से अपने दरवाजे से अपने घर वापस आते हैं। इसके बाद अब हम अपनी सीट पर पुनः विराजमान हो जाते हैं। अब धीरे-धीरे दोनों हथेलियों को आपस में रगड़ते हैं और उन्हें अपने चेहरे पर लगाते हैं। फिर धीरे-धीरे अपनी आँखें खोलते हैं।

इसी तरह आप कुछ भी मेडिटेट कर सकते हैं। कहीं भी जाकर पुनः वापस आ सकते हैं। इसकी लगातार इक्कीस दिनों से पैंतालिस दिनों तक

प्रैक्टिस कीजिए। आपके मानवीय गुण वापस आ जाएँगे, जो कि समय के साथ धुँधले हो चुके हैं। याद रखिए स्व-परिवर्तन से विश्व परिवर्तन हो सकता है, दूसरों को बदलने की अपेक्षा स्वयं को बदलने का प्रयास करें। आपको देखकर अपने आप सब बदल जाएँगे। धीरे-धीरे आप अपने क्रोध से मुक्त हो जाएँगे।

कड़े संस्कारों को बदलने के लिए कुछ सार्थक प्रयास कीजिए, जरूर सफल होंगे। अपने पुराने संस्कारों को बदलने के लिए पहले उन्हें पहचानने की जरूरत है, तो आप पहले अपनी कमियों की सूची बनाइए और मेडिटेशन द्वारा कड़े-से-कड़े संस्कारों से निजात पाइए।

धीरे-धीरे आप महसूस करेंगे कि जब पहले आपसे गलती होती थी, तब आप कई दिनों दिन तक स्वीकार नहीं करते थे अभी खुद पर अटेंशन रखने की वजह से तुरंत अपनी गलती को स्वीकार करने लगेंगे और उसे पहचानकर दूर भी कर पाएँगे। काम, क्रोध, लोभ, मोह, अहंकार—इनसे निजात पाना बड़े-से-बड़े महात्मा के वश की बात नहीं होती है, लेकिन यकीन मानिए उपरोक्त तरीकों से आप जरूर अपने विकारों को दूर करने में सफल हो सकते हैं।

एक दिन में लगभग 40000 से 60000 तक विचार आते हैं। इन विचारों को सही दिशा देना आवश्यक है, जैसे कि अगर एक विचार आया कि पता नहीं आज मेरा काम होगा कि नहीं, तुरंत उसे सही दिशा दीजिए। सोचिए, लेकिन आज मेरा विश्वास है कि मेरा काम अवश्य हो जाएगा।

विचारों पर कुछ समय का विराम लगाने के लिए एक अभ्यास कर सकते हैं। रोज प्रात: से सुबह आठ बजे तक मौन रहना चाहिए, जिससे लोगों को सुनने की प्रैक्टिस होगी, सुबह-सुबह न्यूज पेपर व टी.वी. न्यूज नहीं देखनी चाहिए। आठ बजे तक मौन की प्रैक्टिस। इससे दूसरों को भी सुनने की हमारी ताकत बढ़ेगी और मौन रहते हुए अगर कोई विचार आते हैं तो उन्हें डाइवर्ट करने के लिए एक मंत्र है। जैसे ही पहला विचार आए, ओम, दूसरा विचार आए ओम, तीसरा विचार आए ओम, का मन में उच्चारण कर लें। इसी तरह मौन में भी दस मिनट की प्रैक्टिस से विचारों की संख्या कुछ कम होगी।

प्रातः सुबह उठकर, आठ बजे तक मौन रहकर अपने ऊपर अध्ययन कीजिए कि आपके किन विकारों पर आपको काम करना है। धीरे-धीरे आपके मन को केवल मुख से ही नहीं, अंदर से शांत रहने का अभ्यास हो जाएगा। ओम मतलब हमारे स्व की स्थिति (आत्मा)। मेडिटेशन में अगर आध्यात्मिकता समाहित हो जाए तो आपका इक्कीस दिन का प्रयास सफलता में बदल जाएगा। इसी रोजमर्रा के जीवन जीते हुए आप अपने विकारों पर जीत पा सकते हैं। यह सब करने के लिए आपको किसी प्रकार के संन्यास लेने की आवश्यकता नहीं होगी अथवा किसी प्रकार के कठोर एवं महँगे उपाय की भी आवश्यकता नहीं होगी।

क्रोध पर नियंत्रण पाने के लिए सकारात्मक और सजग होकर विचार करें। शुरुआत में थोड़ी कठिनाई हो सकती है, परंतु बाद में क्रोध पर नियंत्रण आसानी से हो जाता है। सजगता के लिए पहले अंतर्मुखी बनें। अपने शरीर की संवेदनाओं का अनुभव करें। **विपासना ध्यान करें, विपासना ध्यान में सिर से पैर तक साक्षी भाव रखकर अपने को एक क्रम से देखा जाता है और आंतरिक अनुभव की अनुभूति की जाती है। विपासना, विधि की चर्चा ऊपर की गई है।**

विपासना, विधि के अतिरिक्त, आप अलग-अलग तरह का मेडिटेशन कर सकते हैं। विचार करें कि आप बर्फीली पहाड़ियों के बीच में हैं, चारों तरफ बर्फ-ही-बर्फ है, दूर एक धूप की किरण दिखाई दे रही है, हमारे कदम उधर की तरफ बढ़ चले हैं। सामने पहाड़ों के पीछे से सूरज उदय हो रहा है। बहुत ही अद्‌भुत दृश्य, ऐसा कभी भी नहीं देखा। फिर आप वापस अपनी सीट पर आ जाइए, जो भी कर रहे हैं, वापस वह कार्य शुरू कर दें। कभी उस एक मिनट में अपने मन को आदेश दीजिए, ऐ मेरे मन रुक जा, क्या सोच रहा है। देखो अभी मैं जो भी कहूँ, तुम्हें वह मानना होगा। मेरे मन तू बिल्कुल ही शांत स्वभाव का है।

हमें हमेशा खुश रहना है। एक मिनट मेडिटेशन के रूप में इस तरह भी सोच सकते हैं कि उस एक मिनट में कि आप ऑफिस से घर पहुँच गए, वहाँ आराम से सोफे पर बैठ गए, एक मिनट के लिए अपनी आँखें बंद करिए और रिलैक्स हो गए, वापस ऑफिस आ गए और अपने काम में लग गए। इसी

तरह उस एक मिनट में आप यह भी सोच सकते हैं कि बचपन में कैसे बारिश के समय आप नाव बनाकर पानी में डालते थे और देखते थे कि आपकी नाव कहाँ तक जा रही है, या कागज का जहाज बनाते थे और उड़ाते थे। अपने बचपन की अच्छी याद कीजिए।

इसका अभ्यास अगर इक्कीस दिनों तक किया जाए तो पचास प्रतिशत तक आपका गुस्सा कम हो जाएगा, आप स्वयं प्रयोग करके देख सकते हैं। मेडिटेशन मतलब खुद को हील करना। गुस्सा एक बहुत ही बड़ी बीमारी है तो हम मेडिटेशन के जरिए ही खुद को हील करके अपने गुस्से पर आसानी से काबू पा सकते हैं।

मेडिटेशन के लिए सबसे बढ़िया समय ब्रह्म मुहूर्त होता है। जो भी आसन आपको आसान लगे, उस आसन में आप बैठकर मेडिटेशन कर सकते हैं। कभी वर्षों पहले आप किसी से नाराज थे, तो जब भी उसका जिक्र आता है, आप वापस नाराज हो जाते हैं। कभी सोचा है, आप अपना कितना बड़ा नुकसान कर रहे हैं। **उचित होगा कि आप उन्हें माफ कर दीजिए या उन्हें भूल जाइए। जिन्हें आप भूल नहीं सकते हैं, उन्हें माफ कर दें और जिन्हें माफ नहीं कर सकते हैं, उन्हें भूल जाएँ। भूलना या माफ करना भी मेडिटेशन के जरिए करना संभव है।**

सुबह–सुबह ही ब्रह्ममुहूर्त में जब भी आप मेडिटेशन के लिए बैठते हैं, कुछ समय अपने लिए मेडिटेशन करने के बाद, पाँच मिनट उस इनसान को सामने बिठाइए, जिससे आप इस समय नाराज चल रहे हैं। सिर्फ दृश्य बनाएँ, दृश्य में देखें कि आप उससे किस बात पर नाराज थे। ईश्वर को साक्षी मानकर उससे बोलिए कि जो भी हमारे बीच हुआ, उसकी वजह से हम एक–दूसरे से नाराज हो गए हैं। अब हमारी गलतफहमी दूर हो जाती है।

आओ उसे भूल जाएँ, मैं तुमसे माफी माँगता हूँ और तुम्हें भी माफ करता हूँ। उसकी तरफ स्नेह से देखें। ऐसा दो या तीन दिन लगातार करें। धीरे–धीरे उस पर भी गुस्सा आना कम हो जाएगा और आपको भी शांति का अनुभव होने लगेगा।

मेडिटेशन में, आपको किसी एक दिशा में अपना ध्यान ले जाना है, जैसे

कि आप किसी को याद करते हैं, माँ को याद किया और उनका चित्र सामने आ गया, घर को याद किया, घर सामने आ गया। बस इसी तरह आप पाँच मिनट की प्रैक्टिस से शुरू करके आधा घंटे तक मेडिटेशन कर सकते हैं।

इक्कीस दिन लगातार मेडिटेशन करने से आपकी क्रोध की समस्या सुलझ सकती है। मेडिटेशन का मतलब है—हील करना। मेडिटेशन शब्द मेडरी से बना है, जिसका अर्थ होता है हीलिंग, मतलब हील करने की क्रिया को मेडिटेशन कहते हैं।

मेडिटेशन में खुद को हील करने की क्रिया करनी है। उसके कई तरीके होते हैं, जैसे कि पहला स्टेप, खुद को ऊपर से नीचे तक देखना। दूसरा स्टेप, विचारों को पकड़ना। तीसरा स्टेप, विचारों को सही दिशा में ले जाना। ये तीनों प्रक्रिया एक साथ लगातार करते हैं, तब आप अपने गुस्से संबंधी कमजोरियों से बहुत ही जल्द छुटकारा पा सकते हैं।

सच्ची घटना के अनुसार एक बार एक व्यक्ति एक मनोचिकित्सक के पास जाता है। वह अपनी समस्या बताता है कि उसे निर्णय लेने में हमेशा दिक्कत आती है। मनोचिकित्सक ने उसे मेडिटेशन के तीनों स्टेप को बताया और वह व्यक्ति पाँच मिनट में ही अपनी समस्या के कारण तक पहुँच गया।

वह कारण क्या था, वह व्यक्ति पारिवारिक व्यवसाय में था। एक बार उसके कुछ कारीगर खाली बैठे थे, उसने उन्हें काम पर लगाने के लिए कुछ बनाने के लिए कहा, लेकिन इस समय वह कार्य जरूरी नहीं था, लेकिन बाद में जरूर कभी उस कार्य की जरूरत पड़ती। इसी बीच अचानक, उसके पिताजी आ गए और उसे खूब डाँटते हुए कहा कि इसकी क्या जरूरत थी। तुम कोई भी काम ठीक तरीके से नहीं कर सकते हो। उस व्यक्ति को उस समय यह सब बुरा लगा, लेकिन इस घटना को बहुत साल हो चुके थे। वह उसे भूल भी चुका था। लेकिन यह बात उसके अवचेतन मन में बैठी थी, इसलिए वह व्यक्ति कोई भी निर्णय लेने में डरता था। कहने का तात्पर्य है कि आप मेडिटेशन के जरिए खुद को जान पाएँगे और खुद पर काम कर पाएँगे अपने कमजोरियों से मुक्ति पा सकेंगे।

हमारा दिमाग जो देखता है और जो सुनता है, उस पर विश्वास करता है। जब भी हम अपने उस रूप को देखेंगे, अपनी उस सफलता को देखेंगे; मेडिटेशन के जरिए रोज वही हमारा दिमाग मानने लगेगा। धीरे-धीरे हमारे साथ यही होने लगेगा।

आप प्रयोग स्वयं करके देखें, क्योंकि किसी बात को अनुभव के बिना न तो एक्सेप्ट करना चाहिए, न ही रिजेक्ट करना चाहिए।

□

19

क्रोध-मुक्ति में सहायक, सकारात्मक विचार

1. महत्त्वपूर्ण यह नहीं है कि उन्हें क्या करना है, बल्कि अधिक महत्त्वपूर्ण यह है कि अब हमें क्या करना है।
2. सफलता का मापदंड, प्रयास पर आधारित होता है, जब तक प्रयास बंद नहीं होगा, अंतिम परिणाम घोषित नहीं किया जा सकता है।
3. वह दिन अलग था, वह माहौल अलग था। हर दिन एक जैसा नहीं रहता है, यह स्वीकार करके, पुरानी बातों से सीखकर, पुरानी यादों से छुटकारा प्राप्त कर लेना अच्छा होता है।
4. किसी को कंट्रोल करने की जगह अपने-अपने सेल्फ कंट्रोल पर ध्यान देना अच्छा होता है।
5. कभी-कभी हम जिस चीज के लिए डिजर्व करते हैं, फिर भी हमें वह चीज नहीं मिल पाती है, पास्ट को नहीं छोड़ पाने की हमारी आदत हमें सफल नहीं होने देती है।
6. जो मेरा पास्ट था, वह मेरे थॉट में चल रहा है, जैसा मेरी थॉट होगा, वैसा मेरा फ्यूचर होगा, मेरा पास्ट ही फ्यूचर बनेगा।
7. पुरानी बात की नाराजगी छोड़ देना बुद्धिमानी है, वे नहीं बदलेंगे;

लेकिन हम जरूर बदल जाएँगे।

8. अपने स्वयं को सुधारने का अर्थ है कि जहाँ मैं पहले लोगों की बात से डिस्टर्ब हो जाता था, लेकिन अब डिस्टर्ब नहीं होता हूँ।

9. जीवन का उद्देश्य, वैल्यू पर आधारित होना चाहिए, वैल्यू और प्रिंसिपल हमारे जीवन के उद्देश्य का कंपास या मार्गदर्शक है।

10. हम पॉजिटिव इमोशन और फीलिंग जितना अधिक दूसरों को देंगे, उससे कई गुणा अधिक पाएँगे।

11. हमें भागना नहीं, बल्कि जागना है, हम भाग सकते भी नहीं, यदि हम दुनिया से भाग भी लें, लेकिन स्वयं से कैसे भागेंगे।

12. एक्सेप्टेंस का अर्थ यह नहीं है कि अब लोग गलतियाँ नहीं कर रहे हैं, हमें लोगों को उनकी कमियों के साथ स्वीकार करना है।

13. अपनी गलती के बचाव में दस कारण बताने का अर्थ है, अपने बचाव के प्रत्येक कारण से अपनी शक्ति कमजोर होगी।

14. जीवन की हर समस्या ट्रैफिक की लाल बत्ती की तरह होती है, यदि हम थोड़ी देर इंतजार कर लें, तो वह हरी हो जाती है।

15. किसी की सलाह, हमें केवल रास्ता देती है, मंजिल नहीं।

16. एक थॉट, अगले थॉट और अगले थॉट, उससे अगले थॉट को आकर्षित करता है। एक बीज, उसके पेड़ को, पेड़ फल को और फल बीज को पैदा करता है।

17. आज हम पॉवरफुल उसे मानते हैं, जिसका दूसरों पर कंट्रोल हो, लेकिन सही यह है कि पॉवरफुल वह है, जिसका स्वयं पर कंट्रोल हो।

18. एक्शन लेना, सॉल्यूशन खोजना और डिस्टर्ब होना, दोनों अलग-अलग शब्द हैं।

19. हम अपना रिश्तेदार तो चुन सकते हैं, लेकिन रिश्तेदार हमारे साथ

कैसा व्यवहार करेगा, हम यह नहीं चुन सकते हैं।

20. विकल्पहीन रिश्तों में, हमारे चुनाव की स्वतंत्रता समाप्त हो जाती है।
21. लंच के समय हुए मन के डिस्टर्बेंस का प्रभाव डिनर पर भी पड़ता है।
22. हमारी दी गई प्रतिक्रिया ही हमारा कर्म है, हमारी दी गई प्रतिक्रिया ही हमें भाग्य के रूप में मिलती है।
23. निश्चय बुद्धि, हमें सफलता दिलाती है, निश्चय बुद्धि और विजय में निकट का संबंध है।
24. लक्ष्य के प्रति ही नहीं, बल्कि स्वयं के प्रति निश्चय होना जरूरी है, निश्चय बुद्धि हमें हलचल से निकालकर अचल बनाती है।
25. रिस्क है, तो गेन है, नुकसान सहने की क्षमता ही हमें फायदे की तरफ ले जाती है।
26. स्व स्थिति की शक्ति से, किसी भी परिस्थति का सामना किया जा सकता है।
27. चार सौ रुपए के नुकसान के बारे में सोचते-सोचते चार लाख रुपए का नुकसान नहीं करना लेना चाहिए।
28. बल्कि टाइम गैप दिए बगैर नई बात पर शिफ्ट हो जाना चाहिए, गुण धारण करने से अवगुण स्वयं समाप्त हो जाता है।
29. क्या-क्या नहीं करने से अधिक महत्त्वपूर्ण है, हमें क्या-क्या करना है।
30. जब-जब, जो-जो होना है, वह होगा, लेकिन तब-तब हमें क्या-क्या करना है, यह भाग्य है।
31. जो एनर्जी हमसे बाहर जा रही है, कर्म होगा और जो एनर्जी हमारी तरफ आ रही है, भाग्य होगा, दोनों एनर्जी का कारण हम स्वयं हैं।
32. एक ही क्षण के बिंदु पर पास्ट, प्रेजेंट और फ्यूचर, तीनों अपना-अपना रोल पैदा करते हैं, हर क्षण पास्ट सामने से आता है। उसी

क्षण हम प्रेजेंट पैदा करते हैं। उसी क्षण हम अपना फ्यूचर निश्चित कर लेते हैं।

33. शक हमेशा शुद्ध सोने पर किया जाता है, कोयले की कालिख पर नहीं।

34. दोष देने से आत्मिक शक्ति घटती है, जिम्मेदारी लेने से आत्मिक शक्ति बढ़ती है।

35. यदि हम एक चीज पर विजय प्राप्त कर लें, तब हमारे लिए अन्य चीजों पर विजय प्राप्त करना आसान होता है।

36. जिस चीज का पता कभी-कभी चलता है, इसका अर्थ नहीं है कि वह चीज कभी-कभी होती नहीं है, हमें केवल उस चीज का पता कभी-कभी लगता है, लेकिन वह हर बार होती है।

37. यदि खट्टी दही से सैंपल लेकर रोज दही जमाएँगे, तब हमें रोज दही खट्टी ही मिलेगी। पास्ट, प्रेजेंट बनता है और प्रेजेंट, फ्यूचर बनता है।

38. दूसरों की कमजोरी मन में रखते-रखते हम कमजोर हो चुके हैं। इसलिए कभी दूसरों की कमजोरी या बाहरी कचरा मन में नहीं रखना चाहिए।

39. कहा जाता है—हमारा मन सुनता ही नहीं है, जबकि सही बात यह है, एक मन ही है, जो हमारी सुनता है, क्योंकि मन हमारा ही है।

40. एक चुप, सौ सुख।

41. हम सभी परिवार में एक साथ रहते हैं, फिर भी सभी अकेले हैं, क्योंकि सभी व्यक्ति का एक समय पर पास्ट, प्रेजेंट और फ्यूचर अलग-अलग है।

42. चाहे कुछ भी हो जाए, यह कार्य मैं करूँगा, यह विचार हमें लक्ष्य तक पहुँचाने के लिए काफी है।

43. अब उनका व्यवहार हमें डिस्टर्ब नहीं करता है, क्योंकि अब हमने

दूसरे को टालरेट करना सीख लिया है।

44. कंफर्ट जोन और एडिक्शन में अंतर है, यह करना मुझे अच्छा लगता है, यह कंफर्ट जोन है। इसके बिना मेरा काम नहीं चल सकता है, यह एडिक्शन है।

45. आयु घट रही है,इच्छा बढ़ रही है, लेकिन विधि का विधान स्थिर है।

46. हमें दो मिनट तो शांति दे दो, आज हम केवल दो मिनट शांति के लिए परेशान हैं।

47. ईगो में हम अपनी ही बात पर जिद करते हैं और अपनी ही बात को सिद्ध करते हैं।

48. अपनी खुशी को जितना अधिक बाँटेंगे, उतना ही अधिक अपनी खुशी को भी फील करेंगे।

49. हमारी ईगो हमें नए-नए तर्क देती है।

50. जिस पल हमें अपने ऊपर विश्वास हो जाए, मैं जो करना चाहता हूँ, वह कार्य कर सकता हूँ, उसी पल यह भी निश्चित हो जाता है कि मैं वह कार्य जरूर कर सकता हूँ।

51. किसी के विचारों का सम्मान करना अथवा किसी के विचारों से सहमत होना, दोनों अलग-अलग हैं।

52. हम अनोखे हैं और दूसरों को भी अनोखा बना रहने दें।

53. कोशिश करेंगे, देखेंगे, होता नहीं, कठिन है। ये सभी कमजोर शब्द हैं।

54. हमारी आदत नहीं बदल सकती है, यह कहने की आदत भी हमें बदलनी पड़ेगी। आज से नए दिन की शुरुआत करें।

55. अपने जीवन के बारे में कभी नेगेटिव लेबल नहीं लगाना चाहिए, जैसे ही हम अपने ऊपर एक लेबल लगा देते हैं, उसी के साथ हमारे भीतर ठीक उसी तरह के विचार आने लगते हैं।

56. हम जैसा विचार करेंगे, वही हमारी वास्तविकता बनेगी, इसलिए जैसी स्थिति है, वैसा विचार न करें, बल्कि हमें जो स्थिति चाहिए, हम ठीक वैसा ही विचार करें। यह कोई फिलोसॉफी नहीं, बल्कि फिजिक्स है।

57. जो वास्तविकता है, उसकी वाइब्रेशन पैदा न करें, बल्कि हमें जो भी चाहिए, उसी तरह की वाइब्रेशन पैदा करें।

58. हम बच्चे को वह सबकुछ देना चाहते हैं, जो बच्चा चाहता है; लेकिन जीवन बच्चे को वह सबकुछ नहीं देगा, जो बच्चा चाहता है।

59. भौतिक चीज हमें दूसरों पर निर्भर बनाकर, एडिक्शन पैदा करेगी।

60. राजा वह है, जिसका स्वयं पर अनुशासन हो, क्योंकि बिना अनुशासन के शासन संभव नहीं है।

61. हर चीज विधिपूर्वक करनी चाहिए, विधि नहीं तो सिद्धि नहीं।

62. जितनी बार हम अपनी कमजोरी को स्वीकार करेंगे, वह कमजोरी हम पर हावी हो जाएगी।

63. चाय मुझे अच्छी लगती है, लेकिन यह कहना उचित नहीं है कि इसके बिना मेरा काम नहीं चल सकता है।

64. नाराज वही होता है, जो राज नहीं जानता है।

65. भाग्य पर भरोसा निराशा और गुस्सा देता है, जबकि कर्म पर विश्वास उम्मीद और सफलता देता है।

66. परेशान होना और दुःखी होना, दोनों अलग-अलग चीज हैं।

67. परेशान होने के बाद भी जरूरी नहीं है कि कोई व्यक्ति दुःखी हो।

68. सुविधा और खुशी में कोई अनिवार्य संबंध नहीं है। सुविधाओं के साथ भी व्यक्ति दुःखी रहता है और सुविधा के अभाव में भी व्यक्ति खुश रह सकता है।

69. यदि हमें खुशी चाहिए, तब हमें अपने को खुश रखने का तरीका भी खोजना होगा।

70. पैसे की कमी से रिश्ते खराब नहीं होते हैं, बल्कि इस कमी के प्रभाव निकलनेवाली नेगेटिव एनर्जी से रिश्ते खराब होते हैं, क्योंकि रिश्ते का अर्थ एनर्जी का लेन-देन है।

71. बड़ा व्यक्ति होना अच्छी बात है, लेकिन अच्छा व्यक्ति होना बड़ी बात है।

72. पैसे से प्रोटोकाल खरीदा जा सकता है, लेकिन रेस्पेक्ट नहीं खरीदी जा सकती है।

73. यह सही है कि कोई चीज खरीदने से हमें खुशी मिलती है, लेकिन यह कहना गलत है कि वह चीज हमें खुशी देती है।

92. क्रोध और तनाव का कारण कार्य की अधिकता नहीं, बल्कि कार्य के प्रति नकारात्मक सोच है।

93. इमोशनल दर्द के अनावश्यक बैगेज को अपने पीठ से फेंक दें और जागरूक रहकर क्रोध से बचें।

94. दूसरों के जीवन की स्क्रिप्ट लिखकर दूसरों को कंट्रोल करने का प्रयास न करें, यह प्रयास हमारे अंदर क्रोध उत्पन्न करेगा।

95. चिंता, चिता में बदल जाती है, गलत चिंतन हमारे क्रोध और तनाव का कारण बनता है।

96. वर्चुअल जीवन की नकारात्मकता के साथ नहीं, बल्कि वास्तविक जीवन की सकारात्मकता के साथ जीना सीखें, वर्चुअल जीवन को अपने क्रोध का कारण न बनने दें।

97. बड़े-बड़े जहाज पानी अंदर आने के कारण ही डूबते हैं। व्यर्थ की नकारात्मकता अपने अंदर न भरें, अंदर की नकारात्मकता हमारे क्रोध का कारण बनती है।

98. हमारे तनाव का मुख्य कारण, हमारी यह सोच है कि हम तनाव में हैं। तनाव हमारे क्रोध का कारण बनता है।

99. लोगों के कापी–पेस्ट, नकल से बचें, शांत रहकर अपनी मौलिकता और सृजनात्मकता पर बल दें।

100. समस्या पर नहीं, बल्कि समाधान पर फोकस रखकर हम अपने क्रोध से बच सकते हैं।

101. सेल्फ रेस्पेक्ट, दूसरे से रेस्पेक्ट पाने का आधार बनती है, सेल्फ रेस्पेक्ट क्रोध के कारण को समाप्त करती है।

102. यदि क्रोध हमारी कमजोरी है, तो शांति हमारी शक्ति है।

103. वे मेरे बारे में क्या सोचेंगे, यह विचार हमारे अंदर कॉन्फिडेंस की कमी को दरशाता है।

104. स्वयं को माफ करके गिल्ट से बच सकते हैं और दूसरों को माफ करके क्रोध से बच सकते हैं।

105. एंगर का सही विकल्प है, बिना डिस्टर्ब हुए क्लियर, पॉजिटिव और पॉवरफुल इंस्ट्रक्शन देना।

106. हम क्रेडिट भी दूसरों को देते हैं और ब्लेम भी दूसरों को ही देते हैं, हम अपनी पॉवर को कोई भी महत्त्व नहीं देते हैं।

□

संदर्भ सूची

- तनावमुक्त जीवन के 18 सुनहरे सिद्धांत, डॉ. गिरीश पटेल।
- आध्यात्म की ओर, ब्रह्माकुमारी उषा बहन, ओम शांति प्रेस, ज्ञानामृत भवन, माउंट आबू।
- राजयोग के सात कदम, सिस्टर शिवानी, ओम शांति प्रेस, ज्ञानामृत भवन, माउंट आबू।
- हैप्पीनेस इंडेक्स, अवेकनिंग विद द ब्रह्माकुमारीज, ओम शांति मीडिया, शांतिवन आबू रोड।
- साइंस एंड स्प्रिच्युअलिटी, राजयोगी बी.के. जगदीश चंद्र, ओम शांति प्रेस, ज्ञानामृत भवन, माउंट आबू।
- अविनाशी विश्व नाटक भाग-2, राजयोगी बी.के. जगदीश चंद्र, ओम शांति प्रेस, ज्ञानामृत भवन, माउंट आबू।
- मेडिटेशन के नवीन आयाम, मनोज श्रीवास्तव, प्रभात प्रकाशन, दिल्ली।
- ए क्रिटिकल वेस्टर्न फिलोसॉफी, वाई. मसीह, मोतीलाल बनारसीदास, दिल्ली।
- आउट लाइन ऑफ इंडियन फिलोसॉफी, एम. हिरियन्ना, मोतीलाल बनारसीदास, दिल्ली।

➢ डॉ. चंद्रधर शर्मा, मोतीलाल बनारसीदास, दिल्ली। ए क्रिटिकल सर्वे ऑफ इंडियन फिलोसॉफी।

➢ वेकनिंग विद ब्रह्माकुमारीज टी.वी. कार्यक्रम में कनुप्रिया द्वारा डॉ. गिरीश पटेल व सिस्टर शिवानी से लिये गए विभिन्न साक्षात्कार।

➢ डॉ. गिरीश पटेल द्वारा दी गईं विभिन्न व्याख्यान मालाएँ।

➢ धर्म दर्शन—डॉ. ऋषिकांत पांडेय, विभागाध्यक्ष दर्शनशास्त्र, इलाहाबाद विश्वविद्यालय, पियर्सन इंडिया एजुकेशन सर्विस प्रा. लि., दिल्ली।

➢ दार्शनिक विमर्श—डॉ. ऋषिकांत पांडेय, विभागाध्यक्ष दर्शनशास्त्र, इलाहाबाद विश्वविद्यालय, भुवनेश्वरी विद्या प्रतिष्ठान, इलाहाबाद।

□□□